ULLSTEIN

Das Buch

Täglich treffen neue Schreckensmeldungen über die Angriffe der indischen Aufständischen beim britischen Oberkommando ein. Zwar kann Lucknow befreit werden, doch als die Truppe auf dem Weg zurück nach Cawnpore ist, geht das Gerücht um, daß Cawnpore bereits gefallen sei. Commander Phillip H. Hazard, der in der Marinebrigade auf Ihrer Majestät Schiff *Shannon* kämpft, findet sich alsbald im Zentrum der Schlacht wieder, wobei ihn auch persönliche Interessen leiten: Seine Schwester ist unter den Gefangenen von Cawnpore. Die perfekte Kampfausbildung in der Marine erweist sich als äußerst erfolgreich, als die Landtruppen mit völlig unerfahrenen jungen Soldaten aufgefüllt werden, die ganz frisch aus England eingetroffen sind. Die von Commander Hazard befürchteten Schwierigkeiten hinsichtlich der Führungsprobleme eines gemischten Verbandes aus Soldaten und Seeleuten stellen sich als nichtig heraus, aber das Dickicht aus Verrat und Lügen ist kaum zu durchdringen.

Der achte und letzte Band aus der marinehistorischen Serie um den tapferen Phillip Horatio Hazard.

Der Autor

V. A. Stuart veröffentlichte mehr als 60 Bücher und zahllose Zeitschriftenartikel und bewies immer wieder exakte Kenntnisse in englischer Geschichte und Marinegeschichte.

In unserem Hause sind von V. A. Stuart bereits erschienen:
Tapfer bis zum Untergang
Dem Feind entgegen
Alle Mann zurück an Bord!
Anker auf – trotz Eis und Schnee!
Land voraus!
Ein Hurra für die Flotte
Auf zu neuen Küsten!

V. A. Stuart

Wenn der Wind dreht
Phillip H. Hazards letzter Kampf

Roman

Aus dem Englischen
von Dieter Bromund

Ullstein

Ullstein Taschenbuchverlag
Der Ullstein Taschenbuchverlag ist ein Unternehmen der
Econ Ullstein List Verlag GmbH & Co. KG, München
Deutsche Erstausgabe
1. Auflage 2001

Titel der englischen Originalausgabe:
Sailors on Horseback
Übersetzung: Dieter Bromund
Umschlaggestaltung: Hansbernd Lindemann, Grafikdesign, Berlin
Titelabbildung: Silvia Christoph
Gesetzt aus der Times
Satz: Pinkuin Satz und Datentechnik, Berlin
Druck und Bindearbeiten: Ebner Ulm
Printed in Germany
ISBN 3-548-25213-3

Für David und Lee Zentner in Dankbarkeit
für den unvergeßlichen Aufenthalt in New York,
das Haus gegenüber dem Walter Winchells und
die amerikanische Buchmesse 1975

Die Ostindische Handelskompanie: eine ehrbare Gesellschaft

Die Ostindische Handelskompanie wurde 1599 gegründet mit dem klaren Ziel, den Holländern den Handel mit den Gewürzinseln streitig zu machen. Die Holländer waren damit ganz und gar nicht einverstanden und massakrierten 1623 auf der Molukkeninsel Amboyna kurzerhand alle Briten. Das hatte zweierlei Folgen: Die Beziehungen zwischen Holland und England blieben nachhaltig gestört, und die Briten verlagerten ihre Interessen auf den indischen Subkontinent.

Die Privilegien der Ostindischen Handelskompanie wurden von den Stuarts immer wieder aufgehoben und immer wieder erneuert, Charles II. hielt dabei mit dem fünfmaligen Wechsel den Rekord. Erst 1709 wurde die Gesellschaft als Institution fest verankert. Und von nun an ging's bergauf.

Der Handel zwischen China und Großbritannien war einzig dieser Gesellschaft vorbehalten. Wer an der richtigen Stelle saß, konnte also ein Vermögen verdienen. Nach der Schlacht von Plassey, 1757, begann die ehrbare Gesellschaft, ihre Privilegien in Indien zu verankern. In dieser Schlacht hatte am 23. Juni der berühmte Robert Clive mit nur 1000 europäischen und 2000 indischen Soldaten den Newab von Siraj-du-Daulua besiegt. Der hatte zwar 50 000 Mann hinter sich, doch ein Gewitterregen hatte das Schießpulver seiner Artillerie durchnäßt. Clive hatte es geschafft, sein Pulver trocken zu halten und den Angriff der Kavallerie mit mörderischem Kanonenfeuer zurückzuschlagen. Er verlor dabei nur 23 Mann.

Siraj floh, Clive kontrollierte fortan Bengalen, wurde kurz darauf irischer Lord, dann Gouverneur von Bengalen, mußte sich allerdings 1772 wegen Korruptionsvorwürfen vor dem Parlament in London rechtfertigen. Die Vorwürfe brachen zwar zusammen, seine Gesundheit aber auch. Am 22. November 1774 beging er Selbstmord.

Mit Gesetzen aus den Jahren 1773 und 1784 nahm das britische Parlament deutlich Einfluß auf den Subkontinent. Die Gesellschaft verlor ihre Monopole für den Handel mit China und Indien bereits 1813 und 1833. Doch als 1818 das Maratha-Reich in Indien besiegt wurde, war die *Honourable East India Company* ab sofort auch ohne Monopole unumschränkter Herr. Statt sich auf den Handel zu beschränken, übernahm sie sogar Regierungsaufgaben. Sie betrieb ihre Geschäfte fortan als verlängerter Arm des britischen Staates.

Die Gesellschaft verfügte über eigene Truppen – stationiert in Bengalen, Madras und Bombay. Sepoys hießen die eingeborenen Infanteristen, Sowars die eingeborenen Kavalleristen. Jedes Regiment wurde von Briten geführt, hatte aber auch eigene indische Offiziere. Der ranghöchste war immer noch Untergebener des jüngsten britischen Offiziers und durfte noch nicht einmal einem weißen Feldwebel Befehle geben.

Neben diesen Armeen gab es in Indien Regimenter der britischen Armee, die zur Regierungszeit von Viktoria als »Regimenter der Königin« während ihrer Dienste in Übersee dem Oberbefehlshaber in Indien unterstanden. 1856 kamen auf jeden britischen Soldaten in Indien mehr als sechs indische. Manche Historiker sehen darin eine der Ursachen für den Aufstand der Sepoys. Nachdem er niedergeschlagen war, änderte sich die Politik Englands drastisch.

Am 1. November 1858 gab es in jedem britischen Standort in Indien Militärparaden, einen Dankgottesdienst, ein Feuerwerk, und eine Proklamation wurde verlesen.

Sie besagte, daß die Ostindische Handelskompanie aufgelöst war und die Briten direkt regierten. Die Verträge, die die Gesellschaft mit den indischen Prinzen geschlossen hatte, galten weiter, neue territoriale Ansprüche stellte Großbritannien nicht. Die Königin begnadigte die Rebellen, die nicht direkt an der Ermordung von Europäern beteiligt waren. Religiöse Toleranz sollte herrschen, alte Sitten respektiert werden.

Dieter Bromund

Prolog

Jeden Tag trafen neue Warnungen über einen drohenden Angriff durch die Armee Nana Sahibs und durch die 10 000 Mann aus Gwalior in Cawnpore ein. Darum setzte General Charles Windham eine Konferenz an, in der seine hohen Offiziere die wirksamsten Gegenmaßnahmen entwickeln sollten.

Als Gardeoffizier hatte er im Krimkrieg sehr viel Ruhm geerntet, und sein heldenhafter Einsatz hatte ihm den ehrenvollen Spitznamen Redan Windham eingebracht. Er war zwei Wochen, nachdem der Oberbefehlshaber Sir Colin Campbell mit den Entsatztruppen nach Lucknow aufgebrochen war, zum Befehlshaber der Garnison von Cawnpore ernannt worden. Um dieses Kommando war er nicht zu beneiden, denn alle Soldaten und Kanonen, die man irgendwie entbehren konnte, waren der Entsatztruppe für ihren verzweifelten Einsatz auf Leben und Tod zugeteilt worden. Windham hatte nur vier Kompanien des 64. Regiments Ihrer Majestät zur Verteidigung behalten, ein paar Kanoniere von Heer und Marine und kleine Abteilungen anderer britischer Regimenter – alles in allem 500 Soldaten mit ihren Offizieren.

Als Sir Colin Campbell sich entschied, Lucknow zu entsetzen und sich erst anschließend um die Bedrohung seiner Basis in Cawnpore zu kümmern, war er ein kalkuliertes Risiko eingegangen, wie General Windham sehr wohl wußte. Sir Colin selbst hatte ganze 4200 Mann unter sich – Männer aller Waffengattungen, wozu auch die 200 Seeleute der Marinebrigade von HMS *Shannon* gehörten und einer weiteren Brigade aus Delhi, die sich jeden Kilometer Weg nach Süden erst frei kämpfen mußten.

Die Rebellen aus Gwalior hatten sich auf der anderen Seite des Flusses Jumna festgesetzt und alle Boote mitgenommen. Jeden Versuch, sie zur Schlacht zu locken, konnten sie darum bestens vereiteln, ganz wie es ihrem verschlagenen

Anführer Tantia Topi gefiel ... Schon ein Aufschub um ein paar Wochen aber konnte den Fall des arg bedrängten Lucknow herbeiführen. Die Belagerung der Residenz durch schätzungsweise 50 000 fanatische Rebellen dauerte immerhin schon über vier Monate. Die erste kleine Entsatztruppe unter den Generälen Outram und Havelock hatte tapfer gekämpft, um die Garnison zu retten. Doch sie hatte so viele Ausfälle gehabt – 500 von insgesamt 2500 Mann –, daß die Überlebenden ab Ende September in der Residenz wie in einer Falle eingeschlossen waren. Zugegebenermaßen halfen sie den Verteidigern, aber auch sie mußten aus den knapper werdenden Vorräten ernährt werden. Es gab insgesamt nahezu 2000 Nicht-Kämpfer in der Garnison, Frauen, Kinder, Verwundete und Kranke. Ihrer aller Leben hing von der Evakuierung durch Sir Colin Campbell ab, der entschlossen war, sie zu retten. Er hatte offen zugegeben, daß er das größte Risiko in seiner langen Karriere eingegangen war. Dem Herzog von Cambridge hatte er geschrieben:

»Ich werde mich auf den Kampfesmut meiner kleinen, aber entschlossenen Truppe verlassen, werde nach Lucknow vorstoßen, werde die Garnison dort abziehen und – so schnell ich kann – zurückkehren, um hoffentlich Windham aus der Gefahr zu befreien, die ihm drohen könnte ...«

General Windham stand unter dem Befehl, Cawnpore unter allen Umständen bis zur Rückkehr seines Oberbefehlshabers zu halten. Er war vor allem dafür verantwortlich, die Brücke aus Booten zu halten, die den Ganges nach Oudh überspannte. Der Feind durfte sie weder erobern noch zerstören, denn sie war die überlebensnotwendige Verbindung zu Sir Colin, denn hier würden die aus Lucknow Evakuierten nach Cawnpore zurückkehren. Windham kannte ihre Bedeutung und setzte sich mit aller Macht dafür ein, die Verschanzungen in Baxi Ghat auf der Cawnpore-Seite des breiten Flusses noch zu verstärken. Er ließ Kanonen aufstellen, die das Gelände vor der Brücke bestreichen konnten.

Die Schanzen waren schon im Juli aus demselben Grund

angelegt worden, als General Havelock Cawnpore verlassen mußte, um mit einer Handvoll Männer die Stadt und die Brücke zu verteidigen. Er hatte einige tausend eingeborene Kulis verpflichtet und die Verteidigungsanlagen deutlich vergrößert. Jetzt erstreckte sich eine Mauer, sieben Fuß hoch und etwa achtzehn Fuß breit, über eine halbe Meile und bildete einen inneren Verteidigungskreis um eine Anhöhe herum, von der man den Fluß überblicken konnte. Die Brüstung war mit Grassoden bedeckt, damit der Regen das Bauwerk nicht beeinträchtigte. Die Mauern hatten Ausfalltore, Schießscharten und Plattformen für die Kanonen, aus Ziegeln gebaut. Das alles, mit Zement gefertigt, war die Arbeit eingeborener Maurer. Die Verteidigungsanlage dahinter umfaßte vier Ar. Zu ihr gehörte eine Balustrade, die eine Meile lang und mit Schießscharten versehen war. Mit dem inneren Teil war sie durch einen überdachten Gang verbunden. Am Kanal und nach hinten schützten sie hohe Palisaden, zum Flußufer führte ein Damm, auf dem zwei Kanonen standen.

Im Vergleich zu den Erdwällen, fast eine Meile weit draußen in der Ebene, hinter der sich General Wheelers unglückselige Garnison so tapfer verteidigt hatte, hatte Windham hier jetzt eine Festung. Doch auch sie hatte einige Nachteile.

Sie lag zunächst der Stadt der Eingeborenen gefährlich nahe. Außerdem war das Gelände der Umgebung zwar flach, doch mit Häusern und ummauerten Gärten durchsetzt. Zwei Bachläufe führten zum Fluß. Das alles mußte ständig durch Patrouillen unter Beobachtung gehalten werden. Ein zu allem entschlossener Gegner hatte im Grunde nur wenige Schwierigkeiten, Kanonen nach oben zu bringen und die Festung und die Brücke unter Feuer zu nehmen. Darüber war sich der General natürlich klar. Er hoffte, nie gezwungen zu werden, seine Truppen aus der Stadt zurückzuziehen, die er im Augenblick noch unter Kontrolle hatte.

Die Ankunft von Brigadegeneral Morden Carthew mit seiner Madras-Brigade hatte seine Sorgen etwas gemildert, zumal während der letzten Tage Ersatz von der Schützenbrigade, dem 34., dem 82. und dem 88. Königlichen Regiment eingetroffen war und seine gesamte Truppe auf 1700 Mann gebracht hatte. Sie sollte er hier zusammenhalten, so lautete die Nachricht von Stabschef Sir Colin Campbell in Lucknow, die Windham am 15. des Monats erreichte. Doch nach dem 19. war die Verbindung mit dem Oberbefehlshaber abrupt abgerissen. So erhielt er keine Reaktion auf sein Ersuchen, das Beste aus der Verstärkung machen und zum Angriff übergehen zu dürfen. Als Kämpfer war Charles Windham überzeugt, der Angriff sei wie immer die beste Verteidigung. Als er seine Kommandeure versammelte, las er noch einmal den schriftlichen Befehl von Sir Colin Campbell durch. Dabei zogen sich seine mächtigen dunklen Brauen zusammen.

»Die Truppen, die in Cawnpore verbleiben, sind optimal einzusetzen, und es ist stets eine Besatzung in ausreichender Zahl in den Befestigungsanlagen zu belassen ... diese ist gut sichtbar und in breiter Formation zu verteilen, wobei stets alle Rückzugslinien besondere Beachtung zu finden haben ...«

Bis jetzt hatte er den Befehl buchstabengetreu befolgt, dessen war sich Windham sicher, doch er runzelte die Stirn. Seine bedeutendste Truppe lag ganz deutlich sichtbar gerade vor und westlich der Stadt. Starke Posten standen dort, wo die Straßen nach Delhi und Calpee sich trafen, zwei weitere standen an den nördlichen Rändern der Stadt, und Abteilungen der 34er und der 82er deckten im Osten die Straße von Bithur. Die Befestigung mit der geschickt positionierten Artillerie war so gut zur Verteidigung vorbereitet, wie es nur ging. In seinem Rücken, bei Fateput, hatte Windham die Infanterie des 17. Madras-Regiments aus Eingeborenen plaziert, die die Straße nach Allahabad auf und ab patrouillierte. Die 27er hatten mit Hilfe der Verstärkung durch eine europäische Feldbatterie die Brücke über den Bunni auf der Straße nach Lucknow zurückerobert, die zuvor von den Rebellen im Sturm genommen worden war. Der General hatte alle seine Einheiten, wie verlangt, den Entsatztruppen für Lucknow unterstellt. Und für diese Unterstützung hatte ihm der Oberbefehlshaber auf das herzlichste gedankt. Doch jetzt endlich konnte Windham seine eigenen Truppen wieder auf eine vernünftige Stärke bringen, und er hielt es für einen enormen Fehler, diese Chance nicht zu nutzen. Er war dafür, die Initiative zu ergreifen.

Natürlich mußte er dabei sicher sein, daß seine wichtigsten Offiziere ihn voll unterstützten. Der letzte Abschnitt im Befehl von Sir Colin Campbell lautete, Windham habe sich in die befestigten Anlagen zurückzuziehen, wenn er ernstlich bedroht würde. Der General Windham starrte auf das Blatt Papier in seiner Hand. Er dürfe »auf keinen Fall die Truppe zum Angriff verlassen, es sei denn, Sie sind einer bevorstehenden Beschießung wegen dazu gezwungen«. Ein kluger Befehl, solange man nur 500 Mann hatte, um eine Stellung zu halten. Doch jetzt, mit dreimal soviel Truppen – europäischen in der Mehrzahl –, war das übervorsichtig, ja fast feige, und das ging ihm ganz und gar gegen den Strich. Windham schaute forschend in die Gesichter der Offiziere und wählte zuerst diejenigen, die wahrscheinlich so dachten wie er.

Da war Brigadegeneral Carthew von der Madras-Armee der Ostindischen Handelskompanie. Er hatte Windham seit seiner Ankunft bewundernswert unterstützt und beugte sich jetzt lebhaft interessiert über die Karten, die Colonel Adye, der Stabschef, auf dem Tisch vor den Offizieren ausbreitete. Ebenso verläßlich war nach Windhams Überzeugung Colonel Wilson vom 64. Regiment der Königin, der jetzt als Brigadegeneral Dienst tat und in Cawnpore sein Vorgänger gewesen war. Wilson war hoch in den Sechzigern, weißhaarig und recht bedächtig, doch immer noch ein guter Soldat und in der Garnison sehr beliebt. Genau wie Windham brannte er darauf, die Rebellen von Gwalior zurückzuwerfen. Colonel Walpole, Kommandeur der Schützen, war ein alter und verläßlicher Freund – an ihm gab es keinerlei Zweifel. Dann sah er Major Stirling an, den diensttuenden Kommandeur der 64er. Er war bei Havelocks Truppen, seit sie im Juni Allahabad verlassen hatten, und die 64er hatten schwere Kämpfe durchgestanden. Auf dem Vormarsch nach Cawnpore hatte es einen Vorfall gegeben, der auch Stirling betraf. Von einem Pferd, das nicht zu beherrschen war, war die Rede. Deshalb war angeblich Stirling gezwungen, zur Nachhut zurückzufallen. Daraufhin hatte Havelock seinen Sohn nach vorn geschickt, der statt des Kommandeurs das Regiment in den Angriff führte und daraufhin zum Viktoria Cross vorgeschlagen wurde. So jedenfalls lauteten die Gerüchte im wesentlichen. General Windham lächelte. Natürlich würde Stirling jede Gelegenheit zum Angriff wahrnehmen, um die Scharte auszuwetzen, die seine Ehre verletzte. Also blieben noch Kelly vom 34. Königlichen Regiment, ein kämpferischer Ire, Maxwell von den Connaught Rangern, ein Offizier gleichen Kalibers, Watson vom 82. Regiment und Harnass von den Pionieren – sie alle waren mit den Einzelheiten des vorgeschlagenen Plans vertraut und unterstützten Windham aus vollem Herzen.

Das einzige Hindernis war demnach Dupuis, der die Königliche Artillerie führte. Als Generalmajor hatte er den höchsten Rang von allen. Sein Widerstand wäre also beachtlich – falls er sich dem Plan widersetzte. An seinem Mut gab es freilich keinen Zweifel. Dupuis mangelte es niemals an Courage, doch er neigte dazu, sich sklavisch an Befehle zu klammern, und er würde vermutlich dafür plädieren, auf die Antwort des Oberbefehlshabers zu warten, dem er eine Eilmeldung geschickt hatte mit Einzelheiten über den Angriffsplan. Windham hatte keine Zweifel, daß die Antwort positiv ausfallen würde, denn der Plan hatte Hand und Fuß, dennoch …

Es war ein großes Problem, daß zu einem so entscheidenden Zeitpunkt die Verbindung nach Lucknow unterbrochen war. Eine Verschiebung würde das Überraschungsmoment zunichte machen, das für den Erfolg von ausschlaggebender Bedeutung war. Außerdem konnten sich die feindlichen Truppen, die gegenwärtig noch allein standen, in der Zwischenzeit sammeln …

»Meine Herren, ich bitte um Ihre Aufmerksamkeit«, begann General Windham. Er zeigte auf die Karte. »Sie kennen natürlich unsere Lage. Ich erwarte Ihre Einschätzung der Lager der Rebellen von Gwalior. Bis Mitte dieses Monats haben die Aufständischen keinen Versuch unternommen, den Jumna zu überqueren. Sie sind, wie Sie wissen, gut bewaffnet, diszipliniert und hervorragend mit Artillerie bestückt. Doch bisher sind sie nur sehr zögernd vorangegangen, ja fast furchtsam. Doch seit der Oberbefehlshaber nach Lucknow marschierte, sind sie langsam näher gerückt. Nach Berichten unserer Spione, die ich ausgeschickt habe, stand vor fünf Tagen ihre Hauptstreitmacht immer noch in Calpee, etwa 3000 Mann mit 20 Kanonen. Ein weiterer Verband, etwa 1200 Mann mit 4 Kanonen, ist bis Bognepore vorgerückt.« Er tippte mit dem Zeigefinger auf die Karte. »Zwei andere Verbände, schwächere, stehen in Akbarpore und Shewlie. Und etwa 1000 Mann, mit Kavallerie und Artillerie, sind hier in Shirayjpore. Der Rest ist noch in Jaloun.« Der General legte eine Pause ein, damit die versammelten Offiziere Gelegenheit hatten, die Orte, die er genannt hatte, auf der Karte zu identifizieren. Dann fuhr er fort: »Sie ziehen also einen Ring um uns herum, meine Herren. Und ich wage zu behaupten, daß dies ein Zeichen ist, daß sie einen Angriff auf unsere Stadt vorhaben, solange wir zahlenmäßig schwach sind und Mühe haben werden, uns zu verteidigen, wovon sie im Moment ausgehen.«

»Sie glauben also nicht, daß sie versuchen werden, sich mit der Armee des Nana in Oudh zu vereinigen?« fragte General Dupuis. »Durch ihr Zögern haben sie die Chance verpaßt, den Oberbefehlshaber auf dem Marsch nach Lucknow anzugreifen. Aber meinen Sie nicht auch, General Windham, daß sie Sir Colin auf dem Rückweg angreifen wollen, wenn er durch Frauen, Kinder und Verwundete in seiner Gegenwehr behindert ist?«

»Das könnte sein«, mußte Windham einräumen. »Doch es ist meiner Meinung nach unwahrscheinlich. Unsere Agenten melden uns, daß der Nana sich in großem Tempo nach Süden bewegt ... also weg von Lucknow. Captain Bruce wird Ihnen alle Einzelheiten erklären, meine Herren.« Er nickte dem Abwehroffizier zu.

Bruce war ein Veteran aus Havelocks Einheiten und kommandierte jetzt die neu aufgestellte Polizeitruppe in Cawnpore. Er lieferte einen knappen Bericht über das, was seine Männer ihm gemeldet hatten, und endete bedrückt: »Der Nana schätzt es ganz und gar nicht, daß er unter Beobachtung steht, meine Herren. Drei Pechvögel hat er zu mir zurückgeschickt, nachdem er ihnen die Zungen herausschneiden ließ. Aber es sieht alles so aus, als beabsichtige er, sich mit Tantia Topi und den Rebellen von Gwalior auf dieser Seite des Flusses zu verbünden – vielleicht schon in den nächsten zwei oder drei Tagen. Sein Ruhm wurde fleckig, als er Cawnpore an General Havelock verlor – er will den Ort unbedingt wiederhaben. Nachdem er sich mit den Einheiten von Gwalior vereint hat, wird er uns ganz sicher angreifen.«

»Ich bin der Ansicht«, warf General Windham ein, »daß wir die Initiative ergreifen müssen. Wir müssen einen schnellen und entschlossenen Angriff führen, ehe sie Zeit finden, sich zusammenzutun. Ich schlage vor, daß wir dazu den Kanal nutzen, meine Herren. Auf der Karte sehen Sie, daß er von hier nach Norden führt, zwischen Shewlie und Shirayjpore hindurch, die beide ungefähr fünfzehn Meilen von uns entfernt liegen. Ich habe die Einzelheiten meines Planes dem Oberkommandierenden geschickt. Meine Absicht ist es, 1200 unserer Männer in der Nacht in Booten auf dem Kanal zu verschiffen. Die Feldkanonen werden den Booten auf dem Treidelpfad folgen. Die Männer werden also nicht durch einen Marsch von 15 Meilen erschöpft. Sie kommen frisch an und können sofort den Gegner angreifen. Die genauen Positionen werden wir gemäß den Berichten festlegen, die unsere Späher liefern. Auf jeden Fall nutzen wir das Überraschungsmoment im Morgengrauen zum Angriff. Anschließend werden unsere Truppen sofort nach Cawnpore zurückkehren.«

»Sie würden natürlich genügend Männer zur Verteidigung unserer Stellungen dortlassen?« wollte Brigadegeneral Wilson wissen.

»Natürlich.« General Windhams Lippen verzogen sich in seinem Bart zu einem Lächeln. »Und zwar in Ihren guten Händen, mein lieber Freund. Wir sind jetzt etwa 1700 Bajonette stark, nicht wahr, Adye?«

»Das stimmt, Sir!« bestätigte sein Stabschef.

Zufrieden nickte der alte Brigadegeneral.

»Mit mehr werden wir niemals rechnen können. Und wir kennen auch die Schwächen der Befestigungsanlagen. Wünschen Sie, daß ich sie zum Nutzen der Kommandeure, die erst kürzlich zu uns gestoßen sind, aufzähle, General?«

Der Brigadegeneral erhielt von seinem Vorgesetzten dazu die Erlaubnis und beschrieb die Schwachstellen der Erdanlage, für die er verantwortlich sein würde. Bedrückt meinte er abschließend: »General Windhams Befehl lautet, sich in die Befestigung zurückzuziehen, sobald der Angriff erfolgt, und sie nicht zu verlassen, es sei denn, wir würden durch Artillerie dazu gezwungen. Das bedeutet kurz und knapp, meine Herren: Wenn es dem Feind gelingt, durch die Eingeborenenstadt hindurchzukommen, dann wird er auch in der Lage sein, schwere Artillerie heranzuführen. Der Boden erlaubt es. Dann wird er unsere Stellung beschießen und die Brücke von den Booten aus angreifen. Wir könnten sein Feuer nicht erwidern, wenn sie nördlich von uns Kanonen postieren.«

»Wir würden ihn dann also aus der Stellung heraus stürmend mit Infanterie angreifen«, bot Colonel Kelly stirnrunzelnd an. »Denn die Brücke ist ja wohl unter allen Umständen zu halten.«

»Genau das ist der Fall«, stimmte Wilson zu. »Die Brücke ist die einzige Verbindung zum Oberbefehlshaber und seinen Truppen in Oudh.«

Er zögerte und schaute zu General Windham. Der bedeutete ihm fortzufahren, weil er annahm, daß seine Erläuterungen über die Stellung ihre Wirkung auf die Zuhörer nicht verfehlt hatte.

Wilson seufzte. »Nach sorgfältiger Überlegung, meine Herren«, sagte er dann tonlos, »können wir die Stadt nicht aufgeben und einfach abwarten, bis der Feind uns in unseren Verschanzungen angreift. Mit nur 500 Mann, die wir ursprünglich hatten, wäre uns kaum etwas anderes übriggeblieben. Aber die Verstärkung erweitert unsere Handlungsmöglichkeiten, und das sollten wir auch nutzen. Ganz abgesehen davon würden wir gewaltig an Ansehen verlieren, wenn wir die Eingeborenenstadt einfach aufgäben und sie Nanas Truppen zum Plündern überließen. Das ist im Augenblick ein ganz besonders wichtiger Aspekt. Jede Niederlage von uns zeugt neue Rebellen, doch jeder Sieg holt die Wankenden und die

Furchtsamen zu uns zurück. Es handelt sich um simple Gemüter. Recht hat für sie, wer die Macht hat. Sicherheit sehen sie für sich nur auf der Seite des Gewinners.« Er fuhr sehr beredt fort.

General Windham hörte mit wachsender, doch gut verborgener Ungeduld zu. Innerlich fluchte er auf seine *Cossids*, seine Späher, die ihm die dringend erwartete Antwort vom Oberbefehlshaber immer noch nicht überbracht hatten.

Es bedurfte eines einzigen Sieges, wie der alte Wilson erkannt hatte, um die Gwalior-Truppen wieder über den Jumna zurückzuschicken … Die Gelegenheit für einen solchen Sieg bot sich jetzt – und zwar sofort, solange die Rebellen noch in getrennten Verbänden waren und jeder einzelne von 1200 britischen Bajonetten geworfen werden konnte. Doch Wilson kam jetzt zu Nebensächlichkeiten, verlor beim Argumentieren den roten Faden und legte viel zuviel Gewicht auf die Verteidigung der Eingeborenenstadt …

»Mal ganz abgesehen von derlei moralischen Verpflichtungen«, fuhr der alte Brigadegeneral sehr ernst fort, »erwarten wir viele Frauen und kleine Kinder und natürlich Verwundete aus Lucknow. Bungalows haben wir einigermaßen bequem einrichten lassen, die die armen Seelen nach ihrer schweren Bedrängnis aufnehmen werden. Wenn wir versuchen wollten, sie hier in den Befestigungsanlagen aufzunehmen, befürchte ich chaotische Zustände wegen Überfüllung und vieler Toter. Das Gepäck, die Vorräte, die Reservemunition, die Sir Colin hiergelassen hat. Wir …«

»General Wilson«, unterbrach ihn der Artilleriekommandant General Dupuis brüsk, »sind Sie für einen Angriff auf Shewlie und Shirayjpore, oder meinen Sie, wir sollten nur die Eingeborenenstadt verteidigen, wenn Nana angreifen sollte?«

Der alte Brigadegeneral errötete und blickte unglücklich zu Windham hinüber. »Ich … ich versuche gerade denjenigen, die erst angekommen sind, die Lage zu erläutern, Sir. Ich bin schon sehr lange hier …« Windhams Blick traf ihn, er hielt inne und sagte dann nur noch, deutlich betroffen: »Ich bin für die Verteidigung der Eingeborenenstadt, Sir. Meiner

Meinung nach ist aber auch der Plan von General Windham, den Kanal in die Taktik einzubeziehen, vernünftig, vorausgesetzt ...«

»Vorausgesetzt, der Oberbefehlshaber stimmt zu, nehme ich an«, warf Dupuis ein. Sein Blick aus blauen, harten Augen unter üppigen weißen Brauen maß sich mit dem General Windhams. »Doch das hat er, wenn ich recht verstehe, bisher noch nicht getan.«

Auf diese Frage konnte der General nur zögernd den Kopf schütteln. »Ich habe um seine Zustimmung gebeten. Wie ich schon betonte, habe ich ihm Informationen über die Details nach Lucknow geschickt. Aber seit fünf Tagen existiert keine Verbindung mehr. Also weiß ich auch nicht, ob mein Bote durchkam oder nicht.«

»Wenn das so ist«, konterte Dupuis, »haben wir keine andere Wahl, fürchte ich, als auf die Antwort von Sir Colin oder von seinem Stabschef zu warten. Wir wissen nicht, wie es um sie steht, oder? Die Befehle lassen Ihnen keinen Spielraum außer in bezug auf die Eingeborenenstadt, die Sie je nach Lage der Dinge verteidigen oder aufgeben können. Nach allem, was wir von Brigadegeneral Wilson gehört haben, scheint es wünschenswert, die Stadt zu halten. Denn sollten wir sie aufgeben, würden wir die Brücke und die Befestigung gefährden.« Er zog die Schultern hoch. »Mit nur zehn Kanonen und insgesamt nicht mehr als 1700 Bajonetten wird diese Aufgabe alle Kraft von uns fordern. Damit können wir uns nicht auf das Risiko einlassen, in Shewlie oder Shirayjpore zurückgeworfen zu werden, fünfzehn Meilen weit weg. Das gäbe ein Desaster, Sir, um es milde auszudrücken.«

Das war genau das, was er von General Dupuis erwartet hatte, sagte sich General Windham. Trotzdem war er enttäuscht, als er das zustimmende Murmeln hörte, mit dem die anderen kommandierenden Offiziere die Worte des alten Artilleristen kommentierten. Keiner von ihnen war also bereit, Windham den Rücken zu stärken, falls er seine Befehle überschritt.

Selbst Wilson hatte vorsichtige Töne angeschlagen, obwohl er am Abend zuvor großen Enthusiasmus gezeigt hatte, während sie gemeinsam den Plan diskutierten. Natürlich konnte sich Windham über alle hinwegsetzen – immerhin hatte er hier das Kommando, die letzte Entscheidung lag bei ihm ganz allein. Er seufzte hörbar. Doch ohne die Unterstützung seiner erfahrenen hohen Offiziere war das Risiko zu groß, er konnte es nicht eingehen.

Dupuis legte ihm die Hand auf den Arm. Seine Stimme hatte alle Härte verloren, als er sagte: »General Windham, zu jeder anderen Zeit hätte ich Ihren Vorschlag aus vollem Herzen unterstützt, einen sich nähernden Feind anzugreifen. Kühnheit zahlt sich im Grunde immer aus. Aber dieser Ort und diese Brücke müssen nun einmal unter allen Umständen gehalten werden. Falls die Sache für Sir Colin Campbell in Lucknow nicht gut steht, könnten wir verpflichtet werden, den größten Teil unserer Leute zu seiner Verstärkung zu schicken. Diese Möglichkeit dürfen wir nicht außer acht lassen, Sir. Es stimmt doch, daß Sie seit fünf Tagen nichts mehr von ihm gehört haben?«

Windham schüttelte den Kopf.

»Dann«, schlug der Kommandeur der Königlichen Artillerie vor, »schicken Sie Ihre Truppe doch bis zu der Brücke vor, über die die Straße nach Calpee und Delhi den Kanal kreuzt, General.« Er tippte auf die Karte. »Die Hauptstreitmacht der Rebellen wurde zuletzt in Calpee gesehen. Sie wird also von dort vorstoßen. Ihr eigenes entschlossenes Vorgehen könnte sie durchaus abschrecken, wenn sie noch zögern. Sie haben genügend Truppen zur Verfügung, die auf den Straßen patrouillieren können, falls man sie umgehen und ihnen in den Rücken fallen will. Der Kanal schützt als breiter, wassergefüllter Graben Ihre gesamte Front. Weiterer Vorteil: Aus dieser Position könnten Sie ohne Zeitverlust ihre Kanaloperation starten, sobald der Oberbefehlshaber zugestimmt hat, meine ich.«

»Das ist gut möglich, ja«, stimmte Windham zu.

Er war erleichtert, daß dieser Vorschlag von Dupuis kam. Es war eine Alternative, die er selbst bereits ins Auge gefaßt hatte, falls der Plan mit dem Kanal keine Zustimmung finden würde. So hatte er in der Tat die Möglichkeit, ihn immer noch auszuführen, wenn es geboten schien. Hinter der Calpee-Brücke und ihrem jetzigen Lager erstreckte sich offenes Land mit Hügeln, die ehemalige Ziegelbrennöfen bedeckten. Diese Hügel stellten natürliche Verteidigungspositionen dar, und hier konnte man den Angriff abwehren. Feldkanonen konnten an strategisch wichtigen Punkten in Stellung gebracht werden, es gab ausreichend Deckung für Infanterie und Nachschub, und von der höchsten Anhöhe aus hatte man einen guten Überblick über das Land. Windham und Brigadegeneral Carthew hatten kurz nach dem Eintreffen der Madras-Brigade die Gegend erkundet. Sein Blick fiel auf Carthew, und er sah ihn lächeln. Offensichtlich hatte der Brigadegeneral mit Dupuis gesprochen. Dankbar erwiderte dieser das Lächeln des Offiziers aus Madras.

»Ein bewundernswerter Kompromiß, General Dupuis«, bestätigte er ihm. »Oder hat jemand einen weiteren Vorschlag, dann bitte ich …«

Sein Adjutant, Lieutenant Swires, unterbrach ihn, indem er ihm eine Röllchen Papier in die Hand drückte.

»Endlich ein *Cossid* aus Lucknow, Sir!« sagte er, »ich wollte Ihnen das Papier sofort bringen.«

»Danke, Roger.« Langsam und mit großer Vorsicht rollte Windham das dünne Papier auf, während die anderen Offiziere ihn stumm beobachteten. Mühsam versuchte er die Botschaft zu entziffern.

»Vom Oberbefehlshaber, Sir?« wollte Carthew eifrig wissen. »Können wir vom Kanal aus angreifen?«

Langsam schüttelte Windham den Kopf. Er klang bedrückt, als er antwortete. »Nein, die Nachricht ist vom Befehlshaber des Nachschubs, der auch nach Lucknow unterwegs ist. Er bittet mich, Nachschub für zehn Tage für alle auf den Weg zu bringen. Er sagt nichts über die Garnison. Der Teufel soll ihn holen, er teilt mit, über die militärische Lage könne er sich nicht äußern.«

»Um Gottes willen«, meldete Dupuis sich erregt. »Nachschub für zehn Tage – das kann doch nur heißen, daß Sir Colin einen Rückschlag erlitten hat.«

»Oder daß er die befreite Garnison ernähren muß«, hielt Carthew dagegen.

»Es heißt vor allem«, meinte General Windham grimmig, »daß ich eine starke Eskorte brauche und all meine Transportmöglichkeiten für seinen Nachschub einsetzen muß. Statt also einen Angriff vorzutragen, meine Herren, werden wir uns darauf bescheiden, uns zu verteidigen, wenn wir angegriffen werden.«

»Aber Sie werden doch der Bitte nachkommen, Sir?« wollte der alte Wilson wissen. »Sie schicken doch den Nachschub? Die entsetzte Garnison und die Frauen und Kinder haben gehungert!«

»Welche andere Wahl habe ich?« Ohnmächtig streckte Windham seine Hände aus und versuchte, sich seine Enttäuschung nicht anmerken zu lassen. »Wie General Dupuis sehr richtig sagte, lassen mir meine Befehle nicht viel Spielraum. Ich habe den Oberbefehlshaber zu unterstützen, und wenn er Nachschub für zehn Tage haben will, dann muß ich Folge leisten.«

»Der Befehl kommt vom Befehlshaber der Versorgung, nicht vom Oberbefehlshaber«, erinnerte ihn Colonel Adye. »Wir brauchen außerdem mindestens vierundzwanzig Stunden, um die Vorräte zu sammeln und die nötigen Wagen bereitzustellen.«

Der Glanz ehrlicher Erleichterung war in General Windhams dunklen Augen zu erkennen. »Sie haben ja recht, John, du lieber Himmel. Wir werden alle Vorbereitungen treffen, aber wir können den Nachschub erst morgen abend in Bewegung setzen. Bis dahin wird vielleicht der Oberbefehlshaber oder General Mansfield diese Instruktionen bestätigt haben und mir mitteilen, wie die Lage wirklich ist. In der Zwischenzeit zeigen wir denen da, wie stark wir sind, solange wir hier noch genügend Truppen haben. Wir werden unser Lager heute nachmittag an der Calpee-Brücke aufschlagen, meine Herren!«

Sie ließen vier Kompanien des 64. Königlichen Regiments und die übliche Anzahl Kanonen zur Verteidigung der Festung zurück. Alle übrigen britischen Truppen überquerten den Ganges-Kanal über die Brücke nach Calpee und schlugen dort ihr Lager auf.

Am nächsten Morgen kam ein zweiter *Cossid* mit einer Nachricht von General Mansfield. Darin hieß es, der Oberbefehlshaber werde seinen Rückmarsch nach Cawnpore am Morgen des 27. November beginnen und die Überlebenden aus der Garnison Lucknow mitbringen – kein Wort über den Nachschub, nichts zu dem Plan, die Rebellen von Gwalior anzugreifen. Enttäuscht und nur zögernd hob General Windham den Befehl auf, die Boote zu sammeln.

Kurz vor Einbruch der Dunkelheit am Abend des 25. ritt ein eingeborener Polizei-Unteroffizier ins Lager und meldete, Zamindari-Truppen überquerten von Oudh aus den Fluß. Eine Division von Gwalior-Rebellen, etwa 3000 Mann mit Kavallerie und sechs Feldkanonen, habe eine Angriffsstellung am Fluß Pandoo Nuddy bezogen, keine drei Meilen vom Lager entfernt. Windham verlor keine Zeit, eine weitere Lagebesprechung mit seinen Kommandeuren einzuberufen.

»Lassen Sie beim Morgengrauen das Lager abbrechen und die Truppen die Waffen aufnehmen«, instruierte er Colonel Adye. »Wir werden einen kurzen, kräftigen Angriff über den Pandoo Nuddy führen und uns dann auf die Hügel zurückziehen, um unsere Basis zu decken. Wenn unser Hieb scharf genug ist, wird er mit Sicherheit verhindern, daß die Hauptstreitmacht und die Truppen des Nana noch weiter vorrücken. Lieber Gott, hätten wir doch bloß eine Schwadron britische Kavallerie, die uns verläßliche Informationen über die Pläne des Nana bringen könnte. Ich fühle mich verdammt unwohl, solange ich nicht weiß, was er vorhat oder wie viele Regimenter aus Delhi sich ihm angeschlossen haben. Es ist, als ginge man mit einer Augenbinde in den Kampf.«

In der Morgendämmerung ritt der General zur Erkundung aus. Neun Männer der 9. Ulanen und eine Handvoll eingeborener Irregulärer begleiteten ihn – die ganze Kavallerie, die ihm zur Verfügung stand. Noch immer war Windham unruhig. Doch als er mit seinem Fernglas entdeckte, daß die rotberockten Gwalior-Sepoys sich für den Vormarsch bereitmachten, befahl er seinen eigenen Truppen den Angriff.

Es wurde eine glänzende Attacke. Die Schützenbrigade schwärmte aus, geführt von Colonel Walpole. Sie trafen auf heftiges Artilleriefeuer von jenseits des ausgetrockneten Bettes des Pandoo Nuddy. Von der rechten Flanke des Feindes griff Kavallerie in großer Zahl beherzt an. Die 34er bildeten ein Quadrat und wiesen den Feind entschlossen durch mörderische Salven aus den weittragenden Enfield-Gewehren ab. Die Briten traten dann zum entscheidenden Angriff an. Die 88er – die Ranger aus Connaught – trugen ihn mit dem Bajonett – hurra rufend – vor. Sie durchquerten das Flußbett, nahmen die Stellung am jenseitigen Ufer und unter Einsatz der Bajonette auch ein Dorf, das mehr als eine halbe Meile entfernt lag. Die Aufständischen ergriffen eiligst die Flucht und ließen in der Hast zwei 8-Zoll-Haubitzen und eine 6-Pfünder-Kanone zurück.

Doch Windhams Jubel über den Sieg verstummte schnell. Während seine Truppen sich noch sammelten und wegen der eroberten Kanonen in Triumphgeschrei ausbrachen, beobachtete er von einem Hügel hinter dem Dorf aus, daß die Hauptstreitmacht der Rebellen – Einheit um Einheit, wenigstens 10 000 Mann insgesamt – heranmarschierte. Mit sauberen Uniformen und großer Disziplin marschierte die Gwalior-Infanterie wie auf dem Paradefeld, ihre Fahnen in der Mitte, Kavallerie ritt als Vorhut voraus, und die Kanonen, von Pferden, Ochsen oder Elefanten gezogen, fanden sich im Zentrum und an beiden Flanken.

Etwas hinter ihnen stieg eine unheilvolle Staubwolke in den Himmel. Sie zeigte weitere Truppen an – die vom Nana ausgehobenen Soldaten, sagte sich General Windham bedrückt. Im Sonnenlicht glitzerten die stählernen Lanzenspitzen, und er hörte fernen Trommelschlag. Das waren eindeutig die Truppen des Nana, die Windham eigentlich 40 Meilen entfernt in Oudh gewähnt hatte! Er fluchte lauthals auf seine eigene fehlende Kavallerie, setzte sein Fernglas ab und wandte sich an Dupuis.

Bekümmert sagte er: »Wir haben offensichtlich viel zu

lange gezögert, General. Alle unsere Feinde tun sich in den nächsten zwei Stunden zusammen. Die Truppen, die wir da gerade besiegt haben, waren nur die Vorhut.«

Ernst nickte General Dupuis. »Ich nehme an, Sir, Sie werden sich jetzt zurückziehen, um das Fort zu halten und die Brücke zu verteidigen, die wir aus Booten gebaut haben.«

»Mir bleibt kaum etwas anderes übrig«, antwortete Windham und zuckte mit den Schultern. Mit tonloser Stimme erteilte er seinem Stab die entsprechenden Befehle. »Ich habe vor, die Eingeborenenstadt vor Marodeuren zu schützen, wenn es geht. Wir ziehen uns in die Hügel über den alten Ziegeleien diesseits des Kanals zurück. Wenn sie uns angreifen, stellen wir uns da.«

»Sie haben mehr Kanonen und mehr Soldaten«, warnte General Dupuis. »Ich denke, es wäre klug, Sir Colin sofort eine Nachricht zu schicken. Vielleicht kann er ja seine Rückkehr beschleunigen.«

»Vielleicht«, entgegnete Windham bitter. »Aber ich habe meine Zweifel, meine ganz großen Zweifel, Sir!«

1

Die lange Reihe der Ochsen bewegte sich langsam an den Wällen des Palastes von Alam Bagh, vier Meilen südlich von Lucknow, vorbei. Commander Phillip Horatio Hazard von der Marinebrigade Ihrer Majestät Schiff *Shannon*, inspizierte kritisch die große 24-Pfünder-Belagerungskanone, an die sie gespannt waren. Alles schien in Ordnung, und er winkte der Mannschaft zu. Sie konnte weiterziehen.

Das eiserne Monstrum mit seinen 65 Zentnern war eines von sechs. Zusammen mit zwei 8-Zoll-Haubitzen und einem Paar Raketenwerfern bedienten sie die 200 Seeleute und Seesoldaten der Marinebrigade, die der Entsatztruppe für Lucknow angeschlossen war. Außer den Kanonieren, die für die beeindruckenden Waffen benötigt wurden, bestand die Brigade aus zwei Kompanien Schützen, die wie Soldaten ausgebildet worden waren und auch so marschierten, und sechs leichten Feldkanonen, die je ein Midshipman befehligte. Alle hatten sich in den heftigen Kämpfen bewährt, in denen die belagerte britische Garnison in der Residenz von Lucknow entsetzt wurde. Jetzt, da die Aufgabe erfüllt war, bildete die Brigade das Ende des zehn Meilen langen Zuges, der sich auf dem Marsch zurück nach Cawnpore befand.

Doch nicht der ganze Zug bestand aus Kämpfern. Eine Einheit von 4000 Mann war mit 25 Kanonen in Alam Bagh unter dem Kommando von Generalmajor Sir James Outram zurückgeblieben, um Verfolger abzuwehren und die Stadt, die immer noch die Rebellen hielten, unter Kontrolle zu bekommen. So blieben also 3000 Mann aller Waffengattungen, um die Frauen und Kinder, die Kranken und die Verwundeten, fast 2500 insgesamt, zu schützen. Ihre Tragen und Wagen bildeten den Hauptteil des Zuges. Genauso langsam bewegten sich die Wagen mit Munition und Bagage, der Troß, die

Diener und die Scharen von Kamelen, Elefanten und Ochsen, die die Zelte, die Vorräte und die Lagerausrüstung trugen.

Sie waren seit fast einer Woche unterwegs. Phillip Hazards Lippen wurden schmal, wenn er sich an die Furcht erinnerte, die an ihm gezehrt hatte, als die ersten Kranken und Verwundeten und später die überlebenden Familien im Schutz der Dunkelheit aus der Garnison herausgeschmuggelt worden waren. Nur eine dünne Postenlinie stand zwischen ihnen und den Tausenden von Rebellen, die die Stadt immer noch wie mit einem stählernen Ring umschlossen hielten. Die schweren Belagerungsgeschütze der *Shannon* hatten Kaiser Bagh, das der Feind hielt, vierundzwanzig Stunden am Tag beschossen – drei Tage lang. Sie wollten dem Gegner vortäuschen, daß ein Angriff auf seine Hauptbefestigung unmittelbar bevorstünde. Doch statt dessen hatten die Einwohner Lampen und Kerzen in den von Kugeln gezeichneten Häusern der Residenz brennen lassen, und die Nachhut aus der Garnison war leise aus den Stellungen verschwunden, um zu ihren Rettern im Dilkusha Park zu stoßen. Es handelte sich dabei um hagere, halbverhungerte Männer in zerschlissenen Uniformen. Die Rebellen hatten aber ihr Verschwinden erst bemerkt, als dem letzten Mann seine gefährliche Flucht geglückt war.

Phillip Hazard entspannte sich etwas. Wie durch ein Wunder waren seine eigenen Gebete erhört worden, denn seine Schwester Harriet hatte zusammen mit ihren zwei kleinen Kindern die 140 Tage der Belagerung überlebt. Alle drei hockten jetzt auf einem der überladenen Ochsenkarren und waren schon weit voraus auf dem staubigen Weg nach Cawnpore, wo die jüngere Schwester Lavinia tragisch gestorben war …

Zusammen mit den anderen Frauen und Kindern aus General Wheelers Garnison war sie in einem kleinen, gelbbemalten Haus in der Eingeborenenstadt brutal ermordet worden. Dort hatte der Verräter Nana alle Gefangenen gehalten. Phillip hatte den Ort mit eigenen Augen gesehen. Obwohl er an die Schrecken des Krieges inzwischen gewöhnt war, erschauderte er noch immer. Er wünschte, er könnte die Erinnerung an das Gesehene aus seinem Gedächtnis löschen.

Es hatte auf beiden Seiten viele Tote gegeben, seit vor sieben Monaten die Sepoys der Bengalischen Armee rebelliert hatten. Lucknow hatte allein bei den beiden Entsatzzügen mehr als tausend Leben gekostet. Auch die Belagerung hatte ihren hohen Zoll von den ursprünglichen Verteidigern der Residenz, Briten und Indern, verlangt. 700 der Sepoy-Garnison der Residenz waren loyal geblieben, hatten neben den Soldaten Ihrer Majestät 32. Leichter Infanterie gekämpft und neben den Sikh-Kameraden aus dem Pandshab. Und loyal waren auch viele andere aus den Entsatztruppen geblieben.

Doch jetzt marschierten sie aus Lucknow weg, ließen ihre Toten in unbezeichneten Massengräbern zurück. Sie ließen auch den Helden der Belagerung, Sir Henry Lawrence, den höchsten Vertreter der Ostindischen Handelskompanie in Oudh, zurück, dessen Weitsicht die tapfere Verteidigung erst ermöglicht hatte. Er hatte die Residenz bevorratet und befestigt. Doch er hatte nicht lange genug gelebt, um sich am Erfolg zu freuen …

Sie ließen auch General Havelock zurück. Die letzte der schweren Belagerungskanonen rumpelte jetzt, von zwölf Paar Ochsen gezogen, vorbei. Phillip Hazard sah sie, wandte sich im Sattel um und betrachtete die durchlöcherten hohen Mauern des Alam Bagh, hinter denen vor zwei Tagen General Sir Henry Havelock bestattet worden war.

Er war in ganz Britisch-Indien als Retter von Lucknow gefeiert worden. Der kleine Mann hatte tapfer gekämpft, um die belagerte Garnison das erste Mal zu entsetzen. Doch dann war er in den sieben Wochen erkrankt, in denen er in der Residenz gemeinsam mit allen eingeschlossen war, die er so tapfer hatte retten wollen. Ohne an seine eigene Sicherheit zu denken, war er zusammen mit Sir James Outram und anderen Offizieren der Residenz-Garnison in ein Gebäude geeilt, das allgemein nur Messe hieß und das im Bereich feindlichen Feuers lag. Dort wollte er den Oberbefehlshaber, Sir Colin Campbell, begrüßen. Eine explodierende Granate hatte ihn zu Boden gerissen, doch er behauptete, er sei unverletzt. Der Mann, der Lucknow endgültig befreite, informierte ihn über seine Beförderung und die Verleihung des Titels »Sir«. Die Glückwünsche der Garnison umbrandeten ihn – und dann verließen Henry Havelock seine Kräfte. Knapp eine Woche nach dem historischen Treffen mit seinem Oberbefehlshaber war er einem Anfall von Ruhr erlegen, gegen den sein schwacher, ausgemergelter Körper keinen Widerstand leisten konnte.

Sein Tod führte bei der Truppe zu lähmendem Entsetzen. Phillip hatte zusammen mit William Peel, dem Kommandanten der *Shannon,* an der unprätentiösen Beisetzung teilgenommen und erinnerte sich schmerzlich an die Tränen, die er in den Augen der Trauernden wahrgenommen hatte, als sechs kräftige Hochländer aus Havelocks Lieblingsregiment, den Königlichen 78ern, die Leiche zu dem eilig ausgehobenen Grab getragen hatten. Vor ihnen marschierte ein Dudelsackpfeifer, der *Die Blumen des Waldes* spielte.

Am Grab hatte man die übliche Salve abgefeuert. Sir Colin Campbell stand auf der frisch ausgehobenen Erde und grüßte mit der Hand am Zweispitz. Sir James Outram und Brigadegeneral Inglis standen auf einer Seite neben ihm, auf der anderen sein ältester Sohn, Harry Havelock, von Ihrer Majestät 10. Infanterieregiment, und sein ergebener junger Adjutant William Hargood von den Füsilieren aus Madras. Als die ranghöheren Trauergäste aufbrachen und die beiden jungen Offiziere ihrer eigenen Trauer überließen, hatte William Peel mit belegter Stimme gesagt: »Man darf um ihn wahrlich weinen. Einen tapfereren Soldaten und einen besseren Christen gab es nie. Ich werde zufrieden sein, Phillip, wenn ich wie General Havelock beim Nahen des Todes sagen kann: Ich habe vierzig Jahre meines Lebens damit zugebracht, daß ich vor dem Tod keine Furcht habe, wenn er denn kommt.«

So soll es sein, dachte Phillip, so soll es sein.

»Sir!« Midshipman Clinton, der vor zehn Tagen am Shah Nujeef verwundet worden war, trug seinen rechten Arm noch immer in der Schlinge. Er zügelte jetzt sein Pferd. Clintons gutgeschnittenes Gesicht war dick von Staub bedeckt, und er war atemlos, weil der Ritt ans Ende des Zugs beschwerlich gewesen war. »Der Kommandant, Sir, würde gerne mit Ihnen sprechen. Er ist weiter vorn, etwa zwei Meilen. Mit dem Ersten Offizier. Ich soll außerdem dem Artillerieoffizier neue Befehle bringen, Sir. Können Sie mir sagen, wo er ist?«

»Dort«, deutete Phillip Hazard in den Staub, »falls Sie ihn dort ausmachen können.«

Hazard fand Captain Peel etwa zwei Meilen weiter entlang der staubigen Straße neben dem Ersten Offizier der *Shannon*, James Vaughan, und einem Artillerieoffizier, Captain Travers.

»Ah, Phillip, schön, daß Sie hierher gefunden haben.« Der gutaussehende Peel blickte ungewöhnlich ernst drein, als Hazard sein Pferd auf dem schmalen Streifen neben der Straße zum Halten gebracht hatte.

»Es ist ziemlich schwierig, durchzukommen oder jemanden in diesem Gewühl zu finden. Und dort ist es noch schlimmer.« Er deutete nach vorn auf die Straße, wo Krankentragen, *Doolies*, mit roten Vorhängen in scheinbar unendlicher Prozession zu erkennen waren. Die eingeborenen Träger schüttelten die Liegenden erbarmungslos im Trab über die zerrissene Straße, während sie zu dritt, manchmal sogar zu viert oder fünft nebeneinanderher liefen.

»Die armen Kerle mit ihren Verwundungen«, seufzte Phillip Hazard mitleidig. »Die werden ja bei einigem Tempo durchgeschüttelt, Sir. Muß so große Hast wirklich sein?«

»Der Oberbefehlshaber hält das für nötig«, antwortete Peel. »Ich habe gerade mit ihm geredet. Er macht sich wegen Cawnpore Sorgen.« Dann nahm er Phillips Frage vorweg: »Nein, von General Windham haben wir noch nichts gehört, aber das heißt nicht, daß er keine Nachricht geschickt hat. Die Verbindung mit Cawnpore ist nicht sicher, um es mal vorsichtig auszudrücken. *Cossids* kommen nicht mehr durch. Ich nehme also an, daß fehlende Nachrichten der Grund für Sir Colins Sorge sind. Er sagt, er spürt es in den Knochen, daß dort nicht alles in Ordnung ist. Deswegen wollte ich mit Ihnen sprechen, Phillip. Sir Colin möchte unsere Kanonen und die schwere Batterie von Travers näher an der Spitze des Zuges haben. Die Delhi-Brigade von Brigadegeneral Hope Grant bildet mit den Ulanen und der bespannten Artillerie die Vorhut, wie Sie wissen. Colin möchte jetzt, daß unsere Brigade gleich hinter sie aufrückt. Wenn Cawnpore angegriffen wird, werden wir vorauseilen, um weit vor dem Zug General Windham zu helfen. Der Oberkommandierende macht sich Sorgen wegen der Brücke über den Ganges.«

Phillip Hazard nickte und runzelte die Stirn. Die Sorge des Oberbefehlshabers war ihm gut verständlich. »Wann sollen wir nach vorn ziehen, Sir?« wollte er wissen.

»Heute abend«, antwortete ihm Peel. »Wir werden an der Bunni-Brücke das Nachtlager aufschlagen. Hope Grant müßte inzwischen am anderen Ufer sein. Wir ziehen vor, sobald die Straße einigermaßen leer ist. Und wir ziehen durch das Lager, während der übrige Zug hält.«

»Bei Dämmerung, Phillip«, warf Jim Vaughan ein. »Wir werden zwei Mannschaften für jede Kanone brauchen – praktisch Wache um Wache. Wir werden wenigstens Mondschein haben, dem Himmel sei Dank. Wir werden die ganze Nacht und einen gut Teil des Morgens brauchen, um die Kanonen zu verlegen. Die Männer halten zum Mittagessen und dann noch einmal kurz bei Bunni. Ansonsten, fürchte ich, müssen sie marschieren.«

»Die Blaujacken halten das aus«, meinte Phillip Hazard, »aber was ist mit den Ochsen? Die werden es nicht schaffen!«

»Hughie Hare versucht gerade, ein paar Ersatzgespanne zu besorgen«, antwortete Captain Peel. Er deutete auf den Artillerieoffizier, der die Straße überquert hatte, um ein paar Verwundete auf einem Ochsenkarren zu begrüßen. »Captain Travers sagt, er wird für seine Batterie Elefanten einsetzen. Das müssen wir vielleicht auch, wenn wir keine weiteren Ochsengespanne auftreiben. Aber ich bin auf die Elefanten nicht sonderlich scharf, gebe ich zu, und ich will ganz bestimmt nicht in den Kampf mit ihnen ziehen, wenn ich's vermeiden kann. Wie auch immer, das Madras-Regiment müßte eigentlich Transporttiere am Lager in Bunni bereithalten – es hat den Befehl.« Er seufzte und fragte dann forschend: »Phillip, unsere Männer haben doch vor dem Marsch etwas zu essen bekommen?«

Phillip lächelte. Trotz des Befehls des Oberkommandierenden beharrte William Peel darauf, daß die Männer seiner Brigade sich stets zu rasieren und zu frühstücken hatten, ehe sie ihren Dienst antraten. Der Oberkommandierende ließ die Truppe erst beim zweiten Halt auf dem Marsch essen.

»Ja, Sir«, antwortete er. »Sie haben gefrühstückt. Aber der für die Marschordnung Verantwortliche kriegte fast einen Anfall, als ich ihm sagte, ich handle entsprechend Ihren Instruktionen.«

»Mit vollem Magen kämpfen Männer besser«, bekräftigte Peel. Die Andeutung eines Lächelns kräuselte seine festen Lippen. Er zog eine kleine silberne Uhr aus der Tasche, und sein Lächeln verschwand. »Jim und ich werden zu den Kanonen zurückreiten und uns dort um alles kümmern, Phillip. Ich möchte, daß Sie wieder Ihre Aufgaben als Verbindungsoffizier beim Stab aufnehmen, bitte.«

»Aye, aye, Sir«, bestätigte Phillip. Er schwieg erwartungsvoll, bis der Kommandant der *Shannon* mit leichter Abwehr in der Stimme fortfuhr: »Sir Colin spielt seine Karten so, daß ihm niemand ins Blatt schauen kann. Aber ich muß wissen, was vorgeht, verstehen Sie, Phillip? Wenn es Neues von General Windham gibt, Schlimmes oder Gutes, lassen Sie es mich bitte sofort wissen. Ich gebe Ihnen einen der Midshipmen als reitenden Boten mit. Er wird Sie einholen. Und noch was, Phillip ...«

»Ja, Sir?«

William Peel ließ einen Seufzer hören. »Wenn die Nachrichten bestätigen, was Sir Colin fürchtet, wird er wahrscheinlich selber vorausreiten, um alles persönlich zu inspizieren. Begleiten Sie ihn dann und sorgen Sie dafür, daß bei dem jungen Hay und seiner Gruppe alles in Ordnung ist. Falls nötig, übernehmen Sie persönlich das Kommando und achten darauf, daß unsere Blaujacken und die beiden Kanonen richtig eingesetzt werden. Sie haben meine volle Dekkung für alles, was Sie für richtig halten. Doch schicken Sie mir vor allem einen Lagebericht, sobald Sie können.«

»Verlassen Sie sich darauf, Sir«, versicherte Phillip ihm.

Er grüßte, trieb sein Pferd mit den Knien in einen zögernden Trab zur Spitze des sich langsam bewegenden Zuges und brauchte fast zwei Stunden, bis er den Oberbefehlshaber und seinen Stab erreicht hatte. Sir Colin Campbell, klein und gespannt, ritt grimmig schweigend und gebeugt im Sattel, die Augen im glänzenden Sonnenlicht halb geschlossen. Um Mund und Nase hatte er ein Tuch gebunden, um den Staub abzuwehren. Er nahm Phillips Ankunft nicht wahr, bis sein dienstältester Adjutant, Sir David Baird von den 98ern, ihm lächelnd mitteilte: »Der Chef hat Sie bemerkt, mein lieber Freund. Aber wenn uns unser Leben lieb ist, dann stören wir im Augenblick sein Nachdenken nicht. Selbst General Mansfield geht ihm aus dem Wege.«

»Er macht sich sicherlich Sorgen wegen Cawnpore?« wollte Phillip Hazard wissen.

»In der Tat, Commander.« Bairds Lächeln verschwand. »Wir haben natürlich noch keine Nachrichten, aber er schwört, daß er Kanonendonner hören kann. Doch niemand von uns hört etwas!«

Als die Spitze des Marschzugs den Lagergrund zwei Meilen jenseits der Brücke über den Sai bei Bunni erreicht hatte, konnten alle deutlich den fernen Kanonendonner vernehmen, der ohne Zweifel aus Richtung Cawnpore kam. Dem dringenden Befehl an Captain Peel, sich mit seinem Belagerungszug an die Spitze zu setzen, folgte der Befehl an den gesamten Konvoi, sich auf einen Eilmarsch am nächsten Morgen vorzubereiten. So war jedermann im Lager schon vor Tagesanbruch auf den Beinen. Die Schiffskanonen waren auf ihrer Position hinter der Kavallerie und der bespannten Artillerie der Delhi-Brigade, und die Infanterie fiel zurück, um den Zug zu schützen.

Die erste Nachricht aus Cawnpore überbrachte ein eingeborener *Cossid*, der schwitzend und atemlos aus einem Versteck in einem Kornfeld auftauchte, als die Vorhut der

9. Ulanen an ihm vorbei trabte. Seine Meldung trug den Hinweis: »Sehr eilig« und war gerichtet an »Sir Colin Campbell oder jeden anderen Offizier, der Truppen auf der Straße von Lucknow befehligt«. Die Nachricht war zum Teil in griechischen Buchstaben geschrieben und besagte, daß General Windham von etwa 20 000 bis 25 000 Rebellen mit mächtiger Artillerie angegriffen wurde. Die Truppen aus Gwalior unter Tantia Topi hatten sich mit denen des Nana vereinigt.

Am Mittag drängte den Oberbefehlshaber eine zweite Nachricht, die etwa zehn bis zwölf Stunden nach der ersten verfaßt worden war, mit höchster Schnelligkeit nach Cawnpore zurückzukehren. Die Eingeborenenstadt und die Brükke über den Ganges waren gefährdet, die Verteidiger waren nach schweren, einen ganzen Tag dauernden Kämpfen gezwungen worden, sich mit ihren Kanonen in die befestigten Stellungen zurückzuziehen. Die Rebellen besaßen wenigstens 70 Kanonen, einige von besonders schwerem Kaliber. Windham teilte mit, daß er heftig bedrängt wurde. Dennoch hatte er für den nächsten Tag einen Gegenangriff angeordnet, weil er hoffte, dadurch einige Kanonen zu erobern oder die Angreifer außer Reichweite für Festung und Brücke zurückzuwerfen.

»Noch haben sie die Stadt nicht erobert«, sagte Captain Baird, als er Phillip Hazard die Neuigkeiten mitteilte, »jedenfalls meldet der zweite *Cossid* nichts dergleichen. General Windham hat starke Posten draußen, die die neugebaute Pontonbrücke decken. Hoffentlich steht er so lange durch, bis wir da sind. Aber General Windham ist besorgt. Falls die Brücke verloren ist oder zerstört wurde, ist das ein Desaster für ihn und für uns.«

Sir Colin Campbell fand all seine Befürchtungen um die Sicherheit seiner Basis in Cawnpore bestätigt und befahl dem Zug, noch schneller vorzurücken. Er selbst preschte mit der Kavallerie und der bespannten Artillerie voraus. Der Kanonendonner war jetzt schon für die Nachhut hörbar. Mit jeder Meile, die der erschöpfte Zug vorankam, wurde der Donner lauter und drohender. Durstig und mit brennenden

Füßen schleppte die Infanterie sich vorwärts. Die vom Marsch erschöpften Krankenträger und die schwerbepackten Kulis schwankten unter ihren Lasten. Männer, Pferde und Gespanne vor den Kanonen brachen vor Erschöpfung zusammen, Kranke und Verwundete starben, durch ihre Schmerzen zu Tode erschöpft. Kinder wimmerten auf den Armen der Mütter, ihre Wünsche nach Wasser verhallten ungehört, denn es durfte nicht angehalten werden. Der Inhalt der Wassersäcke aus Ziegenleder war für die kämpfende Truppe bestimmt, die jeden Augenblick damit rechnete, den Zug verteidigen zu müssen.

Sie hatten 38 Meilen zurückgelegt, als endlich bei Mungalwar Rast gemacht wurde. Die Leiden der Verwundeten und die geplagten Flüchtlinge aus Lucknow in ihren heißen, staubigen Wagen fanden etwas Erleichterung.

Phillip machte sich um seine Schwester Harriet und die beiden kleinen Kinder große Sorgen, doch er wagte nicht, seinen Posten zu verlassen. William Peel, der ihn verstand, schickte Midshipman Lightfoot, um die drei zu suchen. Der Junge meldete bei seiner Rückkehr, er habe sie eine Stunde vor dem Halt im Lager gefunden. Sie seien müde und litten unter der Hitze, doch sie seien unverletzt.

Die Nachricht erleichterte Phillip sehr. Er wartete mit den anderen Offizieren des Stabs des Oberbefehlshabers bei Mungalwar. Ein dritter *Cossid* aus Cawnpore wurde zu Sir Colin Campbell geführt und überreichte ihm eine Rolle aus indischem Papier. Die hohlen Wangen des alten Generals mit ihren tiefen Falten verloren die letzte Spur von Farbe, nachdem er das Papier entrollt und gelesen hatte.

»Meine Herren, für uns gibt es heute nacht keine Rast«, kündigte er an. Seine Stimme mit ihrem harten schottischen Tiefland-Akzent klang erschöpft. »Es ist die dritte Nachricht, die ich von General Windham bekommen habe. Er ist in großer Bedrängnis und hat fast 500 Mann verloren. Er meldet mir, daß er gezwungen wurde, sich wieder in die Schanzen zurückzuziehen. Die Brücke über den Ganges ist jetzt im Feuerbereich der schweren Artillerie des Gegners. Der Feind hat auch die Eingeborenenstadt genommen. Als

Windham die Nachricht verfaßte, fürchtete er, daß seine Stellung und der Kopf der Brücke von einer Übermacht angegriffen würden. Er bittet um sofortige Unterstützung.« Er deutete mit seiner knochigen Hand in die Richtung, aus der ununterbrochen Kanonendonner zu hören war. »Der Angriff läuft immer noch, und es scheint, als ob die kleine Streitmacht von General Windham ihre Stellung noch hält. Ich habe vor, mir persönlich einen Eindruck von der Lage zu verschaffen. Sollte die Brücke noch intakt sein, werde ich hinüberreiten und mich mit dem General beraten.«

Er erteilte seine Befehle mit gewohnter Präzision. Phillip bewunderte ihn und seine beherrschte Ruhe. Kavallerie und bespannte Artillerie sollten im Lager bleiben, damit Männer und Pferde Nahrung und Ruhe bekamen. Doch er befahl Brigadegeneral Hope Grant, in Bereitschaft zu bleiben.

»Schicken Sie Ihren jungen Mann zu Captain Peel«, befahl er dann Phillip. »Lassen Sie ihm ausrichten, ich bedauere die Umstände, die mich zwingen, ihn zu bitten, seine schweren Kanonen mit höchster Schnelligkeit und ohne Pause für die tapferen Seeleute vorwärts zu bewegen. Aber ich brauche die Kanonen morgen früh, spätestens im Morgengrauen, Commander Hazard. Bitte, machen Sie ihm das ohne Zweifel klar. Sie selber sollten besser mit mir kommen, für den Fall, daß ich die Befehle für Ihren Kommandeur ändern muß … was ich aber kaum annehme.«

Zehn Minuten später saß Sir Colin wieder im Sattel, eine kleine, gebeugte, doch seltsam beherrschende Gestalt, und ritt entschlossen auf den Kanonendonner zu. Sein Stab und ein Dutzend Ulanen begleiteten ihn. In stetem Trab legten sie die sechs Meilen zurück, die sie vom Ufer des Ganges noch trennten. Aus dem Trab wurde Galopp, als die Brücke in Sicht kam.

»Die Brücke hält noch«, meldete ein Adjutant atemlos, »aber die Stadt steht in Flammen.«

Er hatte recht, sah Phillip Hazard, denn drüben, über den engstehenden Häusern und Hütten, stieg eine Rauchwolke auf, die den Sonnenuntergang verdunkelte. Die Pontonbrükke spannte sich für die Angekommenen wie ein dunkler Faden über das breite Wasser. Phillip sah eine Kugel in eine der beiden kleinen Inseln schlagen, die das Zentrum der Brücke hielten. Ohne Schaden anzurichten, rollte die Kugel in das Schilf am jenseitigen Inselufer.

Mindestens zwei schwere Batterien feuerten auf die Brükke, doch auf so weite Entfernung, daß die Schüsse nicht sehr genau lagen. Instinktiv suchte Phillip nach Blitzen, die die Stellungen der feindlichen Kanonen verrieten. Aber diese waren gut positioniert und gut getarnt. Die Kanonen aus General Windhams Stellungen konnten sie aber nicht erreichen. Doch falls die feindlichen Kanoniere von der Brücke absahen, könnten beide Batterien das Fort und seine benachbarten Gebäude praktisch ungestraft bestreichen. Nur solange die Brücke noch intakt war, bestand die Chance, sie zum Schweigen zu bringen. Phillip spürte plötzlich Hoffnung aufwallen, als er sich an Captain Peels Worte erinnerte.

»Sorgen Sie dafür, daß unsere beiden Kanonen und unsere Blaujacken die beste Stellung finden«, hatte Peel gefordert.

Phillip wußte nicht, ob die beiden 24-Pfünder unter Edward Hay noch in den Anlagen von Cawnpore standen. Vielleicht waren beide Kanonen unbrauchbar geschossen worden, oder die beiden Mannschaften hatten so viele Verluste erlitten, daß die Kanonen nicht mehr bedient werden konnten? Fast 500 Ausfälle hatte General Windham in seiner letzten Nachricht gemeldet, und die war ein paar Stunden alt … Phillip fühlte plötzlich einen Knoten im Magen, gab seinem Pferd die Sporen und folgte Sir Colin Campbell das Ufer hinunter zur Brücke.

Eine Wache, etwa eine Kompanie stark, bewachte den Kopf. Der kommandierende Offizier, ein junger Mann aus der Schützenbrigade in zerrissener und schmutziger Uniform, eilte auf den erregten Ruf des Postens heran. Als er den Oberkommandierenden erkannte, breitete sich ein erleichtertes Lächeln in seinem hageren, unrasierten Gesicht aus. Er stolperte über die schwankende Brücke mit ihren Grassoden auf die kleine Reitergruppe zu.

»Gott sei Dank sind Sie da, Sir«, rief er laut. »Wir sind fast am Ende. Wir glaubten schon, alles sei vorbei, als die Rebellen die Stadt nahmen, Sir, und ...«

Sir Colin Campbell fuhr ihn scharf an: »Wie können Sie wagen zu behaupten, daß Truppen Ihrer Majestät am Ende seien, Mann?« Er winkte den bestürzten jungen Offizier verächtlich zur Seite und wandte sich an einen hochgewachsenen Mann aus seinem Stab, einen Offizier der Freiwilligen Kavallerie von Barrow. »Suchen Sie sich irgendwo ein frisches Pferd, Colonel, und reiten Sie nach Mungalwar zurück. Sagen Sie General Grant, daß ich seine schweren Kanonen vor Sonnenaufgang in Stellung haben muß, um die Brücke zu decken – und auch die 24-Pfünder von Captain Peel. Sagen Sie Grant auch, daß ich seine Kavallerie und seine bespannte Artillerie hier brauche. Sie muß beim ersten Tageslicht nach Cawnpore übersetzen. Ich werde jetzt hinüberreiten, um mich mit General Windham zu beraten, was weiter geschehen soll. Doch melden Sie dem Generalmajor, daß ich, sobald ich kann, zurückkehren werde.«

Es herrschte bereits Dämmerung, als Sir Colin in die Befestigungen vor Cawnpore ritt. Trotz des schwachen Lichtes erkannten die Männer, die die Vorwerke besetzt hielten, die kleine, zusammengesunkene Gestalt auf dem Schimmel und fingen an zu jubeln. Die willkommene Nachricht, daß er angekommen war, verbreitete sich wie ein Buschfeuer. Der Jubel lief weiter, die Männer an den Batterien und an den Wällen nahmen ihn auf, und selbst die Verwundeten, die hilflos in den überfüllten Lazaretten lagen, strahlten.

Die Batterie der Rebellen hatte sich vom Kirchhof her auf sie eingeschossen.

Phillip Hazard, der sich dicht hinter dem Adjutanten des Oberbefehlshabers hielt, sah, wie ein weißhaariger Offizier der Irregulären Kavallerie vortrat und die Zügel des Pferdes des Generals ergriff. Sir Colin sprang ab und dankte höflich.

Doch der weißhaarige Offizier ließ die Zügel los, stellte sich in voller Größe schwitzend vor den General und sagte in betonter Lautstärke: »Ich möchte mich über die Art beschweren, in der die Verteidigung hier abläuft. General

Windham ist unsinnige und unnötige Risiken eingegangen und hat viele Männer geopfert. Es ist in der Tat so, Sir …«

Mit eisiger Stimme fiel ihm Sir Colin ins Wort: »Und wer sind Sie, Sir?« Er klang gefährlich ruhig.

Doch der weißhaarige Offizier gab nicht auf: »Mein Name ist Cockayne, Sir – Lieutenant Colonel Cockayne. Ich habe bisher in Ghorabad die 21. Irreguläre Kavallerie geführt. Ich …«

»Ihr Regiment hat sich an dem Aufstand beteiligt, Colonel, oder?«

Colonel Cockayne neigte den Kopf. »Das ist wahr, Sir. Darum bin ich hier. Ich wollte Hilfe für die britische Garnison in Ghorabad holen. Ich kam raus, meine Frau und meine Tochter sind noch in der Garnison, wie alle sind sie in großer Lebensgefahr. Aber ich konnte keine Hilfe bekommen. Es gäbe nicht genügend britische Truppen, hat man mir gesagt. Doch General Windham opfert 500 Männer in diesem … verdammt noch mal, Sir, in diesem unsinnigen Versuch, eine weit überlegene feindliche Streitmacht in offenem Gelände außerhalb der Stadt von befestigten Gräben aus zu bekämpfen! Ich habe das Recht, mich bei Ihnen als Oberbefehlshaber zu beschweren, wenn britische Leben für nichts und wieder nichts geopfert werden. Schon mit der Hälfte der Leute, die Windham in den letzten drei Tagen verloren hat, hätte ich Ghorabad retten können. Ich hätte sogar noch anderen Hilfe bringen können, die sie dringend erwarten …«

Jetzt verlor Sir Colin die Geduld. »Schweigen Sie, Sir!« donnerte er ihn an. »Ich wäre Ihnen dankbar, wenn Sie Ihre aufsässigen Ansichten für sich behielten. Wenn ich Ihnen nicht zugestehen würde, daß Ihre Sorge um Frau und Tochter manches entschuldigt, würde ich Sie unter Arrest stellen!«

»Aber, Sir, ich bitte Sie nur, mir zuzuhören, Sir Colin!«

»Gehen Sie mir aus dem Weg, Colonel Cockayne«, antwortete der General in einem Tonfall, der keine Erwiderung duldete. »Ich habe keine Zeit, Ihnen zuzuhören. Es sind 2000 Briten in Lebensgefahr – verwundete Männer, Frauen und Kinder aus Lucknow. Ich habe alles riskiert, sie zu retten.

Und sie sind immer noch in Gefahr, wenn die Brücke hier über den Ganges nicht so lange gehalten wird, bis ich sie und meine Truppen morgen über den Fluß gebracht habe.«

Colonel Cockayne sah aus, als sei er willens, seinen Protest trotzdem noch weiter zu äußern. Doch Captain Hamilton aus dem Stab Collins' war leise aus dem Sattel geglitten, packte den Mann fest am Arm und zog ihn zur Seite. »General Windham kommt, Sir«, meldete er dann Sir Colin, und der Oberbefehlshaber nickte zustimmend und ging, noch etwas steif, auf die große Gestalt zu, die in der fallenden Dunkelheit auf ihn zueilte.

Sich selbst überlassen, machte Phillip sich auf den Weg, die Männer der *Shannon* zu suchen. Er fand den jungen Henry Garvey, der als Offizier Dienst tat und die Batterie der 18-Pfünder des Forts führte. Das Feuer aus dem Fort hatte mit Beginn der Dunkelheit aufgehört, und völlig erschöpft lagen oder hockten die Männer um ihre Kanonen. Sie erhoben sich erst, als ein Unteroffizier und zwei Köche erschienen, um die Rationen Rum und dampfenden Kaffee aus Eimern auszuteilen.

»Mr. Hay ist zweimal verwundet worden, Sir«, erläuterte Garvey, nachdem sie sich begrüßt hatten und jeder einen Topf Kaffee in der Hand hielt. »Er liegt im Lazarett.«

»Wie schlimm steht es um ihn, Mr. Garvey?« wollte Phillip wissen und schlürfte vorsichtig seinen Kaffee, den der Unteroffizier ohne Auftrag kräftig mit Rum gewürzt hatte.

»Schlimm genug, Sir, aber er ist nicht mehr in Lebensgefahr, hat mir der Arzt heute morgen gesagt. Er wurde zum zweiten Mal von einem Schrapnell getroffen. Zum Glück traf es sein Koppelschloß – sonst wäre er tot.« Der junge diensttuende Offizier hielt einen Augenblick inne und ergänzte dann aufatmend: »Ich kann Ihnen nicht sagen, wie erleichtert wir alle sind, daß Sir Colin angekommen ist. Hier steht alles auf Messers Schneide, Sir, glauben Sie mir. Aber wie ist es Ihnen ergangen? Ich nehme doch an, daß Lucknow entsetzt wurde?«

Phillip nickte. Er berichtete kurz vom Kampf um die Residenz und wie schließlich die Garnison evakuiert worden war. Er spürte, daß auch die Matrosen aufmerksam zuhörten. Dann trat er außer Hörweite und bat Garvey um seinen Bericht. »Nach allem, was ich bisher gehört habe, Mr. Garvey, ging's hier schlimm zu. Also, was war los?«

Henry Garvey schaute bekümmert drein. »Ja, Sir, hier war's schlimm.« Er beschrieb, wie die Verteidiger erst zum Lager an der Straße nach Calpee vorrückten und wie sie erfolgreich, aber auch nur ein einziges Mal die Gwalior-Rebellen an der Pandoo-Nuddy-Brücke angriffen. Dann den Schock, als sie gemerkt hatten, daß nicht 3000 Rebellen, mit denen sie gerechnet hatten, sondern 25 000 Aufrührer versuchten, Cawnpore anzugreifen und die Briten zu vertreiben.

»Darauf waren wir einfach nicht vorbereitet, Sir«, fuhr er unglücklich fort. »Niemand hatte uns vorgewarnt, und das führte zu einer Panik. Es war … also, um Ihnen die ganze Wahrheit zu sagen, unsere Kanonen wurden von da an falsch eingesetzt. Wir sollten sie bewegen wie 9-Pfünder-Feldkanonen. Schon beim ersten Einsatz wurde Mr. Hay getroffen, seine Kanone war vorne bei den Schützen, da, wo sich die Straßen nach Delhi und Calpee trennen. Er war weit vor mir, links vor mir, und wir gerieten beide unter schweres Artilleriefeuer auf sehr kurze Entfernung – etwa 400 Meter bei Hay. Der Feind hatte vierzehn, wir sechs Kanonen. Rechts von uns stand die Batterie von Captain Green, zwei Haubitzen und zwei 9-Pfünder. Wir feuerten, bis uns die Munition auszugehen drohte. Da griffen sie unsere linke Flanke an – 2000 Mann Infanterie zusammen mit Irregulärer Kavallerie.« Er hielt inne und runzelte die Stirn.

Phillip forderte ihn auf: »Und wie ging's weiter, Mr. Garvey?«

»Die Schützen vorne wurden zurückbefohlen, Sir«, fuhr Garvey grimmig fort. »Dann hieß es: Zurück. Hay rief: ›Achtere Geschütze zurückziehen.‹ Da explodierte eine Granate über uns. Die Ochsen rasten, wild geworden, davon, und die Treiber verschwanden einfach. Die Infanterie, die uns deckte, und die Batterie von Captain Green befolgten den Befehl zum Rückzug. So blieben wir allein zurück, ohne Munition und ohne Zugtiere. Der Kommandant der Artillerie, General Dupuis, befahl, die Kanonen zu vernageln und uns zurückzuziehen, weil es so aussah, als wolle die feindliche Kavallerie uns angreifen. Wir waren nur noch 25 Mann. Was sollten wir also ausrichten? Mr. Hay wurde getroffen, als er seine Kanone vernagelte. Im Arm, Sir, nicht sehr schwer. Er befahl mir, mich mit den Männern in die neue Stellung der Infanterie zurückzuziehen. Das taten wir und ...«

»Wollen Sie damit sagen, daß die Kanonen verloren sind?« fragte Phillip mit harter Stimme.

»Nein, nein, Sir ... wir haben sie uns zurückgeholt.« Henry Garvey klang unwirsch. »Wir wußten, was Captain Peel uns sagen würde, wenn wir sie dem Feind in die Hände fallen ließen. Die Kavallerie fand ein besseres Ziel, als uns anzugreifen. Captain Green konnte seine Neunpfünder wieder einsetzen, also suchte Mr. Hay Freiwillige, die unsere Kanonen zurückholen sollten. Wir konnten die Ochsen einfangen und anspannen. Mit Freiwilligen von den 88ern haben wir mit dem Bajonett angegriffen und beide Kanonen wieder erobert. Der junge Harry Lascelles lieh sich Gewehr und Bajonett von einem verwundeten Kumpel und führte den Angriff der Connaught Ranger. Und er brachte den verdammten Schwarzen das Fürchten bei mit seinem Bajonett, und dabei brüllte er, so laut er konnte.« Ein Lächeln huschte über Garveys erschöpftes Gesicht. »Sie hätten ihn sehen sollen, Sir, den kleinen Kerl, umgeben von röhrenden Iren.« Sein Lächeln verschwand. »Da wurde Hay ein zweites Mal getroffen, und ich mußte ihn nach hinten bringen.«

Lascelles war ein Marinekadett, erinnerte sich Phillip, den Captain Peel absichtlich zurückgelassen hatte, weil er hoffte, daß der Junge in Cawnpore sicherer als in Lucknow aufgehoben sein würde. Er seufzte.

Garvey fuhr fort: »Die Kanone von Mr. Hay wurde zurückbefohlen. Sie war nach allen Regeln der Kunst vernagelt worden. Ich erhielt den Befehl, meine Kanone am Eingang zur Stadt aufzustellen, um den Rückzug unserer Infanterie zu decken. Ich nahm natürlich alle unsere Männer mit, denn von unseren eingeborenen Ochsentreibern war keine Spur mehr zu sehen. Ich schickte Lascelles und zwei Leichtverwundete mit der vernagelten Kanone zurück. Die irischen Landsleute von Harry Lascelles wollten ihn freiwillig begleiten, und ich dachte, das ginge in Ordnung, aber ...« Er hielt inne, wurde rot.

»Was, Mr. Garvey?« wollte Phillip Hazard ungeduldig wissen.

»Na, Sir, die haben die Kanone in einer der engen Straßen einfach kentern lassen«, gestand Henry Garvey ein. »Ich hörte erst davon, nachdem ich Hay ins Lazarett gebracht und mir irgendwo einen Happen zu essen besorgt hatte. General Windham ließ mir ausrichten, ich müßte die Kanone wieder einsatzbereit machen. Er sagte, das Schießen in der Stadt habe aufgehört, und die Rebellen hätten sich zurückgezogen. Er versprach mir eine starke Eskorte und meinte, es könnte ein schmutziger Auftrag werden.«

»Und? Wurde es einer?« fragte Phillip. Der Junge hat sich gut geschlagen, dachte er. Er war erst achtzehn, war als dienstältester Midshipman befördert worden und hatte das Kommando übernommen, als Edward Hay ausfiel. Er hatte seine Aufgabe mit viel Mut und Umsicht ausgeführt. Vor allem aber hatte er seine Kanone nicht verloren ...

Garvey grinste jetzt. »Nicht so schmutzig, wie ich erwartet hatte, Sir. Das Schlimmste war, die Kanone wieder auf ebenen Kiel zu bekommen. Wir wagten nicht, dabei Krach zu machen, weil wir fürchteten, daß man uns dann angreifen könnte. Wir mußten ziemlich viele Steine und eine Menge Schutt wegräumen, ehe wir an die Kanone rankamen, aber unsere Kumpel machten das hervorragend. Sie waren seit fünf Uhr morgens auf den Beinen und alle verdammt erschöpft. Aber als ich dann sagte: ›Los, ziehen, alle Mann!‹, da warfen sie sich mit letzter Kraft noch mal ins Zeug, und wir richteten sie auf. Und dann kamen wir hierher zurück, ohne daß ein einziger Schuß auf uns abgefeuert worden war. Seitdem stehen wir hier als Batterien. Nur einmal machten wir einen Ausfall, um General Carthews Posten an der Brücke zu verstärken.«

Er schilderte weitere Einzelheiten, und Phillip hörte besorgt zu. Der Junge hatte recht, fand er. Die Heeresoffiziere hatten wirklich versucht, die 24-Pfünder der Marine wie leichte Feldkanonen einzusetzen, ohne an das große Gewicht der Stücke zu denken oder an die Schwierigkeiten, zwölf Paar Ochsen zu dirigieren – selbst mit eingeborenen Treibern. Ohne sie würden die Kanonen sich auf rauher Erde nur schwer bewegen lassen, denn Garvey hatte berichtet, daß nur die Mindestzahl an Männern abgestellt worden war, die Kanone da draußen richtig zu bedienen. Alle anderen Seeleute sollten an den Batterien der Festung bleiben. Doch nur mit doppelter Mannschaft würde man vielleicht ... Phillips Unmut verstärkte sich.

»Es war das heißeste Feuer, in dem ich je war«, fuhr Henry Garvey fort, als er seinen Ausfall beschrieb, der Brigadegeneral Carthew verstärken sollte. »Aber der General! Der saß auf seinem Pferd, kühl bis ans Herz, und weigerte sich, Deckung zu suchen. Der hat mehr Mut als jeder andere, den ich kenne, Sir!« Seine Stimme klang bewundernd. »Aber vor kurzem hörte ich, daß er gezwungen wurde, sich zurückzuziehen, weil seine Stellung unhaltbar wurde. Sie war schon unhaltbar, als wir dort waren – vor drei Stunden. Er schickte uns einfach zurück. Da, wo wir standen, konnten wir die Rebellen nicht unter Feuer nehmen. Der General fürchtete, sie würden einen Vorstoß machen und uns abschneiden. Da, Sir, schauen Sie sich mal um. Da unten, das ist die Vorhut von General Carthew, die da gerade heranzieht mit ein paar Verwundeten. Arme Hunde, es wird wirklich Zeit für sie.«

»Und was passiert mit der Brücke, wenn Carthew sich zurückzieht?« wollte Phillip wissen.

Er schaute besorgt über die Brüstung nach unten auf die eiligen Gestalten im Halbdunkel. Das war ein geordneter Rückzug ohne jede Panik, aber ... Irgendwo klangen Gewehrschüsse in der Nähe des Brückenkopfs, und eine Salve antwortete von der Festung her.

»Die Kanonen da vorn können die Zuwege decken, Sir«, sagte Garvey. »Und dann haben wir weit vorn Schützen postiert – die Rebellen werden die Brücke nie betreten, Sir.«

Er gab seiner eigenen Mannschaft an der Kanone einen kurzen lauten Befehl, als ein 9-Pfünder, der bisher geschwiegen hatte, das Feuer eröffnete. Seine Seeleute bewegten sich wie Schlafwandler, als sie ihre Position an ihrer Kanone einnahmen. Sie schwiegen, waren selbst für ein Murren zu müde. Nach einer Weile hörte das Feuern zögernd auf. Dann kehrten ein Zug *Doolies* mit Vorhängen in die Gräben zurück, eine Kompanie der Vierunddreißiger und sechs oder sieben Offiziere zu Pferde. Erst dann erlaubte Garvey seinen Männern wegzutreten.

»Sie haben's geschafft, Sir«, meldete er Phillip erleichtert. Im fahlen Licht des eben aufgegangenen Mondes deutete er auf einen barhäuptigen Offizier in Hemdsärmeln, der vom Pferd stieg – langsam und so steif, daß er am Ende seiner physischen Kraft angekommen schien. »Das ist General Carthew. Es sieht nicht aus, als ob er verletzt ist. Und das ist fast ein Wunder, Sir, ganz bestimmt.«

Das stimmte wahrscheinlich. Doch was Phillip sehr viel mehr beschäftigte, war die Reaktion von Sir Colin Campbell auf den Rückzug der kleinen Truppe an der Pontonbrücke. Denn gerade jetzt war die dünne Linie ankernder Boote die einzige Verbindung zwischen dem Verband aus Lucknow und Cawnpore. Hoffentlich behielt der junge Henry Garvey recht mit seiner Annahme. Hoffentlich würde die Infanterie der Rebellen sie nicht nehmen, ehe Hope Grant seine Kavallerie und bespannte Artillerie hinübergebracht hatte. Zwar waren die Pandies für ihren Mut bekannt, aber …

Er unterdrückte ein Stöhnen. Da gab es immer noch die beiden Batterien mit Kanonen von schwerem Kaliber, weit weg vom Fort plaziert. Das jetzt abnehmende Donnern bewies, daß selbst bei Dunkelheit ein paar Rebellen weiterhin versuchten, die Verbindung zu zerstören. Wenn der Mond seine volle Höhe erreicht hatte, würde ihre Chance sehr viel größer werden. Bei Tageslicht würde das Risiko sich sogar verdoppeln, wenn Peel nicht inzwischen mit seinen Kanonen eingetroffen war und die Kerle zum Schweigen gebracht hatte.

Garvey schien seine Gedanken zu lesen und meinte: »Die 24-Pfünder feuern auf äußerste Entfernung, Sir, und sie trafen sehr schlecht, als ich sie heute nachmittag vom Brückenkopf aus beobachtete. Ich nehme an, sie hören bald auf – normalerweise verschwenden die Kerle im Dunkeln keine Kugeln.«

Doch sie könnten im Dunkeln näher rücken, um genauer zu treffen, dachte Phillip, wenn sie erst einmal gemerkt hatten, daß Brigadegeneral Carthew seine Leute abgezogen hatte. Es wäre schon verblüffend, wenn sie daraus keinen Nutzen zögen. Ein Plan bildete sich in seinem Kopf, und mit zusammengekniffenen Augen blickte er hoch in den Nachthimmel. Für diesen Plan brauchte er natürlich die Genehmigung von Sir Colin, aber … Er wandte sich wieder Garvey zu.

»Ich habe versucht, ihre Position zu bestimmen, als wir die Brücke überquerten«, sagte er. »Aber es dämmerte schon, und Sir Colin verschwendete keine Zeit. Sie werden sie heute nachmittag besser beobachten können, denke ich. Können Sie ihre Stellung akkurat bestimmen, Mr. Garvey?«

Der junge diensttuende Offizier enttäuschte ihn nicht. »O ja, Sir«, antwortete er eifrig. »Wir hatten ja sonst kaum was zu tun. Denn mit unseren Kanonen konnten wir keine ihrer Batterien bestreichen. Also haben die Kadetten und ich Skizzen angefertigt und Entfernungen ausgerechnet. Ich dachte mir, daß das die Männer auf Trab hielt – und das tat's auch. Teddy Watson hat was Feines zustande gebracht, ich hab' die Arbeit irgendwo.« Er fummelte in seinen Taschen und fand schließlich ein zerknittertes Stück Papier, das er Phillip mit einer Entschuldigung reichte: »Tut mir leid, weil es nur mit Bleistift gemacht wurde und jetzt ein bißchen verschmiert ist.«

»Das ist ausgezeichnet so«, versicherte Phillip ihm. »Sie halten die Kadetten ganz gut in Trab. Und Mr. Watson zeigt Talent.«

Im flackernden Licht der Laterne der Batterie studierte er die gut gezeichnete Skizze. Er hatte schon früher angenommen, daß eine Kanone auf die Brücke oder, noch besser, auf die nächstliegende der beiden kleinen Inseln in der Flußmitte gebracht werden müßte, um die beiden feindlichen Batterien unter Feuer nehmen zu können. Wenn sie erst dort waren, könnten Schützen, die in den Vorwerken des Forts lagen, den Kanonieren gewisse Deckung geben. Er sah noch einmal auf Watsons Skizze. Da stand auch eine 9-Pfünder, die herumgeschwenkt werden könnte. Es würde ziemlich lange dauern, mit Ochsengespannen eine der 24-Pfünder auf die kleine Insel zu bringen – und es müßte lautlos geschehen.

Phillips Gedanken rasten jetzt, als er die Möglichkeiten prüfte. Garvey hatte in der vergangenen Nacht seine beschädigte Kanone mit seinen Männern aus der Eingeborenenstadt geholt. Das hieß, daß eine gut ausgebildete Mannschaft schnell und sicher im Dunkeln arbeiten konnte, ohne unwillkommene feindliche Aufmerksamkeit auf sich zu ziehen. Und wenn man gar zwei Mannschaften hätte …

»Mr. Garvey, wie viele dienstfähige Männer haben Sie?«

»Wenn ich die Seesoldaten mitzähle, Sir, dann sind es 42.« Garveys rundes, pulververschmiertes Gesicht verriet seine innere Erregung, aber er war so diszipliniert, daß er keine Frage zu stellen wagte. »Sie haben bereits gegessen, Sir«, fügte er hinzu. »Ich habe sie zu Abend essen lassen, als wir uns vom Brückenkopf zurückzogen. Mr. Lascelles und Mr. Watson schlafen – ich habe ihnen gesagt, sie können wegtreten. Die armen Kerle haben Ruhe verdient. Aber ich kann sie sofort holen lassen, wenn Sie wollen, Sir«, fügte er schnell hinzu.

»Noch nicht«, antwortete Phillip. »Erst muß ich mit dem Oberbefehlshaber reden.« Leider, dachte er mit Bedauern, ist nur eine von den schweren Kanonen der *Shannon* einsetzbar. Deswegen könnte Sir Colin Campbell Einwände gegen den Plan erheben. Doch jetzt war keine Zeit mehr, die Kanone aufzubohren, die der arme Hay hatte vernageln müssen. Phillip erkundigte sich nach Gespannen und Munition und erwähnte die vernagelte Kanone dabei. Wieder einmal überraschte ihn der diensttuende Offizier Garvey.

»Mr. Hays Kanone kann man wieder einsetzen, Sir. Sie

war nicht richtig und nicht gründlich genug vernagelt, wissen Sie. Ich habe Brown heute morgen gleich darangesetzt.«

»Sehr gut«, lobt Phillip ihn aus vollem Herzen. »Sie machen sich verdammt gut auf Ihrem ersten Kommando, Mr. Garvey, und ich werde dafür sorgen, daß Captain Peel alles über Ihren Einsatz erfährt.« Er erhob sich und schob die Zeichnung in die Brusttasche seiner Uniformjacke. »Ich werde jetzt Sir Colin Campbell melden, daß er die Abteilung der Marinebrigade einsetzen kann, um die weitreichenden Geschütze des Feindes auszuschalten – dank Ihrer Voraussicht und Ihres Einsatzes.«

Henry Garvey strahlte vor Freude. »Soll ich die Männer an den Kanonen ablösen lassen, Sir? Wir könnten die Ochsen anspannen und aufprotzen, während wir auf Ihre Rückkehr warten.«

Phillip nickte und machte sich auf die Suche nach Sir Colin. Er fand den Stab um ein Zelt auf dem Glacis versammelt, in dem normalerweise General Windham hauste. Aus dem erleuchteten Inneren war seine zornige Stimme mit dem harten, schottischen Akzent zu hören, die in starkem Gegensatz zu Windhams leiser, kultivierter englischer Stimme stand.

»Wenn Sie nicht was ganz Wichtiges zu melden haben, würde ich an Ihrer Stelle das Zelt nicht betreten, Commander«, warnte Captain Baird ihn bekümmert. Er zog Phillip zur Seite und vertraute ihm an: »Sir Colin Campbell ist sehr wütend auf General Carthew, weil der sich zurückgezogen hat. Er fürchtet, die Brücke ist gefährdet, ehe General Grants Brigade sie überqueren kann. Und wenn Ihr Captain Peel mit seinem Belagerungszug das Ufer von Oudh nicht vor Sonnenaufgang erreicht, dann...« Hilflos zuckte er mit den Schultern. »Der arme Carthew ist ziemlich heftig angepfiffen worden. Das hat er nach Meinung der Leute hier nicht verdient. Sie sagen, er selber habe sich äußerst tapfer eingesetzt. Er und seine Vierunddreißiger haben 24 Stunden lang wie die Tiger gekämpft, ehe sie gezwungen wurden, sich zurückzuziehen. Aber Sir Colin ist der Meinung, er hätte die Stellung noch länger halten müssen. General Windham mußte zugeben, daß er sich ohne Befehl zurückgezogen hat. Sir Colin ist sehr betroffen, weil General Wilson gefallen ist. Er fiel, als er heute morgen einen Gegenangriff führte, ein tapferer alter Mann, ein armer Kerl. Gefallen sind auch Stirling und Morphey und der junge Richard McCrae.«

»Das wußte ich nicht«, sagte Phillip und spürte Trauer. Den Brigadegeneral mochten alle, die ihn kannten. Er schwieg und fügte dann leise hinzu: »Ich habe aber doch was Wichtiges vorzuschlagen, Captain Baird.«

»Und was genau, Commander?« wollte Baird vorsichtig wissen.

Phillip erläuterte seinen Plan und sah, daß der Adjutant erleichtert dreinblickte.

»Das ist wirklich wichtig, lieber Gott, ja«, rief Baird erleichtert. »Warten Sie bitte einen Augenblick. Ich werde eben mit General Mansfield sprechen.«

Keine zehn Minuten später ließ Sir Colin Phillip kommen. Er stand barhäuptig im Zelteingang. Die Abendbrise strich durch sein schütteres weißes Haar. So erwartete er Phillip. Und wie immer, wenn eine Krise drohte, faßte der Oberkommandierende sich kurz und kam ohne Umwege sofort zur Sache: »Sie meinen also, Sie können die beiden Batterien so lange ruhig halten, bis Captain Peel mit den anderen Marinekanonen angekommen ist?«

»Ja, Sir, das denke ich. Dem jungen Offizier Mr. Garvey verdanke ich das. Er kommandiert die Abteilung der Marinebrigade, seit sein Vorgesetzter verwundet wurde. Und er hat es geschafft, daß beide Kanonen eingesetzt werden können.« Phillip nannte ein paar Einzelheiten und sah, wie ein Lächeln über das Gesicht des alten Generals flackerte.

»Dann machen Sie's, Commander Hazard«, meinte er knapp. »Ich bin Ihnen und Mr. Garvey dafür sehr dankbar. Ich reite jetzt nach Mungalwar zurück. Sie haben meine Vollmacht, aus dieser Garnison alle Verstärkung zu holen, die Sie brauchen. Bringen Sie nur diese Kanonen in Stellung, so schnell Sie können.«

»Aye, aye, Sir.« Phillip grüßte. Er rannte über das Glacis.

Eine Kanone der Rebellen eröffnete das Feuer auf das Fort. Das halbe Dutzend Schüsse lag genauer als vorher, und die Kugeln schlugen in das Lazarett im Norden ein.

2

Zwei Stunden vor Sonnenaufgang standen die beiden Kanonen dort, wo Phillip sie haben wollte. Ein Angriff auf den Brückenkopf, den er befürchtet hatte, war nicht erfolgt, doch das Ochsengespann von Hay hatte wieder mal seine Unzuverlässigkeit bewiesen. Eine verirrte Granate aus einer Haubitze, die auf das Fort gezielt war, war über dem Gespann explodiert. Es kam zu einer Panik und zu wildem Durcheinander, und Phillip war gezwungen, die schwere Kanone von Männern auf ihre Position bugsieren zu lassen.

Dazu bedurfte es der vereinten Kräfte der 42 Seeleute und Seesoldaten der *Shannon*. Daß sie die schwierige Aufgabe schweigend verrichteten, war ein Zeichen ihrer Entschlossenheit und Disziplin. Es bedurfte nur ein paar geflüsterter Befehle, um sie zu führen. Auf Phillips Wunsch hin erschienen schließlich zwei Elefanten, wie vom Himmel gesandt. Ein Experte in Gestalt des Colonel der Irregulären Kavallerie führte sie, dessen bittere Tirade eben noch Sir Colin Campbells Zorn hervorgerufen hatte. Colonel Cockayne beherrschte den Eingeborenendialekt fließend. Unter seiner Leitung bewegten die *Mahouts* ihre gewaltigen Tiere mit großer Meisterschaft. Sie schafften schließlich die 65 Zentner sperriger Lasten wie ein Kinderspielzeug über den Rasen auf der Brücke. Offensichtlich hatten die Kanoniere der Rebellen in den Batterien gegenüber von der Verlegung der Kanonen nichts bemerkt. Sie schossen mit großen Pausen immer wieder mal auf die Brücke – stets erfolglos. Doch noch ehe die Kanonen der *Shannon* abgeprotzt waren, hatten beide Batterien ihr Feuer eingestellt.

»Vielleicht bereiten sie sich auf den Todesstoß vor«, meinte Colonel Cockayne grimmig. »Die verdammten Schweine müssen doch wissen, daß der Verband vom Oberbefehlshaber kurz nach dem Morgengrauen die Brücke zu überqueren versuchen wird. Sie haben doch genügend Artillerie. Sie werden die schweren Kanonen, die sie haben, heranführen, um die Entfernung zu verkürzen. Sie hoffen bestimmt, dann ihre Ziele leichter zu treffen. Glauben Sie also wirklich, Sie können sie mit diesen beiden Kanonen da aufhalten, Commander Hazard?«

Noch ehe Phillip antworten konnte, eröffnete ein 24-Pfünder das Feuer auf das Fort. Die Stellung war deutlich vor den brennenden Gebäuden zu erkennen. Damit verriet die Kanone sich selbst. Eine Senke verbarg sie nur teilweise. Zwei weitere Kanonen fielen ein, alle drei standen auf dem jenseitigen Ufer des Kanals. Wie Colonel Cockayne vorhergesagt hatte, waren die anderen deutlich näher herangerückt. Grinsend wandte Phillip sich an die Mannschaft seiner Kanone, die nominell Kadett Lascelles führte.

»Auf, Leute! Feuer frei, und dann zeigen wir den Pandies mal, wie man's macht. Treten Sie bitte zur Seite, Mr. Lascelles, ich werde sie selber ausrichten.«

Die Marinekanonen hatten sie von der Bengalischen Artillerie ausgeliehen. Die 69-Pfünder der *Shannon* waren zu schwer, um auf den vorhandenen Lafetten bewegt zu werden. Man hatte sie deswegen in der Festung von Allahabad zurückgelassen, wo sie auf die Fertigstellung eines passenden Gefährts warteten. Auf Instruktionen von Captain Peel hin waren beide Kanonen mit einer Zieleinrichtung versehen worden. So konnte man sie genau ausrichten, was für die früheren Besitzer nicht wichtig gewesen war.

Diese Veränderung war einfach, aber wirksam. Es gab ein Visier mit einer Kerbe an der Mündung der Kanone und etwas Entsprechendes in Form einer langen Schraube in einem Loch, das durch die Kakabelle am anderen Ende gebohrt worden war. Es gab eine Spiere, mit der man den Winkel des Kanonenrohres verändern konnte. Nach tage- und nächtelangem Einsatz in Lucknow konnten alle Kanoniere von der *Shannon*, die direkt unter dem Oberbefehlshaber dienten, wie im Schlaf damit umgehen. Phillip grinste, als er sich erinnerte, was Captain Peel über seine 24-Pfünder gesagt hatte: »Man soll ja von diesen Kanonen nicht behaupten, daß man mit ihnen so gut wie mit einem Gewehr schießen kann. Richtiger ist, daß man mit einem Gewehr so gut wie mit ihnen schießt …«

Immer noch lächelnd lud er die Kanone mit einem Bleimantelgeschoß. Der erste Schuß lag weit hinter dem Ziel, das Geschoß explodierte viel zu hoch. Als die Kanone sechs Fuß aus ihrer Feuerposition zurückgerollt war, wurde sie ausgewischt, neu geladen und wieder in Stellung gebracht. Phillip veränderte den Neigungswinkel, und wartend stand der Stückführer mit brennender Lunte da. Der dritte Schuß lag im Ziel, und eine der Batterien am Kanal schwieg fortan, die Mannschaft war per Schrapnell niedergemäht worden. Die beiden anderen hörten auf, das Fort zu beschießen, und drehten die Kanonen in Richtung Brücke. Ihre ersten Salven lagen viel zu kurz und schlugen ins Wasser. Nach einem kurzen Duell, an dem sich auch Garvey mit seiner Kanone beteiligte, gaben die Kanoniere der Gwalior-Rebellen am Kanalufer ihre Position auf und zogen sich aus der Schußweite zurück.

»Sehr beeindruckend, Commander«, kommentierte Colonel Cockayne. Seine Stimme klang warmherzig. »Es hieß immer, die Gwalior-Artillerie sei sehr gut. Aber Ihre Männer stellen sie weit in den Schatten. Oder ist es Ihre Gegenwart, die sie so genau schießen läßt? In den früheren Gefechten vor Cawnpore war das nicht so gut, da hatte ein Jüngerer das Kommando.«

Phillip wischte sich Schweiß aus dem Gesicht. »Sie dürfen meinen Untergebenen keinen Vorwurf machen, Sir«, verteidigte er sie. »Die Kanonen werden jetzt erst so eingesetzt, wie es eigentlich schon immer sein sollte.« Er deutete auf die Zieleinrichtungen und erklärte technische Einzelheiten. »Wenn man sie als leichte Feldartillerie einsetzt, was wohl offenbar bei den letzten Kämpfen der Fall war, dann sind sie schwierig zu manövrieren und viel zu langsam. Captain Peel führte sie beim Angriff auf die Stellungen der Meuterer in Lucknow mit. Da brauchte man sie, um eine Bresche in die Wälle des Forts zu schießen, damit die Infanterie den Angriff mit dem Bajonett vortragen konnte. Sir Colin war entschlossen, schnell vorzugehen – er hatte also keine Alternative, wir mußten in die Residenz.« Er zuckte mit den Schultern. »Wir verdoppelten die Mannschaft an jeder Kanone und verließen uns so wenig wie möglich auf die eingeborenen Gespannführer und die Ochsen. Unter Feuer kann man sich auf sie nicht verlassen. Sie ...« Er schwieg plötzlich, seine Augen wurden schmal, er ahnte die Geräusche von Riemen im Wasser mehr, als er sie hörte. Die Riemen waren umwickelt, und das Geräusch kam aus der entgegengesetzten Richtung, aus der noch vor ein paar Minuten seine Kanonen zu sehen waren. Auf dem dunklen Wasser des Flusses konnte man nichts erkennen und – bis auf ein paar vereinzelte Schüsse am Fort – auch nichts hören.

Beunruhigt trat Phillip auf die andere Seite der Brücke. Der Posten der Seesoldaten, der dort stand, schüttelte ganz entschlossen den Kopf, als er gefragt wurde: »Nein, Sir, da bewegt sich nichts. Es scheint plötzlich überall ganz mucksmäuschenstill zu sein.«

»Stimmt etwas nicht, Commander?« wollte Colonel Cockayne wissen, der auch ins Dunkle starrte. Der Mond war zum Teil durch Wolken verdeckt, sein Glanz war stumpf geworden. »Die werden doch keinen Stoßtrupp schicken, oder? Das können Sie vergessen, weil sie das nachts nie riskieren würden. Die wissen ja schließlich, daß wir hier schwere Kanonen haben, die gut bewacht werden.«

»Ich glaubte, ich hätte ein Boot gehört«, sagte Phillip. »Aber vielleicht habe ich mir das auch nur eingebildet. Das Geräusch kam von stromaufwärts ...«

Das gleichzeitige Röhren vieler Kanonen übertönte seine Stimme. Die Batterien, die anfangs auf die Brücke gefeuert hatten, hatten sie verlegt, wie Phillip klar wurde. Der Colonel packte ihn am Arm und zeigte voraus. Eine Kugel schlug gegen ein großes flachbödiges Boot, keine 30 Meter entfernt. Doch es war zu dunkel, um zu erkennen, wie groß der Schaden war. Weil er das feindliche Feuer sofort erwidern wollte, lief Lascelles zu seiner eigenen Kanone zurück.

»Sie sind immer noch am anderen Kanalufer, Sir«, meldete er eifrig. »Aber mindestens eine ist in den mit Wällen umgebenen Stellungen, die bis zum Fluß runter reichen. Sie müssen dazu ein paar Wälle entfernt haben. Darf ich das Feuer eröffnen, Sir?«

»Ja, machen Sie weiter, Mr. Lascelles«, antwortete Phillip. »Aber lassen Sie sich Zeit. Es ist wichtiger, Sie treffen genau, als viele Schüsse abzugeben.«

Garveys Kanone hatte das Feuer bereits eröffnet. Er verließ sie und kletterte auf die Brüstung der Brücke, um die Mündungsblitze zu finden und damit die exakte Position des Feindes. Über seinen Kopf jagte eine Granate, deren Zündschnur Funken sprühte. Andere Kugeln schlugen flußauf ins Wasser. Die Rebellen haben eine Haubitze, stellte er fest, und sechs, nein, sieben Kanonen, gut plaziert, drei links am Ufer des Kanals, vier zwischen den immer noch qualmenden Assembly Rooms und dem Ufer rechts. Wenn sie ihr Pulver wert waren, dachte er ergrimmt, dann ist's mit der Brücke vorbei. Die lockere, schwimmende Basis würde lange vor Morgengrauen in Stücke geschossen sein. Doch glücklicherweise waren die anderen keine guten Schützen. Die meisten Kugeln schlugen weit vom Ziel entfernt ein, nur ... Ein dumpfe Explosion rechts ließ Phillip zurück zur Insel eilen.

Garveys Männer jubelten triumphierend. Als Rauch und eine Feuerzunge in den Himmel stiegen, sah Phillip, daß ein gut gezielter – oder ein zufälliger – Schuß einen der Munitionswagen der Rebellen getroffen hatte, der unklugerweise in einem ummauerten Garten plaziert war, der zum Flußufer hinunterführte. Ein zweiter mußte ganz in der Nähe gestanden haben. Denn als er gerade die schattenhaften Männer vor dem Feuer laufen sah, fing ein zweiter Wagen Feuer und flog mit dumpfem Knall in die Luft.

»Sehr gut, Männer«, rief Phillip laut. »Sehr gut, Mr. Gravey.«

Er verbot den Männern den Jubel nicht, denn die Rebellen wußten ohnehin, daß die Brücke besetzt war. Seine Männer hatten hart gearbeitet, sie verdienten es also, ihren Gefühlen freien Lauf zu lassen. Der Jubel kam als Echo auch von dem Posten der Schützenbrigade am Brückenkopf drüben im Oudh und von den 88ern vor Cawnpore zurück. Er wärmte ihm das Herz, und er spürte, daß er lächelte. Er hatte verdammt wenig zu lachen gehabt während der letzten drei Tage. Doch dann beendeten das Aufbrüllen der Kanone der Gwalior-Rebellen und das Platzen einer Granate aus der Haubitze, die sehr nahe lag, plötzlich allen Jubel. Lascelles' Kanone hatte nicht aufgehört zu feuern, und Garveys Männer brauchten keinen Befehl, um weiterzufeuern. Das Duell wurde wieder aufgenommen. Phillip wollte gerade zu Lascelles hinübergehen, als ein heiserer Ruf von Colonel Cockayne ihn zur Brückenbrüstung zurückeilen ließ.

»Da«, rief der Kavallerist mit wütender Stimme, »sehen Sie sich das da um Himmels willen an, Commander.«

Er wies voraus, und Phillip folgte der Bewegung seiner Hand. Er entdeckte zehn oder ein Dutzend Schwimmer im Wasser. Ihre dunklen Köpfe waren klar zu erkennen, während sie wie wild auf das Oudh-Ufer zustrebten. Und er sah noch etwas – den Körper des Marinesoldaten, der auf der Brüstung postiert gewesen war. Er lag jetzt auf den Duchten eines Bootes, das zur Brücke gehörte. Der Mann war tot, man hatte ihm die Kehle von Ohr zu Ohr durchgeschnitten, und ein gräßliche Wunde klaffte. Sein Enfield-Gewehr lag nutzlos neben ihm. Hinter ihm bewegte sich in der sanften Strömung ein Boot der Eingeborenen. Es hatte ein Dach aus Stroh und lag zwischen zwei ankernden Schiffen, die die Brücke stützten.

Es war offensichtlich dieses Boot, das die Schwimmer zur Überquerung des Flusses benutzt und jetzt verlassen hatten. Doch warum hatten sie das getan? Es waren viel zuwenig Männer, um einen Stoßtrupp zu bilden. Und daß der unglückliche Posten sie entdeckt und angerufen hatte, war doch kein Grund, ihn zu töten. Es sei denn …

Phillip zog seine Jacke aus und warf das Koppel mit dem Säbel weg, als er die gefährliche Wahrheit erkannte. Die lauten Fragen des Colonel hörte er schon nicht mehr, als er sich ins Wasser hinabließ. Mit ein paar kräftigen Schlägen war er am verlassenen Boot, zog sich an Deck und sah das leichte Glimmen einer Zündschnur. Um genügend Zeit für den

Rückweg zu haben, hatten die Angreifer eine langsam brennende Zündschnur von außerordentlicher Länge benutzt, wurde Phillip klar. Zischend kroch der Funke langsam über das feuchte Deck, und er hatte keine Probleme damit, ihn mit dem Stiefel auszutreten.

Somit war die erste Gefahr gebannt. Er ließ sich Zeit, zwei Pulverfässer unter dem Stroh hervorzuholen und sie, eins nach dem anderen, im moddrigen Flußwasser zu versenken. Er war zufrieden, als Blasen aus dem nassen Pulver aufstiegen. Dann ließ er das Boot treiben und kletterte auf die Brücke zurück. Die Seesoldaten der *Shannon* und die Posten am Brückenkopf feuerten mit ihren Gewehren auf die flüchtenden Schwimmer. Doch Colonel Cockayne mußte ihm berichten, daß sie bisher niemanden getroffen hatten. Die Rebellen erreichten das andere Ufer und verschwanden. Sie hatten den Seesoldaten zwar brutal ermordet, doch es war ein kühner, gut geplanter Versuch gewesen, die Brücke zu zerstören. Dabei hatten sie mehr Mut bewiesen, als der Colonel ihnen eigentlich zuzubilligen bereit war. Doch klugerweise hielt Phillip sich mit dem Kommentar zurück und wies jedes Lob seines Einsatzes zurück.

»Es ging um sie oder uns, Sir, und als ich erkannte, was sie vorhatten, da blieb keine Zeit mehr, jemand anderem die Aufgabe zu übertragen.«

Zwei Seesoldaten hoben den toten Kameraden auf und trugen ihn ins Fort, damit er dort beerdigt werden konnte. Den anderen befahl Phillip, das treibende Bomben-Boot zu versenken. Ein paar gut gezielte Schüsse mit den Enfields brachten es zum Halten und ließen Wasser hineinströmen. Doch ironischerweise beendete eine Kugel aus einer feindlichen Kanone sein Schicksal, begleitet von zynischen Hurrarufen der Männer der *Shannon*, die den Untergang beobachteten.

Sie waren alle guten Mutes, auch die müden, schwitzenden Kanoniere. Sie konnten die feindlichen Batterien, die inzwischen durch vier Haubitzen verstärkt worden waren, zwar nicht zum Schweigen bringen, aber sie hielten durch, zogen Feuer von der Festung ab und zwangen die Rebellen, sich vom Flußufer auf weitere Entfernung zurückzuziehen.

Kurz vor der Morgendämmerung erschien Midshipman Lightfoot, Phillips Melder, zusammen mit Captain Baird und anderen Mitgliedern des Stabs des Oberbefehlshabers. Sie brachten die gute Nachricht, daß Brigadegeneral Hope Grant mit der Kavallerie und der bespannten Artillerie aufgebrochen sei, um den Fluß in Richtung Cawnpore zu überqueren und den Weg für den Zug aus Lucknow freizuhalten, der sich mit den schweren Kanonen so schnell wie möglich näherte. Baird ritt weiter, um General Windham zu informieren. Lightfoot, um den sich neugierig Fragende geschart hatten, berichtete, daß Captain Peel mit dem Belagerungszug kurz nach zwei Uhr das Lager in Mungalwar erreicht hatte.

»Der Captain wartet nur auf frische Zugtiere, Sir«, berichtete er Phillip. »Er sagte mir, ich sollte Ihnen ausrichten, er werde bei Sonnenaufgang am Brückenkopf eintreffen. Er wäre Ihnen dankbar, wenn Sie noch hierblieben, um General Hope Grants Überquerung zu decken.« Nachdem er seinen Auftrag erledigt hatte, fuhr er weniger formell fort: »Ich habe Ihre Schwester mit den Kindern im Lager gesehen. Sie halten sich ziemlich gut, Sir, obwohl sie erst eine Stunde nach unserem Belagerungszug eingetroffen sind.«

»Haben Sie mit Ihnen gesprochen, Mr. Lightfoot?«

»Ich habe nur gefragt, wie es ihnen geht, Sir, weil ich mir dachte, das würden Sie wissen wollen. Es ging ein bißchen – nun ja, chaotisch im Lager zu. Die Kanonen, die Vorräte, die Kranken, Frauen und Kinder – alles lagerte durcheinander. Menschen trafen die ganze Nacht hindurch ein, und es standen kaum Zelte für sie da. Denn die Wagen mit dem Gepäck und allem anderen waren noch unterwegs. Die Verwundeten hatten sehr zu leiden, Sir. Ich fürchte, viele werden Cawnpore nicht mehr lebend erreichen. Captain Peel schickte mich los, damit ich nach Mr. Salmon sehe. Dem ging es nicht gut, also ließ der Kommandant ihn zu unserem Teil des Zugs holen und alle anderen von unseren Verwundeten auch. Er meinte, hier könnten wir uns selber um sie kümmern. Mr. Salmon war genau der gleichen Ansicht.«

Der arme junge Nowell Salmon! Phillip erinnerte sich an das Gefecht um den Shah Nujeef vor Lucknow, bei dem er zweimal in die Hüfte getroffen worden war. Peel hatte seine Kanonen genau vor den gewaltigen Wänden der Moschee plaziert, und die Marinebrigade hatte danach die bisher schwersten Ausfälle gehabt. Doch sie hatten eine Bresche in die Mauer geschossen. Die wurde aber erst entdeckt, als ein Sergeant der 93. Hochländer nach vorn gekrochen war, um einen Weg in die Moschee zu finden.

»Sir …?« Der diensttuende Offizier Garvey stand neben ihm. »Kann ich die Ersatzmannschaften zum Frühstück wegtreten lassen?«

Phillip nickte. Der Vorschlag kam gerade recht. Die Männer hatten trockene Rationen in ihren Brotbeuteln mit. Das Faß Grog hatte sie, unter der Aufsicht des Quartermasters, an eine Lafette gelascht, begleitet. Da es für jede Kanone zwei Mannschaften gab, konnten sie abwechselnd essen.

»Sehr gut«, stimmte er also zu. »Machen Sie weiter, Mr. Garvey, und essen Sie vor allem selber etwas!« Doch der Junge sah immer noch bedrückt aus, also fragte er ihn lächelnd: »Liegt Ihnen noch was auf dem Herzen?«

Garvey wurde rot. »Wir haben uns nicht rasiert, Sir«, sagte er entschuldigend und rieb sich die sanften Stoppeln auf seinem pulvergeschwärzten Kinn. »Wenn der Kommandant bei Sonnenaufgang hier ist, dachte ich …«

»Ich kann mir kaum vorstellen«, antwortete Phillip freundlich, »daß die eigenen Leute des Kapitäns heute morgen Zeit zum Rasieren gefunden haben, Mr. Garvey. Also wird er wohl heute mal darüber hinwegsehen.«

Die Männer hatten ihr mageres Essen gerade eingenommen, als ein Adjutant von Sir Colin Campbell heranritt mit dem Befehl für den Trupp der *Shannon*, eine neue Stellung auf dem Ufer von Oudh als Vorbereitung auf eine gründliche Beschießung einzunehmen. Während sie noch dabei waren zu verlegen, erschien Brigadegeneral Hope mit seiner Vorhut, die links vom Brückenkopf abprotzte und sofort das

Feuer auf die Rebellen auf dem Ufer von Cawnpore eröffnete.

Im grauen Morgenlicht war die Ankunft einer großen Anzahl von Kanonen und Reitern natürlich vom Feind bemerkt worden. Als die erste Schwadron den sanften Hang zum Brückenkopf hinabritt und absetzte, verdoppelte der Feind seinen Eifer, ihnen den Übergang zu verwehren. Kugeln schlugen auf jeder Seite der schwankenden Boote ins Wasser, Granaten heulten über sie hinweg, doch wie durch ein Wunder blieb die Brücke unbeschädigt. Als pünktlich bei Sonnenaufgang William Peel an der Spitze des Belagerungszugs der *Shannon* herantrabte, wartete Sir Colin Campbell mit kaum verhohlener Ungeduld, bis endlich die Kanonen in Stellung gebracht waren und feuerten, und befahl dann der Kavallerie und der bespannten Artillerie vorzurücken.

Brigadegeneral Hope Grant war ein drahtiger Mann mit Seitenbart. Er trug eine sandfarbene Baumwolluniform und wie immer die ausgeblichene Kappe der Ulanen, als er seine Männer hinüberführte. Als die Spitze der Truppe den Brückenkopf bei Cawnpore erreicht hatte, schlug ihnen heftiges Gewehrfeuer aus den ausgebrannten Häusern und den ummauerten Gärten entgegen, die an den Kanal grenzten. Doch Kavalleristen und zwei Trupps entschlossener bespannter Artillerie trieben die Rebellen zurück. Kanoniere und Schützen in den Gräben unterstützten sie dabei.

Hinter seiner feuerspeienden Kanone beobachtete Phillip mit seinem Glas, wie die Ulanen wieder aufsaßen. Angeführt von einer Schwadron Sikhs mit scharlachroten Turbanen formierte der Zug sich neu und zog an den Gräben vorbei, aus denen ihm von den Verteidigern lauter Jubel entgegenbrandete.

Nach kurzem Kanonenfeuer überquerten sie den Kanal und schwenkten dann in offener Formation nach rechts auf die Ebene vor der Stadt. Dort verlor er sie aus den Augen, doch er wußte von dem Adjutanten, der ihm eben seine Befehle überbracht hatte, daß sie vor der Stadt Stellung zu beziehen hatten. Rechts würden sie an die Gräben anschließen und links an die Linien der Dragoner ganz nahe an der großen Überlandstraße.

Auf der Seite von Cawnpore gab es immer noch viel Zunder, doch Sir Colin Campbell, der vor Ungeduld fast schäumte, galoppierte mit seinem Stab über die Brücke, um in der Festung sein Hauptquartier aufzuschlagen. Die Batterien der Rebellen an der Straße nach Bithur setzten ihren Versuch weiter fort, die Brücke zu zerstören, um das Übersetzen von Verstärkungen zu verhindern, doch jetzt waren sie in der Minderzahl. Mitten am Nachmittag waren sie zum Schweigen gebracht worden oder hatten sich außer Schußweite zurückgezogen und waren, wenn auch nur vorübergehend, durch das heftige und akkurate britische Feuer zurückgeschlagen worden.

Kurz nach vier Uhr nachmittags befahl Captain Peel den Kanonen der *Shannon*, das Feuer einzustellen. Dankbar befolgten die erschöpften Männer seinen Befehl. Sie waren viel zu fertig, um zu essen. Die meisten stürzten nur ihre abendliche Grogration hinunter und ließen sich auf der rauhen Erde neben die Kanonen fallen, um soviel Schlaf wie möglich zu finden, ehe sie wieder ins Gefecht zurückgerufen wurden. Phillip bekämpfte erfolgreich den fast übermächtigen Wunsch, ihrem Beispiel zu folgen. Er stand neben William Peel am Straßenrand. Da hörten sie, daß der Hauptteil des Zuges aus Lucknow jetzt das Lager von Mungalwar verlassen hatte und den Übergang beginnen würde.

»Gott sei Dank!« sagte Peel. Seine Stimme klang überraschend teilnahmsvoll. »Ich muß zugeben, Phillip, daß ich während der letzten Tage manchmal dachte, wir haben die Garnison aus der Residenz nur gerettet, um sie in eine noch weitaus schlimmere Lage zu bringen.«

»Das dachte ich auch manchmal«, stimmte Phillip ihm ernst zu. »Wenn diese Pandy-Kanoniere da drüben nur halb so gut gewesen wären wie unsere eigenen Männer, graut mir vor der Vorstellung, was alles hätte passieren können. Und wenn General Windham die Gräben nicht so entschlossen verteidigt hätte ...« Er mußte an Harriet und ihre beiden hilflosen kleinen Kinder denken und spürte, wie sein Magen revoltieren wollte.

Um halb sechs sank die Sonne in blendendem Glanz. Da begann der Zug von fast sechs Meilen Länge, sich auf der staubigen, zerfurchten Straße auf die Brücke zuzubewegen: begleitende Infanterie, Kanonen, von Ochsengespannen gezogen, Frauen, Kinder, Kranke, Verwundete. Sie wurden auf Wägelchen und Wagen transportiert, auf Munitionstragen, in Sänften oder in *Doolies*. Viele Frauen gingen tapfer zu Fuß und führten ihre Kinder an der Hand. Hinter ihnen her strömten der Troß, die eingeborenen Diener, die beladenen Elefanten und Kamele, Ersatzgespanne von Ochsen und Pferden, und Wagen folgten auf Wagen, bis oben hin voll mit all dem, was eine Armee auf dem Marsch braucht.

Langsam und erschöpft zogen sie an den jetzt schweigenden Kanonen vorbei, eine durcheinandergewürfelte Schar von Soldaten in verschlissenen Uniformen, Zivilisten in zerrissenen Kleidern. Ihre Waffen reichten von Sportgewehren über altmodische Vorderlader bis zu den modernsten Enfield-Gewehren. Nur die Männer der Entsatztruppe, die 93. Hochländer, sahen wie Soldaten aus. Sie waren das Lieblingsregiment von Sir Colin Campbell. Sie trugen ihre Schottenröcke und Federmützen und marschierten stolz hinter den Dudelsackpfeifern her. Ihnen gleich nur noch die großen barttragenden Männer der Pandshab-Infanterie, und die 53er waren in Scharlachrot. Unter Trommeln und Pfeifenklang marschierten sie ein. Der Staub, den sie aufwirbelten, war so dicht und hing so lange in der Luft, daß es fast unmöglich war, einzelne Gesichter in der Menge zu erkennen. So suchte Phillip vergebens nach Harriet. Seine Kehle war wie zugeschnürt, als er das Stöhnen und die Schreie der Verwundeten über dem steten Lärm der Marschierenden und dem Rasseln der Trommeln hörte.

Ihr Anblick bewegte die Männer der *Shannon*. Sie standen auf, und Peel erlaubte ihnen, sich unter die *Doolies* zu mischen. Sie verteilten Stückchen von Kautabak, Pfeifen und manchmal sogar Zigarren, trennten sich von allem, was von ihren Rationen übriggeblieben war, um den armen Leidenden in ihren schwankenden, luftlosen Tragen zu helfen. Der Zug dauerte die ganze Nacht, die Brücke lag im Mondlicht. Am nächsten Tag war die Straße so verstopft, daß immer noch Tausende darauf warteten, über die schwimmende Brücke in die Sicherheit von Cawnpore zu gelangen. Erst am Abend des 30. November um sechs Uhr hatten der letzte Gepäckwagen und die Nachhut das rettende andere Ufer erreicht.

Am Morgen kehrte Garvey mit seinen Kanonen in die Befestigungsanlagen zurück. Phillip blieb beim Belagerungszug und überquerte den Fluß erst spät abends. Er ritt neben William Peel an der Spitze zu ihrer Stellung südlich der Stadt, wo sie Greatheads Brigade verstärken sollten, der den General-Igunj besetzt hielt.

Die Frauen und Kinder, die am 29. schon in Cawnpore eingetroffen waren, hatten Quartier bei den Dragonern gefunden. Doch die Unterkünfte wurden von Nanas Truppen unter starkes Feuer genommen. So mußten sie in sicherere Unterkünfte verlegt werden, in eine Infanteriekaserne näher an den Gräben. Hier wuchs schnell ein Wald von Zelten empor. Trotz des traurigen Anblicks von zerstörten Häusern, verwüsteten Gärten und gewaltigen Überresten von General Wheelers Befestigung, die schrecklich verwüstet worden war, spielten die Kinder dort bald ganz fröhlich. Ihr Leiden hatten sie, wenn nicht gar vergessen, so doch wenigstens verdrängt.

Endlich fand am Morgen des 1. Dezember Phillip seine Schwester. Sie teilte das Zelt mit zwei Frauen und einem kränkelnden Baby. Doch sie war guten Muts und erwähnte lobend alle Bemühungen, die ihnen das Leben erleichtern sollten.

»Wir bekommen dreimal pro Tag gut zu essen, Phillip«, sagte sie ihm. »Tee mit Milch und Zucker, frisches Brot ... Wenn du nur wüßtest, was das für uns bedeutet nach der Verpflegung in der Residenz.« Tränen glänzten in ihren Augen, doch sie wischte sie weg. »Wir haben uns daran gewöhnt, daß man auf uns schießt. Angriffe aufs Lager regen uns nicht mehr so auf wie noch vor sechs Monaten. Wir werden gut bewacht. Unsere eigenen Männer vom 32. Regiment haben unseren Schutz übernommen, und überall patrouilliert Kavallerie. Und dazu kommen deine Kanonen! Man sagte mir, daß die Brücke durch deine tapferen Seeleute und die Kanonen gehalten werden konnte.«

Sie legte ihre Hand auf seine. Phillip sah hinab und war entsetzt, wie dünn sie war. Doch Harriet lächelte und bestritt, daß ihr oder den Kindern irgend etwas fehle.

»Lieber Phillip, wir sind am Leben! Ich habe meinen geliebten Mann verloren, die Kinder ihren Vater, und unser Baby ist unter den Toten von Lucknow … aber wir sind hier und in Sicherheit. Was wollen wir mehr? Natürlich war der Weg hierher anstrengend und gefährlich, aber wir haben ihn ohne Leiden oder Härten hinter uns gebracht. Und seit wir hier sind, hat man uns mit überströmender Freundlichkeit behandelt. Die Soldaten kamen und nahmen die Kinder mit zum Spielen. Sie machen ihnen kleine Geschenke, und es heißt, es soll Regimentsmusik geben, ehe wir aufbrechen. Die Offiziere überschütten uns mit größter Gastfreundschaft. Wir haben Glück, Phillip, im Vergleich zu vielen anderen.«

Ihr Mut ist großartig, dachte Phillip fast ein wenig beschämt. Sie hat so viel durchgemacht und ist doch unbesiegt, entschlossen, das Beste aus ihren Leiden zu machen.

»Weißt du schon«, wollte er von ihr wissen, »wie lange ihr hierbleiben werdet?«

Sie schüttelte den Kopf. Ihr Haar war sehr kurz geschnitten, und Phillip entdeckte besorgt erste Spuren von Grau.

»Noch nicht genau. Aber ehe wir nicht sicher auf dem Weg nach Allahabad sind, kann Sir Colin Campbell die Rebellen nicht angreifen und sie aus der Stadt jagen, oder? Also wird er uns so schnell wie möglich loswerden wollen. Ich hörte Gerüchte, daß wir in zwei oder drei Tagen schon wieder aufbrechen werden.«

»Du gehst dann nach Kalkutta zu Graham und Catriona«, drängelte Phillip. »Sie haben dort ein Haus und werden dich mit offenen Armen aufnehmen, das weiß ich.«

»O ja, natürlich«, stimmte Harriet zu. »Ich habe an Graham geschrieben. Ich denke, die Post wird vor uns dort ankommen. Ist es nicht seltsam, daß erst eine Meuterei und ein Krieg mir erlaubten, beide Brüder nach so vielen Jahren wiederzusehen? Ich wünschte nur, daß …«

Sie hielt inne, biß sich auf die Lippen, um ihr Zittern zu unterdrücken. Phillip wußte, daß sie an ihre jüngere Schwester Lavinia dachte, die keiner von beiden je wiedersehen würde.

»Grahams Agent hat die Schlüssel zum Haus«, begann er, »falls er auf See ist, wenn ihr in Kalkutta ankommt …«

Doch sie schien ihn nicht zu hören.

Mit leiser, ruhiger Stimme sagte sie: »Ich bin hingegangen und habe mir den Platz angesehen, den General Wheelers Garnison verteidigt hat. O Gott, Phillip, ich war entsetzt. Was hat bloß so einen erfahrenen Offizier zu der Annahme veranlaßt, er könnte einen solchen Platz verteidigen? Die Gebäude waren von Kugeln durchlöchert. Das war viel schlimmer als in der Residenz in Lucknow. Ich hörte, daß die Wände nur aus getrocknetem Schlamm bestanden und ganze vier Fuß hoch waren. Sie brachen einfach zusammen. Es gab nirgendwo Schatten, und das Lazarett war eine ausgebrannte Ruine … Man sagt, daß dort fast 400 Frauen und Kinder belagert wurden. Frauen und Kinder, Phillip! Und die haben es drei Wochen durchgestanden! Mir bricht das Herz, wenn ich daran denke, was sie ausgehalten haben müssen. Und unsere liebe Lavinia, die Kleine, war mitten unter ihnen.«

»Auch mir bricht das Herz«, gestand Phillip ihr.

»Hast du … hast du das Haus gesehen, dieses Bibigarh?« wollte Harriet wissen. »Das, in dem man sie ermordet hat?«

Zögernd nickte er. »Ja, ich war da. Wäre ich doch nicht hingegangen! Ich rate dir, es nicht zu versuchen. Du …«

Harriet schauderte es. »Keine Sorge, ich werde es nicht tun. Mir reicht es mit der schrecklichen Verteidigung. Aber wir konnten nicht umhin, es zu sehen. Man führte uns daran vorbei, im Mondlicht, als wir den Fluß überquert hatten. Es war ein Schock, als ich merkte, was es war. Es hat uns alle tief bedrückt.«

»Das kann ich mir gut vorstellen«, gab Phillip schmallippig zu. Um sie abzulenken, sprach er von der Zukunft und wollte ihre unmittelbaren Pläne erfahren. »Du wirst doch mit den Kindern nach Hause zurückkehren, Harriet, oder? In Kalkutta wirst du ein Schiff finden, nehme ich an. Falls es etwas dauert, wird Graham sich um dich kümmern. Catrionas Vormund ist Besitzer eines Schiffes.«

»Uns hält hier nichts mehr«, sagte Harriet. »Ja, wir kehren nach Hause zurück. Es wird schön sein, wieder nach England zu kommen und unsere lieben Eltern wiederzusehen. Das Klima ist auch für die Kinder besser. Ich glaube, wir werden etwa eine Woche in Allahabad bleiben, um uns zu erholen. Vielleicht kannst du dir ein paar Tage Urlaub nehmen und uns dort besuchen?«

»Ich werde es versuchen«, versprach Phillip. »Reden wir mal eben über Geld, Harriet. Darf ich dir geben, was du brauchst?«

Sie lächelte und streichelte seine Hand. »Lieber Phillip, das ist sehr freundlich. Wir haben natürlich nichts mehr, die Kinder und ich, außer dem, was wir am Leib tragen, und selbst das wurde uns nur geschenkt. Wir haben in Sitapur alles verloren, als Jemmys Regiment meuterte.« Sie hatte nie von Sitapur und dem Tod ihres Mannes gesprochen. Doch jetzt erzählte sie Phillip in kurzen, herzzerreißenden Worten, was vorgefallen war, und Phillip hörte mit tiefstem Mitgefühl zu.

»Sie haben ihn vor meinen Augen in Stücke gehauen – Jemmys eigene Leute, sein verläßlicher Vertrauter, der Havildar, der Feldwebel, mitten unter ihnen. Doch dann schienen sie sich fast zu schämen und alles zu bedauern. Sie versprachen, die Kinder und mich in Sicherheit zu bringen. Und sie hielten ihr Wort! Sie beschützten uns und brachten uns in der Kutsche auf die Straße nach Lucknow, mit der Ayah und Jemmys Ordonnanz Sita Ram. Doch dort änderten sie ihre Meinung und verließen uns, ohne für Essen und Wasser zu sorgen. Sie nahmen die Kutsche und zwangen den armen Sita Ram mitzukommen. Ayah hatte große Angst und floh in ihr Dorf. Als sie uns wiederfand, waren wir vor Durst fast wahnsinnig. Die Leute aus ihrem Dorf haben uns dann Wasser verkauft – verkauft! Wir irrten stundenlang durch den Dschungel, immer auf der Suche nach dem Fluß. Er war keine halbe Meile entfernt, aber wir haben ihn erst nach Stunden gefunden. Ich weiß immer noch nicht, wie das alles kam, Phillip!«

»Im Dschungel kann man sehr schnell seine Orientierung verlieren«, tröstete Phillip sie.

»Ich war so hilflos«, gab Harriet geknickt zu. »Die Kinder verließen sich ja auf mich, aber ich konnte nichts, absolut nichts für sie tun. Irgendwann am nächsten Morgen trafen wir einen verwundeten Eurasier, einen Schreiber oder Gehilfen, auf einem Pferd. Er war unterwegs nach Lucknow und sagte uns, daß fast alle unsere Leute in Sitapur ermordet worden oder blind in den Dschungel geflohen waren – wie wir. Er meinte, wir würden vielleicht auf ein paar treffen, aber dem war nicht so. Die einzigen, die wir fanden, waren tot. Sie waren gefoltert und ermordet worden. Es waren Leute, die ich gut kannte, ein junges Ehepaar, das wir noch vor ein paar Tagen zum Tee bei uns hatten. Ihre Leichen lagen in der Nähe eines Dorfes. Zuerst dachte ich, die Dorfbewohner hätten sie umgebracht, aber dann begrub der Dorfälteste sie auf anständige Weise und nahm uns auf. Ohne mit einer Belohnung zu rechnen, Phillip, kümmerten sich der gute alte Mann und seine Leute um uns und versteckten uns. Als die Sepoys aus der Gegend verschwunden waren, ich nehme an, in Richtung Delhi, brachte uns der Dorfälteste mit dem Boot nach Lucknow. Nicht nur uns, sondern auch andere, die sich in der Nähe versteckt hielten. Er setzte sein Leben aufs Spiel, als er uns durch die Stadt in die Residenz schmuggelte. Jemmys treue Ordonnanz, Sita Ram, begleitete uns. Er diente in der Garnison und ist jetzt hier und kümmert sich um uns, weil er sagte, er habe Jemmy sein Wort gegeben, das zu tun.« Harriet blickte auf, ihre Augen schwammen in Tränen, doch sie versuchte diesmal nicht, sie wegzuwischen. »Es ist schon eine seltsame Rasse. Unter ihnen gibt es Leute wie Sita Ram und den Dorfältesten, Mahee Singh, und eine Frau wie Ayah, die Angst hatte, aber mir einen Ring zurückgab, den ich ihr mal geschenkt habe, damit wir ein Boot mieten könnten, das uns nach Lucknow bringen sollte. Und dann ... die anderen, die Verräter, die Mörder, Heuchler wie der Nana. Ich lebe jetzt fast zwölf Jahre hier, aber manchmal denke ich, ich verstehe sie immer noch nicht. Am wenigsten die Sepoys. Jemmys Leute haben ihn geliebt, und er hat sie geliebt – zwischen ihnen herrschten Treue und Respekt!«

»Wie in vielen Sepoy-Regimentern, Harriet«, sagte Phillip. Er sagte das ganz ruhig, um sie nicht weiter zu verletzen. »Offiziere haben ihren Männern vertraut und wurden betrogen.«

»Wie Jemmy«, nickte Harriet traurig. »Aber weißt du, seine eingeborenen Offiziere trugen seine Leiche nachher in unseren Bungalow und steckten ihn in Brand. Der Unteroffizier sagte mir, das Haus sei sein Scheiterhaufen, damit seine Seele Erlösung finden konnte. Und er sagte mit voller Überzeugung und ganz ehrlich: ›Der Colonel war ein guter Mann. Wenn er uns nach Delhi geführt hätte, wären wir ihm bis zum letzten Mann gefolgt.‹ Wundert dich, daß man sie nicht so recht begreift?«

»Ja, mir geht es ähnlich.« Phillip nahm seine Uhr aus der Tasche und seufzte. »Es tut mir leid, Harriet, aber ich muß jetzt gehen. Ich hatte gehofft, die Kinder zu sehen. Wann kommen sie wieder?«

»Das weiß ich nicht«, sagte Harriet bedauernd. »Sie gingen mit ungefähr 20 anderen Kindern zu einem Picknick, das eingeborene Offiziere für sie vorbereitet haben. Weit weg ist das nicht – wie du weißt, dürfen wir uns ja nur innerhalb des Lagers frei bewegen. Ich hab's ihnen erlaubt, denn die armen Kleinen sollten sich mal wieder von Herzen freuen können. Wenn ich geahnt hätte, daß du kommst, hätte ich sie hierbehalten! Sie wollen unbedingt ihren Onkel Phillip treffen. Wir könnten uns ja mal auf den Weg machen, wenn du magst.« Sie zögerte. »Wie spät ist es denn?«

»Halb zwölf. Aber ich ...«

»Du meinst, du mußt gehen? Bleib doch noch«, drängte Harriet. »Colonel Cockayne hat versprochen, er würde sie noch vor dem Mittag zurückbringen.«

»Cockayne?« wiederholte Phillip. »Der Colonel der Irregulären Kavallerie aus ... Woher kommt er noch? Ghorabad, meine ich. Er war auf der Brücke kurze Zeit bei uns. Kennst du ihn?«

Harriet nickte. »Ja, er hat viel erzählt. Und dich laut gelobt. Er sagte, du wärst ein sehr guter und mutiger Offizier.« Sie lächelte. »Colonel Cockayne war ein Freund von Jemmy – kein enger Freund zwar, aber sie gingen öfter zusammen auf die Jagd. Sein Regiment lag in Sitapur, ehe es nach Ghorabad verlegt wurde. Und in der letzten kalten Jahreszeit war der Colonel bei uns, und er und Jemmy gingen zusammen jagen. Agnes Cockayne und ihre Tochter kamen mit. Agnes ist eine liebe Frau, so ein bißchen graue Maus, wie du sagen würdest, aber sehr lieb. Andrea, die Tochter, ist eine Schönheit. Das erwartet man bei so ganz und gar normal aussehenden Leuten eigentlich gar nicht. Aber sie ist wirklich eine der schönsten Frauen, die ich je gesehen habe. Aber wie auch immer ...«

Phillip unterbrach sie. Er erinnerte sich an den Temperamentsausbruch des Colonel. »Jetzt werden beide in Ghorabad belagert, habe ich gehört. Der Colonel konnte rauskommen.« Er sah, daß Harriet die Stirn runzelte, als er kurz zusammenfaßte, was Sir Colin Campbell dem Colonel entgegengeschleudert hatte. »Ich gebe zu«, sagte er trocken, »daß man mehr Mut aufbringen muß, als ich habe, um Sir Colin anzugehen, wie Cockayne das tat. Der Oberbefehlshaber hört Kritik von seinen Untergebenen überhaupt nicht gern. Und Cockayne nahm kein Blatt vor den Mund.«

»Wie auch immer«, verteidigte Harriet ihn, »mein Mitgefühl gehört ihm. Der arme Mann. Sein Herz ist fast gebrochen, und er ist schier verzweifelt. Er hat sein Leben aufs Spiel gesetzt, um hierher zu kommen, weil er dachte, er brauche nur um britische Truppen zu bitten, um die Garnison in Ghorabad zu retten – aber natürlich war das nicht möglich. Wir in Lucknow hatten allererste Priorität.« Ihre schmalen Schultern hoben sich bedeutungsvoll. »Aber vielleicht bekommt der Colonel seine Truppen, wenn wir erst mal sicher in Allahabad sind und Cawnpore von Rebellen gesäubert ist.

Ich bete, daß das geschieht. Die Menschen in Ghorabad verteidigen sich in einem kleinen Fort vor der Stadt seit mehr als drei Monaten. Die Zustände dort sind sehr viel schlimmer als die, die wir in der armseligen Residenz von Sir Henry Lawrence erdulden mußten. Mein Herz schlägt für sie, Phillip.«

»Ich weiß, liebe Harriet«, gab Phillip bedrückt zu. »Ich weiß, was du empfindest.« Dann wechselte er taktvoll das Thema, brachte das Gespräch zurück auf Graham, die Eltern und auf die Hoffnung, bald nach England zurückzukehren. Zu diesem Zeitpunkt lieferte Colonel Cockayne die Kinder im Zelt ab, grüßte kurz und eilte davon, rief ihnen nur zu, er habe noch andere Kinder bei ihren Müttern abzuliefern.

Das Picknick war offensichtlich ein großer Erfolg geworden. Der kleine Phillip strömte vor Begeisterung über. Seine Locken würden wieder anfangen zu wachsen. Er trug einen frisch gewaschenen weißen Matrosenanzug. Er erzählte von den Spielen und von dem Pony, auf dem er mit Erlaubnis eines ihrer Gastgeber hatte reiten dürfen. Dankbar stellte Phillip fest, daß der Junge sich geändert hatte, er lachte wieder und benahm sich wieder wie ein Kind. Die kleine Augusta aber sah noch immer sehr zerbrechlich aus. Sie erzählte von den wundervollen Speisen, die man ihnen angeboten hatte, und plötzlich wich alle Farbe aus ihrem dünnen Gesichtchen. Sie rannte aus dem Zelt, weil sie sich nicht wohl fühlte, und rief, ihr Magen tue ihr weh.

»Alles in Ordnung«, meinte Harriet, als die Sache vorbei war und sie das Kind auf einem der beiden Feldbetten im Zelt zur Ruhe gelegt hatte, um das Unwohlsein auszukurieren. »Sie sind so gutes Essen einfach nicht mehr gewöhnt. Augusta hatte schon zwei schlimme Anfälle von Ruhr. Ich werde froh sein, wenn ich sie erst zu Hause in England habe, Phillip. In dem grünen, schönen Land … stell dir das nur vor. Ich hoffe, wir brechen bald auf.« Mit Tränen in den Augen umarmte sie ihn, als er sich verabschiedete, und bat ihn, ja auf sich aufzupassen. »Mir hat es so gutgetan, lieber Phillip, daß ich dich gesehen habe, wenn auch nur kurz – nach all den Jahren. Ich werde für dich beten, mein lieber Bruder.

Und auf Nachrichten von dir warten. Möge Gott dich schützen!«

Phillip sah sie nicht mehr, ehe der Zug in der Nacht des 3. Dezember unter starker Bewachung nach Allahabad aufbrach. Vor ihrem Aufbruch hatten die Rebellen das Lager jeden Tag unter Feuer genommen. Bei einem wütenden Angriff auf die Linien, die die 93er Hochländer hielten, waren sechs Mann verwundet worden, auch ihr tapferer Kommandeur, Colonel Ewart. Eine Kanonenkugel hatte seinen linken Arm zerschmettert. Eine Feldbatterie nahm stundenlang – zufällig oder mit Absicht – das Schlafzelt von Sir Colin Campbell und die Zelte seines Stabes unter Feuer, verwundete viele und richtete beachtlichen Schaden an. Mehr, als die Rebellen auf Distanz zu halten, solange Frauen, Kinder und Verwundete ihn in seinen Bewegungen einschränkten, vermochte der Oberbefehlshaber nicht. Er nutzte die Zeit nur, um Pläne für den Angriff zu machen, sobald der Konvoi sicher auf dem Weg war.

Die Gwalior-Rebellen hielten das für Schwäche und griffen immer wieder vorgeschobene Einheiten an. Sie beschossen das britische Lager fast ununterbrochen und schickten immer wieder Boote den Ganges hinunter, um die Brücke über den Fluß zu zerstören. Doch vergeblich. Die Raketenwerfer und die Kanonen der *Shannon* hatten in den Befestigungsanlagen und in der besetzten General-Igunj-Zone der Stadt viel zu tun, das Feuer der Rebellen niedrig zu halten. Sir Colin Campbell wollte unter allen Umständen verhindern, daß der Konvoi verfolgt wurde. Ein heftiger Angriff auf seine linke Flanke wurde am 5. Dezember mit einem Artillerie-Duell zurückgeworfen, das über zwei Stunden dauerte. Er galt der Kontrolle über die Straße nach Allahabad.

Dann kam an dem Abend die Nachricht, daß der Konvoi die Bahnstation in Chimi, 45 Meilen vor Allahabad, erreicht hatte. Man konnte also annehmen, er sei jetzt außer Gefahr. Sir Colin Campbell gab seinen Truppen den Befehl, ihre Stellungen für den Angriff am nächsten Tag einzunehmen.

3

Die Stellung, die die Rebellen aus Gwalior hielten, war stark, und Sir Colin Campbell sah sie sich sehr genau an, ehe er seine hohen Offiziere zu einer Besprechung einlud. Er studierte die Berichte, die Spione ihm lieferten, und zog eigene Beobachtungen zu Rate. So wog er die Möglichkeiten ab und war sich klar darüber, daß die Rebellen sich wegen seiner eigenen Untätigkeit und wegen der Prügel, die General Windham eingesteckt hatte, schon als sichere Sieger wähnten. Mit frisch eingetroffenen Verstärkungen verfügte er über 5000 Mann Infanterie, 600 Kavalleristen und 35 Kanonen, darunter die gewaltigen 24-Pfünder der *Shannon*. Die Rebellen waren ihm fünf zu eins überlegen, aber … Er lächelte, wenn auch etwas bitter. Die Initiative lag bei ihm. Er hatte die Wahl, wo er angreifen wollte.

Er sah auf die Karte und prüfte die Lage. Ihre linke Flanke bestand aus dem alten umschlossenen Gebiet, von dem aus sie den letzten und gefährlichsten Angriff auf General Windhams Befestigungen und Brigadegeneral Carthews vom Pech verfolgten Posten gestartet hatten. Das Land war hier mit Bäumen bestanden und voller zerstörter Bungalows und ausgebrannter öffentlicher Gebäude. Diese und die beiden Bachbetten, die tief in das Ufer zwischen der Stadt und den Befestigungen einschnitten, konnten einem ganzen Infanterieregiment samt unterstützenden Kanonen Deckung geben. Sie waren von starken Kräften besetzt. Ein Angriff in diese Richtung wäre zu verlustreich, und er verwarf den Gedanken, genauso wie er schon den von Windham verworfen hatte, der einen Frontalangriff auf die Stadt vorgeschlagen hatte. Denn genau dort erwarteten die Rebellen sein Vorgehen. Seit Tagen hielt die Infanterie aus Gwalior Häuser und den Bazar im Stadtzentrum besetzt. Scharfschützen warteten auf den Dächern, die schmalen, sich windenden Straßen waren verbarrikadiert und wurden durch Kanonen gedeckt. Um sie dort zu vertreiben, hätte Sir Colin sehr viel mehr Kräfte gebraucht, als ihm zur Verfügung standen.

Doch ihre rechte Flanke schien verwundbar zu sein. Sie zog sich westlich der Stadt bis fast zur großen Überlandstraße hin, folgte dem Lauf des Kanals und bezog auch die Ziegeleien mit ein, wo Windham und Walpole ihre Rückzugsgefechte geführt hatten. Zwei Meilen dahinter lag auf der offenen Ebene, die bis zur Straße nach Calpee reichte, das Lager der Gwalior-Truppen. Die Truppen des Nana hatten ihr Lager im Osten, auf der zum Fluß gewandten Seite der Stadt, noch einmal zwei Meilen weiter weg auf der Ebene. Falls Sir Colin einen Keil zwischen sie treiben könnte und den Vorteil der offenen Fläche für sich ausnutzte, auf der eingeborene Truppen selten gut kämpften, und sie ihre Reserven in der Stadt zurückhielten, dann ... Die Züge des Oberbefehlshabers entspannten sich. Nachdem er seine Befehle mit der gewohnten Genauigkeit diktiert hatte, sagte er: »Lassen Sie die Brigadekommandeure kommen, damit ich sie mit den Einzelheiten meines Angriffsplans vertraut machen kann.«

Captain Peel kehrte am Abend des 5. Dezember von der Besprechung zurück. Er war begeistert und gab seine eigenen Befehle.

»Sir Colins Angriffsplan ist erfrischend einfach, meine Herren«, versicherte er seinen versammelten Offizieren mit lächelnder Zuversicht. »Wir brechen morgen um sieben Uhr früh auf und schicken unsere Bagage unter Bewachung zum Flußufer. Um neun Uhr wird General Windham aus dem Fort eine heftige Beschießung beginnen und damit den Eindruck erwecken, daß ein Angriff ihre Stellung links und in der Mitte bedroht. Wenn die Beschießung lange genug gedauert hat, gehen unsere Angriffstruppen gegen die rechte Flanke vor. Sie sammeln sich unter den alten *Cavalry Lines*, wo sie vor Feindsicht verborgen sind. Unsere Brigade bleibt im General-Igunj und beschießt die Ziegeleien dort.« Sein Finger bohrte sich in die Karte, die vor ihm auf dem Tisch lag. Er ging in genaue Einzelheiten, die die Stellungen und

Aufgaben seiner Einheiten betrafen. Dann wurde sein Lächeln wieder breiter, und er sagte: »Sir Colin hat vor, ihr Hauptlager anzugreifen, hier an der Straße nach Calpee. Der Vorstoß muß so schnell wie möglich erfolgen. Die Kavallerie und die bespannte Artillerie machen einen Umweg nach links und queren den Kanal über diese Brücke und bedrohen so den Feind von rückwärts. Wir gehen mit der Infanterie vor, gehen auf der Brücke vor den Ziegeleien über den Kanal, wenn unsere Vorhut die Gegend freigekämpft hat. Wenn wir gut genug geschossen haben, wird es nicht mehr viel zu kämpfen geben.«

Es gab ein Murmeln allgemeiner Zustimmung, und Peel fuhr fort: »Meine Herren, ich habe General Windham einen Wunsch erfüllt. Mr. Garveys Mannschaft wird hierbleiben, um die Batterien des Forts zu verstärken. Und was uns andere angeht: Der Oberbefehlshaber wünscht, daß wir unsere Kanonen wie Feldartillerie einsetzen – also werden wir es tun. Also doppelte Stärke für jede Kanone, Mr. Vaughan, wenn ich bitten darf, mit Zugseilen für den Fall, daß unsere Zugochsen ausfallen. Schützenkompanien zur Deckung. Wir dürfen nicht zurückbleiben. Unsere Kanonen werden genau da stehen, wo sie gebraucht werden, oder ich werde mich sehr präzise nach den Gründen erkundigen, so wahr ich hier stehe.«

»Sie werden dort sein, Sir«, versicherte ihm der Erste Offizier. »Darum müssen Sie sich keine Sorgen machen.«

»Das tue ich auch nicht«, antwortete William Peel. »Ich will nur sichergehen, daß Sie wissen, daß wir freie Hand bekommen haben und damit die Gelegenheit, dem Heer zu beweisen, was wir wirklich leisten können. Gute Nacht, Leute, viel Glück und Gottes Segen morgen mit Ihnen allen.«

Am nächsten Morgen um neun Uhr eröffnete General Windham aus seinen Batterien das Feuer, das der Feind sofort erwiderte. Das Artillerieduell dauerte zwei Stunden, während sich die Angriffstruppen hinter den alten *Cavalry Lines* in langen Reihen sammelten. Sie waren durch die Stadtmauer und die umgebenden Häuser vor den Blicken des Feindes verborgen. Um elf Uhr ließ das Feuer nach, die Infanterie stellte sich am Kanal auf und begann ihren Vormarsch. Die Kanonen der *Shannon* wurden wirkungsvoll links eingesetzt, während die Infanterie von Brigadegeneral Greathead mit gut gezieltem Musketenfeuer angriff.

Phillip hielt sich beim Stab des Oberbefehlshabers auf und beobachtete durch sein Fernglas, wie der Angriff sich entwickelte. Die Schützenbrigade unter Walpole stürmte mit einer Abteilung der 38er zu Greatheads Linker über die Kanalbrücke und bewegte sich im Schutz der Stadtmauer auf die Ziegeleien zu. Deren aufgelassene Brennöfen waren durch Rasen überwachsen und verbargen starke feindliche Infanterie und ein paar Feldkanonen. Als die beiden britischen Brigaden unter den Brigadegenerälen Adrian Hope und Inglis links antraten und sich zu drei Linien formierten mit Front auf den Kanal, schlug schweres Feuer ihnen von den Ziegeleien her entgegen.

Ihm antworteten Peels 24-Pfünder, Longdens Mörser und Bouchiers und Middletons Feldbatterien mit einem gnadenlosen Feuer auf die Öfen. In dessen Schutz formierten sich die beiden Brigaden zum Angriff. Die 53. Schützen und die Pandshab-Schützen gingen truppweise voraus, gefolgt von Hopes Brigade, die Inglis verstärkte.

Sir Colin Campbell benutzte ebenfalls sein Glas und schickte einen Adjutanten im Galopp, um die Kavallerie und die bespannte Artillerie an ihre Umfassungsaufgabe zu erinnern. Er wandte sich kurz an Phillip: »Auf! Sagen Sie Captain Peel, er soll der Infanterie den besten Schutz geben, Commander. Sie können dann gern bei ihm bleiben.« Er lächelte plötzlich. Und dieses Lächeln ließ sein zerfurchtes, sehr strenges Gesicht einen kurzen Augenblick lang wie das eines Jungen erscheinen. »Ich könnte mir denken, daß unsere Truppen im Schottenrock mich bei den letzten hundert Metern gern vor sich her stürmen sähen.«

Er gab seinem Pferd die Sporen, und Phillip ritt mit seinem Auftrag davon. Aus dem Augenwinkel sah er, wie der Oberbefehlshaber vor der Linie der 42er und 93er Hochländer, die hinter der Vorhut vorrückten, seinen Platz einnahm. Selbst über dem Lärm der Schlacht war der Jubel zu hören, mit der man ihn, Mann für Mann, in den Linien begrüßte.

Phillip fühlte sich seltsam erregt und traf Peel bei zwei Kanonen, die bereits aufgeprotzt waren.

»Eine von denen müßte reichen, uns über den Kanal zu bekommen«, sagte er. »Alle können wir nicht so schnell nach vorn bewegen wie leichte Infanterie.« Er deutete grinsend auf einen 24-Pfünder, dessen verdoppelte Mannschaft schon an den Zugseilen stand. »Aber das wird ihnen einen gehörigen Schrecken einjagen, nehme ich an. Also los, Männer! Ran – und zugleich!«

Langsam bewegten sich die schweren Kanonen nach vorn in das höllische Feuer. Die Feinde, Rebellen-Infanterie, hatten sich zu Hunderten hinter den steilen Hügeln der Ziegeleien gesammelt und feuerten aus dieser Deckung. Die Kanonen an ihren Flanken schickten den Briten einen Hagel von Kugeln und Granaten entgegen. Als die ersten der Vorhut die Brücke über den Kanal erreicht hatten, hielten schwächer werdende Musketensalven sie auf, doch sie drangen weiter vor und trieben die Sepoys zurück, die sie aufhalten wollten. Dann mußten sie selbst im Schrapnellfeuer gut gedeckter Kanonen zurückgehen, die auf dic Brücke hielten. Bouchiers Kanonen protzten ab und eröffneten links von ihnen das Feuer. Da machten sie einen zweiten Versuch, die Brücke zu nehmen. Sikhs und Iren kämpften Schulter an Schulter, doch ein undurchdringlicher Feuerhagel warf sie in erstickendem Rauch wieder zurück.

So laut er konnte, brüllte Peel, ihm Platz zu machen, und führte seine einzige Kanone an die Brücke. Phillips Pferd brach unter dem mörderischsten Feuer, in dem er je geritten war, zusammen. Er selbst rappelte sich auf, zerschunden und benommen, und hörte irgendwo auf seiner Rechten die durchdringenden Hochlandpfeifen und lautes Hurrarufen. Beides ging Augenblicke später in rasendem Musketenfeuer unter. Ohne daß er wußte, was er tat, packte er eins der Zugseile, als ein Seemann mit einer Ladung Schrapnell im Bauch auf den Boden stürzte. Peels enorme Gestalt war durch den Rauch vorn gerade eben noch zu erkennen. Neben ihm pullte ein einfacher Soldat der 53er, und so schafften sie die große Kanone über die Brücke.

»Da vorn ist der Feind, Jungs!« rief der Kommandant der *Shannon.* »Heizt ihm ein!«

Die 24-Pfünder eröffnete das Feuer mit gewaltiger Wirkung. Sie gab der britischen Infanterie neuen Schwung, und diese griff wieder an. Viele kamen über den Kanal und formierten sich auf der anderen Seiten zu einer neuen Angriffslinie.

Und dann griffen sie bei den Ziegeleien mit aufgepflanztem Bajonett an. Sie schrien beim Angriff hurra. Die Verteidiger gaben Hügel und Gräben auf, die sie gehalten hatten, und flohen in Panik. Und das geschah entlang der gesamten Angriffslinie. Lieutenant Young, der Artillerieoffizier der *Shannon*, kam mit der zweiten Kanone, beide protzten auf, um den fliehenden Feind weiter zu verfolgen. Während man Ochsen vor die Kanonen spannte, erhielten die Midshipmen Kerr und der kleine Clinton die Erlaubnis, ihre Haubitzen auf einen der Hügel zu bugsieren. Von dort deckten sie feindliche Kavallerie und bespannte Artillerie ein, die versuchte, aus der westlichen Stadt auszubrechen, um die besiegte Infanterie zu verstärken.

Ein Offizier der Königlichen Artillerie galoppierte zu Captain Bouchier, dessen rauchende Feldkanonen gerade das Feuer eingestellt hatten. Er hörte, wie er dem Kommandeur der Batterie zurief: »Los, George. Die Pandies rennen wie die Hasen davon. Auf solch eine Jagd willst du doch sicher nicht verzichten!«

Auch William Peel hatte ihn gehört, hob den Kopf und lachte schallend. »Das wollen wir uns doch wohl auch nicht entgehen lassen, Männer. Also ran, beeilt euch mit den Ochsen, oder wir bleiben, verdammt noch mal, hier ganz allein zurück.«

»Ohne die verdammten Kühe wären wir besser dran, Sir«, meinte ein riesiger Stückmeistersmaat verblüffend direkt, als das erste Gespann sich unter den anfeuernden Hieben der Treiber zögernd in Bewegung setzte. »Mit Verlaub, Sir, die brauchen Feuer unterm Hintern, um loszulegen ... wir nicht. Also, Sir, sagen Sie nur ein Wort, und dann greifen wir uns die Zugseile und sind hinter den Verfolgern her wie der Leibhaftige.«

Peel, der sichtbar ungeduldig wurde, tat, wozu er aufgefordert worden war, als das Lager der Gwalior-Truppen sichtbar wurde. Die großen Kanonen wurden durch ihre Mannschaften gezogen und erreichten den Lagerrand, als die Sikhs und die 53er es gerade von den letzten Feinden säuberten. Sie waren so schnell vorangekommen, daß die Rebellen gänzlich überrascht worden waren. Man konnte Zeichen panischer Flucht überall sehen, von *Chupatties*, die auf Biwakfeuern zurückgelassen worden waren, über Ochsengespanne, die neben ihren Munitionskarren angebunden standen, bis zu Kranken und Verwundeten, die man einfach zurückgelassen hatte.

Sir Colin Campbell ritt unter langem und lautem Jubel seiner Hochländer in das Lager ein, doch er forderte mit erhobener Hand um sofortige Ruhe. »Wir haben unsere Aufgabe noch nicht erfüllt«, erinnerte er seine Kommandeure. »Es ist jetzt erst zwei Uhr, wir haben also noch vier Stunden Tageslicht. Also nutzen wir es.«

Er ließ die 23er Füsiliere und das 38. Regiment im Lager und befahl seinem Stabschef, General Mansfield, mit der Schützenbrigade, den 93ern und zwei Feldbatterien die Stadt nördlich zu umgehen, um die Rückzugslinien des Feindes nach Delhi abzuschneiden. Brigadegeneral Inglis wurde mit dem Rest seiner Brigade und den 42ern auf die Straße nach Calpee geschickt. Dort sollte er auf Kavallerie und bespannte Artillerie treffen und ähnliches wie General Mansfield verrichten.

»Seien Sie so freundlich«, bat der alte General Captain Peel, »und schicken Sie zwei Ihrer Feldkanonen mit Seesoldaten voraus, um die Straße nach Futteghur zu decken. Captain Bouchier wird mit seiner Batterie dem Feind nachsetzen, damit er nicht mit seinen Kanonen flüchten kann, und ich wäre Ihnen dankbar, wenn Sie ihn dabei unterstützen würden, bis die Kavallerie da ist, Captain Peel.« Lächelnd meinte er dann: »Diesmal brauchen Sie nicht so schnell wie die Vorhut vorzurücken. Ich untertreibe, wenn ich sage, daß ihre tapferen Seeleute heute energisch und hingebungsvoll vorgegangen sind. Aber jetzt rennen die Pandies davon, und darum müssen wir uns nicht ganz so sehr beeilen.«

Auf einem geliehenen Pferd ritt Phillip davon, um Midshipman Kerr zu sagen, daß er seine Batterie an die Straße nach Futteghur führen sollte. Lieutenant Young und Midshipman St. John Daniels wurde befohlen, mit zwei weiteren Kanonen und den Raketenwerfern General Mansfields Truppe zu verstärken. Die übrigen Brigaden setzten die Verfolgung fort.

Zwei Meilen war Bouchiers Batterie vorn dabei. Sie hielt nur, um verlassene Kanonen zu vernageln. Als einige Rebellen anhielten und zurückschossen, protzten die britischen Kanoniere schnell ab und feuerten mit Schrapnell auf sie. Die Seeleute der *Shannon* führten die gewaltigen 24-Pfünder heran und verstärkten mit ihnen das Feuer. Währenddessen näherten sich in drohender Linie die 53er und die 64er. Brigadegeneral Hope Grant war bei seiner Batterie, und schließlich gab er den Befehl zum Halten, als eine Staubwolke an der linken Flanke die verspätete Ankunft der Kavallerie anzeigte. Ein Umweg, an dem ihr eingeborener Führer schuld war, hatte sie fast eine Stunde später ankommen lassen.

Sir Colin Campbell befahl ihnen, die Verfolgung fortzusetzen, die er dann persönlich leitete. Phillip nahm wieder seine Rolle als Verbindungsoffizier zur Marine ein und erlebte den erregenden Angriff der Kavallerie mit. Die 9. Ulanen, die Sikhs von Hodsons Horse und Abteilungen der Kavallerie aus dem Pandshab verteilten sich über die Ebene, bedacht darauf, ihre Verspätung wieder wettzumachen.

Die entmutigten Rebellen versuchten nicht, sich zu stellen, und ihr Rückzug verlief in Panik. Verwundete, Kanonen und die Ausrüstung wurden zurückgelassen. Die Überlebenden verloren in der allgemeinen Verwirrung den Zusammenhang und wollten nur fliehen. Erst in der Dämmerung endete die Verfolgung am Ufer des Pundoo-Flusses, vierzehn Meilen von Cawnpore entfernt. 34 Kanonen waren erobert worden, das Lager der Gwalior-Truppen befand sich mit allen Zelten und allen Vorräten in britischen Händen, und jetzt war sicher auch General Mansfield mit den Seinen in der Lage, die Rebellen, die noch in der Stadt zurückgeblieben waren, zu bedrohen, zumal er sie von jeder Verbindung zum Lager des Nana abgeschnitten hatte. Der Oberbefehlshaber drückte seine Zufriedenheit mit dem Ergebnis der Schlacht aus und befahl den Einheiten, sich wieder zu formieren und zurückzukehren. Um Mitternacht erreichten sie das Lager, das an der Abzweigung nach Calpee und der großen Durchgangsstraße stand. Da die Zelte noch nicht eingetroffen waren, biwakierten die erschöpften Männer auf der nackten Erde.

Von General Mansfield hörte man erst am nächsten Morgen etwas. Er hatte auf Rebellengruppen gefeuert, die sich auf der Straße nach Bithur zurückzogen. Dann hatten feindliche Batterien ihn aus dem umschlossenen Gebiet unter Feuer genommen, also mußte er die Verfolgung abbrechen und sich ihrer erwehren. Als es dunkel wurde, hatte er starke Posten aufgestellt und für die Nacht ein Lager aufgeschlagen. Im Schutze der Dunkelheit zogen die Rebellen sich aus der Stadt zurück. Am Morgen des 7. Dezember wurden zwei Kavallerieschwadrone als Spähtrupp in die Stadt geschickt. Sie meldeten, daß ganz Cawnpore frei von Feinden sei.

Unter Führung von Brigadegeneral Hope Grant zogen Kavallerie, Infanterie und bespannte Artillerie nach Bithur. Sie hofften, dort Truppen des Nana abzufangen und die Gwalior-Truppen, die in der Nacht zuvor Mansfield entkommen waren. Hope erfuhr, daß der Nana Bithur in der Nacht hinter sich gelassen und sich mit Truppen und Kanonen eilig zu einer Fähre ein paar Meilen stromauf zurückgezogen hatte. Er setzte ihm dreizehn Meilen nach, hielt und setzte die Jagd beim ersten Tageslicht fort. Nach weiteren dreizehn Meilen erreichte er die Fähre und traf hier auf eine starke Streitmacht der Rebellen, die gerade ihre Kanonen auf die Schiffe bugsieren wollte, um den Oudh zu überqueren. Sofort griff Grant sie mit Kavallerie und Artillerie an und eroberte nach einem kurzen Gefecht 15 Kanonen. Völlig verwirrt flohen die Feinde, der Nana allen voran, ins sichere Oudh.

Als Hope mit seinen Soldaten und den eroberten Kanonen triumphierend ins Lager zurückkehrte, wurde kurze Rast befohlen. William Peel schlug Phillip vor, ein paar Tage auszusetzen, um seine Schwester in Allahabad zu besuchen.

»Sie werden die Frauen und Kinder noch vor Weihnachten nach Kalkutta schicken, nehme ich an«, sagte er. »Und Sie wollen sich doch sicher von ihnen verabschieden? Sie hatten ja kaum eine Chance, auf dem Marsch mit Ihrer Schwester zu reden – also ergreifen Sie die Gelegenheit, solange es geht, Phillip!«

»Das würde ich schon sehr gern, Sir«, gestand Phillip, »wenn Sie ganz sicher sind, daß …«

»Daß hier nichts passiert?« beendete Peel statt seiner den Satz und lächelte. »So was ist sehr unwahrscheinlich, mein Lieber. Das nächste Ziel unseres Befehlshabers ist es, die Verbindung nach Delhi und dem Pandshab wiederherzustellen. Und um das zu erreichen, muß er praktisch den Doab wiedererobern, also die ganze Gegend zwischen dem Jumna und dem Ganges. Als erstes hat er vor, Futteghur zu besetzen, die Stadt am Ganges, gegenüber von Agra. Er hält sie für strategisch sehr bedeutsam. Aber ehe er von hier aufbrechen kann, braucht er die Wagen, die er mit Frauen und Kindern und Verwundeten nach Allahabad geschickt hat. Und dann will er seine Truppen mit weiteren Truppen aus Delhi zusammenziehen. Bis zum Ende des Monats werden wir also nicht viel zu tun haben. An Offizieren und Männern wird es uns also nicht fehlen. Wie Sie wissen, werden unsere Leute in Allahabad aus ihrer Garnison abgelöst. Ich lasse sie zu uns kommen. In ein oder zwei Tagen müßten die ersten bei uns sein, Wilson, Verney und acht Blaujacken. Und mit ihnen kommt, ob Sie's glauben oder nicht, als Freiwilliger ein Kapitän mit vollem Rang, ein gewisser Oliver Jones.«

»Jones?« fragte Phillip überrascht. »Wird er sich unserer Brigade anschließen, Sir?«

Peel schüttelte den Kopf. »Wir wären dann ein bißchen zu kopflastig. Nein, er schließt sich Ihrer Majestät 53. Regiment an, wie ich hörte. Er kommt nur zufällig zusammen mit dem jungen Wilson hierher. Ein Zug 53er ist auch unterwegs, der die Reihen des Regiments auffüllen soll.«

»Dann ist Captain Jones vermutlich auf Halbsold gesetzt?«

»Ja, das nehme ich an.« Peel lächelte leicht amüsiert, doch irgendwie auch erleichtert. »Gott sei Dank ist er ein paar Jahre dienstjünger als ich und steht auf der Marineliste viel weiter unten. Als ich das erste Mal von seiner Ankunft hörte, fürchtete ich, er wäre viel älter und würde auf diesem Vorsprung beharren. Wir sind eine gute Mannschaft, Phillip, und ich möchte nicht, daß irgend etwas oder irgend jemand sich zwischen uns von der *Shannon* drängt – und schon gar nicht ein Freiwilliger.«

»Offiziell bin ich das auch, Sir«, erinnerte Phillip ihn. Freundschaftlich schlug Peel ihm auf die Schulter. »Ja, das stimmt«, sagte er mit gespieltem Entsetzen. »Wenn ich mich recht an die Umstände erinnere, unter denen Sie sich uns anschlossen ... haben Sie nicht offiziell noch Genesungsurlaub?«

»Das auch, Sir ...«

»Mein lieber Phillip«, unterbrach Peel ihn entschlossen, »Sie sind einer von uns, und ich habe nicht die Absicht, Sie zu verlieren. Wenn Sie aus Allahabad zurück sind, sollten Sie offiziell um eine medizinische Untersuchung nachkommen, damit Ihre Papiere in Ordnung sind, und damit es keine Komplikationen mit Ihrem Sold gibt. Aber das hat Zeit bis dahin.« Er suchte etwas zwischen den Papieren auf seinem Zelttisch. »Morgen früh geht ein Konvoi Verwundeter auf der Straße und später mit dem Zug nach Allahabad. Fahren Sie mit und kommen Sie mit unserer zweiten Abteilung zurück. Für deren Aufbruch ist noch kein exaktes Datum festgelegt, aber ich hoffe, daß sie vor Ende des Monats hier sein werden. Sie und Henry Wratislaw könnten das Kommando übernehmen.«

»Aye, aye, Sir«, bestätigte Phillip. »Und vielen Dank. Vielen Dank, daß Sie sich so um meine Belange kümmern.«

»Das haben Sie doch mehr als verdient, mein lieber Phillip«, versicherte Peel ihm. Er fand endlich, was er unter den Papieren gesucht hatte, und reichte ihm mehrere Briefe, die an Lieutenant Hay und Lieutenant Salmon adressiert waren.

»Bitte überbringen Sie unseren Invaliden diese Briefe. Ted Hay wird noch nicht soweit sein, schon wieder Dienst zu tun, fürchte ich, bei Nowell Salmon sieht es besser aus. Aber ich werde keinen drängeln. Sagen Sie beiden nur, ich erwarte sie hier, ehe wir Lucknow zurückerobern.«

Phillip übernahm noch mehrere persönliche Aufträge und Briefe und brach am nächsten Morgen mit einer prallvollen Reisetasche auf. Es war ein langsames Vorankommen bis zum Endpunkt der Eisenbahn – mit über hundert Kranken und Verwundeten aus den letzten Kämpfen. Zu ihnen stießen fast noch einmal so viele aus der Garnison von Lucknow, die hier gewartet hatten, weil es an Transportmöglichkeiten fehlte. Am Mittag des dritten Tages erreichten sie Chimi. Der Rest der Reise nach Allahabad in einem offenen übervollen Bahnwagen dauerte dann nur zwei Stunden.

Harriet und die Kinder waren Gäste in einem geräumigen Bungalow eines Heeresarztes, eines alten Freundes. Phillip bemerkte, daß sich ihre Gesundheit und die der Kinder bereits gebessert hatte, und war darüber sehr erleichtert. Von Graham kam während seines Aufenthaltes ein Brief für Harriet an. Er und Catriona waren in Kalkutta und erwarteten sie sehnsüchtig.

»*In der dritten Januarwoche werden wir an Bord der* Lady Wellesley *nach England segeln«*, schrieb Graham. *»Ich kann dich und die Kinder mitnehmen, wenn du es bis dahin von Allahabad hierher schaffst. Falls nicht, steht dir mein Haus zur Verfügung, solange du es brauchst. Ich werde es in diesem Fall beim Schiffsagenten arrangieren, daß ihr ein Schwesterschiff für die Rückreise nehmen könnt.*«

»Es wäre wunderbar, auf Grahams Schiff zurückzukehren«, sagte Harriet sehnsüchtig. »Es ist ja fast ein halbes Leben her, seit ich ihn zum letzten Mal gesehen habe. Bei meiner Hochzeit war er auch nicht dabei. Doch Papa hat ihm inzwischen vergeben, oder? Sie kommen doch wieder gut miteinander aus?«

»O ja«, versicherte Phillip ihr. »Seine Frau Catriona wirst du liebgewinnen. Wir müssen unbedingt dafür sorgen, daß du rechtzeitig in Kalkutta eintriffst, um mit ihnen zu reisen.«

Er tat, was er konnte, und begleitete sie und die beiden Kinder schließlich auf den ersten Flußdampfer, den die indische Regierung gechartert hatte, um die Flüchtlinge von Lucknow nach Kalkutta zu bringen. Er atmete erst auf, als feststand, daß seine Schützlinge eine Woche vor der Abreise der *Lady Wellesley* in Kalkutta eintreffen würden.

Die beiden verwundeten Offiziere der *Shannon*, Edward Hay und Nowell Salmon, waren ebenfalls bequem untergebracht und machten gute Fortschritte. Salmon konnte auf einen Stock gestützt sogar schon wieder gehen, doch keiner der beiden war schon wieder soweit hergestellt, um seinen Dienst tun zu können.

Captain Peels Versprechen tröstete sie zwar, dennoch klagten sie, als Henry Wratislaw und Phillip sich anschickten, mit der restlichen Brigade der *Shannon* nach Cawnpore zurückzukehren, einen Tag nach der Abreise Harriets. 30 Kranke und Verwundete wurden in der Obhut der beiden Offiziere in Allahabad zurückgelassen. 130 kräftige und vor Eifer brennende Blaujacken traten lange vor Dämmerungsbeginn an. Sie sollten einen Zug von Munitionswagen und zwei 24-Pfünder-Raketenwerfer eskortieren, die die beachtliche Bewaffnung der Brigade noch weiter verstärken sollten.

Die Reise, teils per Bahn, teils auf dem Marsch zusammen mit frisch verpflichteter Infanterie, verlief ohne besondere Ereignisse. Die Truppe erreichte das Lager in Cawnpore am Abend des 23. Dezember zur gleichen Zeit mit dem Konvoi der Transportwagen, auf die Sir Colin Campbell so lange gewartet hatte.

Als Phillip sich bei William Peel zurückmeldete, sagte der: »Wir haben Befehl, nach Futteghur aufzubrechen. Jetzt, da wir die nötigen Wagen haben, brauchen wir nichts mehr zu verschieben. Brigadegeneral Walpole ist vor fünf Tagen mit seinen Einheiten nach Bewar aufgebrochen. Er soll in Mynpooree, fünfzehn Meilen vor Futteghur, auf uns und Truppen aus Delhi unter Colonel Seaton stoßen – in etwa zehn Tagen.« Er erläuterte weitere Einzelheiten und fügte dann lächelnd hinzu: »Sie können sich uns selbstverständlich anschließen, Phillip, wenn Sie wollen. Aber ich habe eine sehr dringende Anfrage. Ihre Dienste werden anderswo sehr gebraucht.«

»Meine Dienste, Sir?« fragte Phillip und hob erstaunt die Brauen.

Peel nickte. »Außerdem«, fuhr er fort, und seine Stimme klang etwas sachlicher, »habe ich eine Nachricht von Captain Cooper Key, dem ranghöchsten Marineoffizier in Kalkutta, meinem direkten Vorgesetzten. Er hat Befehl, mit der *Sanspareil* zu Admiral Seymour nach China zurückzukehren. Irgendwie hat er Wind davon bekommen, daß ich einen rekonvaleszenten Commander hier habe, der – wenn er wieder gesund ist – mir nicht zusteht. Rein theoretisch gesehen, Phillip, scheint das korrekt zu sein, denn Jim Vaughan wird ja rangmäßig bald mit Ihnen gleichziehen.«

Phillip sah ihn verunsichert an. »Und der außerordentliche Commander würde auf die *Sanspareil* abgestellt werden?« wollte er wissen.

»Sehr wahrscheinlich. Vor Mitte Januar geht sie nicht ankerauf. Aber ich denke mir, Sie werden diesen Posten nicht sehr schätzen!«

»Nein, bestimmt nicht, Sir«, gab Phillip zu.

William Peel erhob sich, um die beiden Gläser neu zu füllen. »Andererseits, mein lieber Freund«, meinte er dabei, »haben Sie sich noch nicht der ärztlichen Untersuchung unterzogen. Und wie ich schon sagte, habe ich eine dringende Anfrage. Es geht um eine Aufgabe, bei der Sie selbständig und ohne Unterstützung der Brigade operieren müßten.«

»Es geht doch hoffentlich nicht um das Kommando über General Windhams Batterien in der Festung, Sir?« sagte Phillip.

Amüsiert blitzte Peel ihn mit blauen Augen an. »Nein, dieses Kommando gebe ich zweien unserer jungen Herren, Kerr und Clinton. Die bleiben mit 78 Matrosen auf besonderen Wunsch des Generalmajors hier. Man braucht Sie bei einem Rettungsversuch. Bei näherem Hinsehen scheint es allerdings eine ziemlich hoffnungslose Sache zu sein. Es ist eine Aufgabe für einen Freiwilligen, Phillip, oder für mehrere Freiwillige. Wenn Sie die Sache übernehmen wollen, kann ich Ihnen zwei von unseren Feldkanonen abgeben, einen Midshipman und dreißig Männer. Ausschließlich Freiwillige. Ich dachte mir, daß Sie diese Aufgabe einer Rückkehr nach China vorziehen.«

»Und ob, Sir – ganz und gar!« versicherte Phillip ohne jedes Zögern.

»Denn gehen Sie zu Colonel Cockayne von der Irregulären Kavallerie und melden sich dort«, sagte Peel ihm. »Der wird hocherfreut sein!«

»Ach, ja, natürlich.« Etwas dämmerte in Phillip, und er grinste erleichtert. »Colonel Cockayne ist den Oberbefehlshaber angegangen. Er sollte eine Truppe nach Ghorabad schicken, um dort die Garnison zu retten, das war's doch.«

»In der Tat«, bestätigte der Kommandant der *Shannon*. »Sir Colin hat ihm 250 britische Truppen versprochen und eine Schwadron Sikh-Kavallerie. Man wollte ihm auch eine halbe Batterie von Feldkanonen aus Madras zur Verfügung stellen, aber er bat speziell um unsere Kanonen unter Ihrem Kommando. Er scheint sehr viel von Ihnen zu halten, er war doch an dem Ponton bei Garvey und Ihnen, als wir aus Lucknow eintrafen – oder?«

»Ja, das stimmt, Sir. Er war ...«

»Welchen Eindruck hatten Sie von ihm? Ihre Gruppe wird unter seinem Kommando stehen, müssen Sie wissen. Alles wird von ihm abhängen, er ist der Mann mit den Ortskenntnissen.«

Phillip dachte über die Frage nach und runzelte die Stirn. Er hegte große Sympathien für Colonel Cockayne. Seine feste Entschlossenheit, die belagerte Garnison unter allen Umständen zu befreien, verdiente Sympathie und Bewunderung. Doch sonst wußte er über seinen zukünftigen Vorgesetzten wenig, außer den paar Sätzen, die Harriet ihm erzählt hatte. Da hatte es allerdings den Zwischenfall mit Sir Colin Campbell gegeben ... Er berichtete William Peel davon und meinte dann bedrückt: »Cockayne hat vor niemandem Respekt. Ich meine, er ist ein tapferer Mann, das muß er sein, wenn er seinen höchsten Vorgesetzten so angeht. Mehr weiß ich aber wirklich nicht, Sir!«

»Offen gestanden, ich auch nicht«, räumte Peel ein. »Wo ist Ghorabad? Irgendwo 50 oder 60 Meilen östlich von hier – in Feindesland. Die Truppe, die man Cockayne zur Verfügung stellt, ist nun wirklich sehr klein. Sie werden sich mit großer Umsicht bewegen müssen, Phillip.«

»Das werde ich bestimmt, Sir«, versprach Phillip. Noch immer nachdenklich fügte er hinzu: »Ich würde mir wünschen, Sie könnten mir einen der 12-Pfünder-Raketenwerfer geben, statt einer Kanone, Sir. Ginge das wohl? Ghorabad liegt am Fluß Sye, glaube ich, und es könnte nötig werden, einen Angriff vom Wasser aus vorzutragen wie bei Fatshan. Ich habe Ihnen doch aus Allahabad zwei 24-Pfünder-Raketenwerfer mitgebracht …«

»Mein lieber Freund«, sagte Peel und klopfte ihm herzlich mit der Hand auf die Schulter, »natürlich können Sie einen Raketenwerfer mitnehmen, ohne daß Sie dafür auf eine Kanone verzichten müssen. Aber mehr Männer kann ich Ihnen leider nicht überlassen. Dreißig ist schon das höchste. Und denken Sie dran: ausschließlich Freiwillige. Der Oberbefehlshaber rechnet mit ziemlichem Widerstand in Futteghur, und unser Belagerungszug wird in voller Stärke gebraucht, da bin ich ziemlich sicher.« Dann erläuterte er weitere Einzelheiten von Sir Colin Campbells Plänen, Futteghur und den Doab zu besetzen. Abschließend sagte er nachdenklich: »Sir Colin hofft, daß er Lucknow Ende März nehmen kann, Phillip. In der Zwischenzeit will er kleinere Einheiten in die Umgebung schicken, das Land wieder unter Kontrolle bekommen und die Anführer der Rebellen und die Landbesitzer bestrafen, damit der Weg frei wird. Hope ist mit seiner Brigade und mit seiner Kavallerie gerade an solch einer Aufgabe. Wenn Futteghur genommen ist, will er Rohilcund zurückerobern. Unsere Jungs sind mit ihren Kanonen sehr gefragt. Ich mußte zulassen, daß kleine Einheiten diese Strafexpeditionen begleiten, obwohl ich eigentlich unsere Brigade nicht aufsplittern wollte. Aber spätestens für den

Angriff auf Lucknow will ich wieder alle zusammenhaben ... Sie und Ihre Leute eingeschlossen, wo auch immer Sie dann gerade stehen mögen. Haben Sie das verstanden?«

»Ganz und gar, Sir«, versicherte Phillip ihm. Dann berichtete er über die Kranken und Verwundeten der *Shannon* in Allahabad, und Peel brachte ihn auf den aktuellen Wissensstand hinsichtlich Cawnpore.

»Es gab ein Gerücht. Der Nana sollte einen gewaltigen Schatz in einem Brunnen in Bithur versteckt haben«, sagte er. »Weil Brigadegeneral Hope Grant darum gebeten hatte, schickte ich Jim Vaughan und Walter Kerr mit einer Gruppe, die beim Pumpen helfen sollten, um den Schatz zu bergen. Unglücklicherweise hatten sie keine Chance gegen die Quelle, die den Brunnen versorgt. Sie fanden nichts weiter als einen kleinen Silberbecher, den Unteroffizier Devereux mit so einer langen Greifzange packen konnte. Gerissen wie er war, wollte der Mann den Becher verstecken und behalten, aber einer unserer Blaujacken beobachtete ihn dabei. Er drohte, ihn zu melden. Sie erinnern sich an Devereux' üble französische Flüche, wenn er sich über irgend etwas ärgert. Er war gerade wieder mit Volldampf dabei, als Jim Vaughan dazukam und zu wissen verlangte, was er da sagte. Wie der Blitz antwortete das alte Schlitzohr: ›Ich hab' nur was gesagt über Stürme im Chinesischen Meer.‹ Das ist jetzt bei unseren Leuten die beliebteste Ausrede, wenn sie reden, ohne gefragt zu sein.«

Phillip lachte und stellte sich den fast kahlen, roten Kopf des Mannes vor, sein vernarbtes und zerfurchtes Gesicht, das immer wie die leibhaftige Unschuld aussah. Er war ein guter Seemann, war mit zehn Jahren in die Marine eingetreten und gehörte zu den vorlautesten Mackern im Unterdeck der *Shannon*. Denn dorthin mußte er immer wieder mal zurückkehren, wenn er wegen Trunkenheit seinen Rang verlor. Zwar war er in Devon geboren und aufgewachsen, aber er sprach immer von seinen Vorfahren aus Gallien, und darum nannte man ihn überall nur »Frenchie« Devereux.

»Und was ist über diesen Jones zu sagen, Sir, Kapitän Oliver Jones?« wollte Phillip neugierig wissen. »Er war schon weg, als ich in Allahabad eintraf, also gehe ich davon aus, daß er hier sicher schon aufgetaucht sein wird.«

»So ist es«, antwortete William Peel. »Ein toller Kerl, er reitet ein temperamentvolles Pferd mit weißem Sattel und weißem Zaumzeug. Wenn er mit der Truppe loszieht, trägt er einen Schwalbenschwanz, lange Stiefel, Sporen und Manchester-Hosen. Alles, was er braucht, trägt er am Mann oder am Pferd, mit Hilfe einer genialen Erfindung aus weißen Lederriemen. Dazu gehören eine Feldflasche, ein Revolver-Futteral, ein Beutel zum täglichen Gebrauch, ein Ersatzbeutel, ein Fernglas im Etui und ein ziemlich beeindruckender Säbel. Der ist gebogen wie der *tulwar** eines Eingeborenen. Der Kommandeur der 53er berichtet, daß er sich damit schon tapfer geschlagen hat. Jones bleibt bei den 53ern – vor allem, weil er glaubt, da wird es eher zu Kämpfen kommen als bei uns. Unter uns, Phillip, ich habe keinen Versuch unternommen, ihn vom Gegenteil zu überzeugen. Also ist er als freiwilliger Adjutant mit Brigadegeneral Hope aufgebrochen und durchkämmt mit ihm das Land auf der Suche nach dem Nana.«

»Also wird man ihn wahrscheinlich nicht nach China versetzen?« fragte Phillip mit einigem Sarkasmus.

Peel schüttelte den Kopf. »Nein – Captain Jones ist auf Halbsold gesetzt und ist auf eigene Rechnung hierher gekommen, zum Vergnügen, wie er zu formulieren beliebte. Um es mal vorsichtig auszudrücken: Seine Einstellung zum Krieg ist ein bißchen locker. Aber auch er wird schon bald merken, wie grimmig es hergehen kann. Ich habe ihm nahegelegt, sich mal das Bibigarh anzusehen, aber ich glaube, er hat meinen Rat nicht angenommen. Er war auch nicht da, als der Zug aus Lucknow ankam, der Anblick hätte ihn sicher nachdenklich gestimmt ... Und wenn er bei uns gewesen wäre, als General Windham von den Gwalior-Rebellen angegriffen wurde, kann ich mir kaum denken, daß er das für ein Vergnügen gehalten hätte. Die Sache wäre fast schiefgegangen, Phillip, selbst Sir Colin gibt das heute zu. Dabei

* tulwar: indischer Säbel (Anm. d. Ü.).

schiebt er Windham die Schuld zu, weil der sich nicht an seine Befehle gehalten hat. Aber ich habe auch gehört, er hat sich bei Brigadegeneral Carthew entschuldigt.«

Sie unterhielten sich noch über dies und das und brachen dann, als Jim Vaughan, der Erste Offizier der *Shannon*, sich zu ihnen gesellt hatte, zum Abendessen auf. Nach dem Mahl machte Phillip sich auf ins Fort, um Colonel Cockayne zu finden. Von ihm erfuhr er, daß seine kleine Truppe vollzählig sei und innerhalb der nächsten 24 Stunden in Marsch gesetzt werden konnte. Er sagte ihm, er wolle ihn begleiten, und machte sich auf, die Freiwilligen zu finden, die Captain Peel ihm zugesichert hatte. Er hatte keine Probleme, die Männer zu verpflichten, die er haben wollte. Der erste, der vortrat, war der alte Unteroffizier, Thomas Devereux. Midshipman Lightfoot, der gerade erst gehört hatte, daß sich irgend etwas tat, traf völlig atemlos ein und bat, man möge ihm erlauben, sich dieser Truppe anzuschließen. Phillip konnte Colonel Cockayne melden, daß sie vollzählig waren.

4

Phillip fand den Colonel im Zelt vor einer ausgerollten Karte von Oudh, einen Becher Whisky neben sich. Gastfreundlich füllte Cockayne einen zweiten für seinen Gast und bat Phillip, sich zu setzen. Auf der Karte zeigte er ihm, welche Route er wählen wollte, deutete auf die vorgesehenen Lagerplätze und auch auf die Stelle, an der er den Fluß überqueren wollte.

Cockayne sprach mit schwerer Stimme, und Phillip wurde klar, daß sein neuer Kommandeur – zu Phillips Überraschung – angetrunken war. Aber Cockayne ließ sich nicht viel anmerken. Manchmal zögerte er beim Sprechen, und wenn er mal auf der Karte etwas falsch aussprach, korrigierte er das schnell. Phillip interpretierte dieses einsame Trinkgelage als Feier nach langem Warten in großer Sorge und zerbrach sich nicht weiter den Kopf darüber.

Der Colonel kannte jeden Meter Boden, den seine Truppe besetzen sollte, und er fertigte von Ghorabad, auf Phillips Bitte hin, eine aktuelle Skizze an. Sie zeigte den Verlauf des Flusses Sye, an dessen Ufer die Stadt lag, markierte die Lage des Forts, in das die britische Garnison geflohen war, und zeigte auch die Lage des Palastes des Rajah, Newab Abdul Raza.

»Abdul Raza ist Moslem, Commander Hazard«, sagte er und gab Phillip die Skizze zur Kenntnisnahme. »Und er hat sich seit langem mit nichts anderem befaßt, als Rebellionen zu schüren, und zwar zusammen mit dem *moulvi** von Fyzabad, dessen Namen Sie vielleicht schon gehört haben. Der *moulvi* ist einer der mächtigsten Rebellenführer in Lucknow, und Newab ist einer seiner schillerndsten Gefolgsleute. Wie Sie hier sehen, liegt sein Palast auf der rechten Seite des

* moulvi: indischer Gelehrter (Anm. d. Ü.).

Flusses … hier, östlich der Eingeborenenstadt. Er hat seine eigenen Zamindari-Truppen, Männer mit Feuersteingewehren und ein paar Kanonen, sein Palast ist speziell zu Verteidigungszwecken gebaut, wie alle Paläste in dieser Gegend. Sie haben Wände mit Schießscharten und zwei Wachtürme aus Steinen.«

»Und was ist mit dem Fort?« wollte Phillip wissen. »Ist es stark befestigt, Sir?«

Colonel Cockayne atmete hörbar seufzend aus. »Das war mal so, ja, aber dann ließ man es verfallen. Wir haben versucht, es wieder herzurichten, so gut wir konnten, aber wir hatten nicht viel Zeit zur Verfügung, ehe die Eingeborenen sich erhoben. Und dann gab es noch …« Er unterbrach sich und sagte dann zögernd: »Es gab außerdem eine Meinungsverschiedenheit zwischen dem Commissioner John Hardacre und mir. Er ist noch nicht lange im Zivildienst, hat einen dementsprechend niedrigen Rang und war auch als Soldat nur ein unterer Dienstgrad, also habe ich mich über ihn hinweggesetzt und getan, was ich für richtig hielt. Es war schließlich eine militärische Angelegenheit, wissen Sie!«

»Sie meinen, das Fort zu verteidigen?« fragte Phillip, als der Colonel schwieg.

Verdrossen füllte Cockayne wieder seinen Becher. »Sie auch, Commander? Nein … also gut. Ja, es war meine Entscheidung, das Fort zu verteidigen. Hardacre wollte seine Residenz zur Festung machen und sie mit Vorräten vollstopfen. Das Gebäude sah zwar besser aus, zugegeben, war aber meiner Ansicht nach nicht zu verteidigen. Die Residenz ist so ein sich lang hinziehendes, einstöckiges Haus mit einem flachen Dach und einer niedrigen Lehmwand ringsum. Und es lag zu weit vom Fluß entfernt. Das Fort liegt genau am Ufer. Ich entschied, falls wir es nicht halten könnten, könnten wir immer noch versuchen, mit Booten flußab zu fliehen – nach dem Ende der Regenzeit.«

»Sind Sie selber auf diesem Weg rausgekommen, Colonel?« wollte Phillip wissen, als sein Gesprächspartner wieder schwieg. Seine Frage entsprang reiner Neugier. So überraschte ihn Cockaynes wütende Antwort vollständig.

»Was geht das Sie an, zum Teufel, auf welchem Weg ich geflohen bin«, donnerte ihn der Kavallerist an.

Der Becher fiel auf dem kleinen Feldtisch um, und sein Inhalt ergoß sich über die ausgebreitete Karte. Phillip packte sie schnell und schüttelte die Feuchtigkeit von ihr ab. Dann sah er in zwei blutunterlaufene Augen, die ihn anstarrten.

»Wir brechen beim ersten Licht morgen früh auf, Commander Hazard«, informierte ihn Cockayne mit trunkener Würde. Schnell hintereinander gab er eine Reihe brüsker Befehle und machte dann, um seinen weiteren Worten noch mehr Gewicht zu geben, eine Pause. »Ihnen ist hoffentlich klar, mein Lieber, daß ich hier das Kommando habe. Ich brauche keinerlei Ratschläge von untergeordneten Offizieren, und ich werde meine Handlungen niemandem erläutern, wenn ich es nicht für notwendig halte. Ich hatte gehofft, in Ihnen einen Vertrauten zu finden ... ich war ein Freund Ihres gefallenen Schwagers und Ihrer Schwester, Commander Hazard. Und als ich sah, was für verdammt gute Arbeit Sie mit Ihren Kanonen da an dieser aus Booten gebauten Brücke leisteten ... Nun ja, sei's drum. Gute Nacht.«

Phillip war immer noch verblüfft, legte die Karte wieder auf den Tisch, nahm Haltung an und sagte irgend etwas Unverbindliches. Colonel Cockayne verabschiedete ihn mit einer Handbewegung, drehte ihm den Rücken zu, griff nach der Sturmlaterne, die auf dem Tisch stand, und schien dann nach einer neuen Flasche Whisky zu suchen.

Phillip wartete nicht ab, ob die Suche erfolgreich war. Während seines Ritts von drei Meilen durch das Lager der Marinebrigade gingen ihm viele Gedanken durch den Kopf. Dazu gehörte auch das ungute Gefühl, daß er möglicherweise später einmal seine Entscheidung, sich der Entsatztruppe nach Ghorabad anzuschließen, bereuen könnte. Es war natürlich nicht fair, über einen Mann zu urteilen, der angetrunken war ... aber er erinnerte sich, daß auch Harriet sich in bezug auf den Colonel zurückgehalten hatte. Sie hatte sogar sehr deutlich gemacht, daß er kein enger Freund ihres Mannes war. Vielleicht wußte sie etwas, das ihm nicht zur Ehre gereichte – wollte aber nicht darüber sprechen. Andererseits hatte sie dem Colonel ihre Kinder anvertraut und sehr warmherzig von seiner Frau und seiner Tochter gesprochen, und das hieß … Phillip seufzte. Ihm war klar, daß es ohnehin zu spät war, jetzt seine Entscheidung noch zu revidieren.

William Peel war noch auf den Beinen, als Phillip im Lager ankam, doch er sah so müde aus, daß Phillip sich damit begnügte, ihm nur kurz die Befehle zu nennen, die er bekommen hatte. Dann informierte er seine Gruppe, daß Wekken für drei Uhr angesetzt war, zog sich in sein Zelt zurück und packte seine paar Sachen. Danach suchte er kurzen Schlaf, ehe es ans Antreten ging.

Als sich die Truppe formiert hatte, um die Pontonbrücke nach Oudh wieder zu überqueren, war Colonel Cockayne ganz der alte. Er grüßte freundlich, gab seine Befehle höflich und schien sich an die Szene des vorangegangenen Abends nicht mehr zu erinnern, als er die angetretenen Seeleute sehr lobte.

»Wir machen bei Sonnenaufgang Pause, meine Herren«, erläuterte er seinen versammelten Offizieren. »Die Männer können dann frühstücken. Danach werden wir nur noch zweimal eine Rast einlegen. Wir haben einen Weg von 65 Meilen vor uns. 18 oder 20 Meilen können wir heute schaffen, weil wir hier eine gute Straße haben, die regelmäßig mit Patrouillen gesichert wird. Ich weiß, daß morgen Weihnachten ist, es tut mir leid, daß ich keine Feier ansetzen kann, nicht mal einen Gottesdienst. Um Ghorabad richtig zu entsetzen, müssen wir, so schnell es geht, vorankommen, damit der Feind unsere Annäherung nicht vorzeitig entdecken kann. Aus diesem Grunde habe ich Sie gebeten, nur mit leichter Ausrüstung zu marschieren – ohne Zelte und mit so wenig eingeborenen Dienern und so kleinem Troß wie möglich. Nachts wird jeder Mann neben seinem Gewehr schlafen. Wir werden starke Posten aufstellen. Beim Marsch reitet die Kavallerie voraus und erkundet. Eine kleine Gruppe wird die Bagage eskortieren. Also?« Er sah sich um. »Noch Fragen?«

»Wir werden also Weihnachten diesmal nicht feiern, Sir?«

wollte jemand wissen. »Für die Kampfmoral der Männer wäre es schon …«

Cockayne unterbrach ihn schnell. »Können Sie sich vorstellen, Sir, daß die Garnison, die wir entsetzen wollen, Grund zum Feiern hat oder die nötigen Mittel? Wir sind Soldaten und müssen Schlachten schlagen. Wir feiern, wenn wir gewonnen haben.« Er ließ die Offiziere zu ihren Einheiten zurückkehren, setzte sich an die Spitze seiner Schwadron Sikhs mit blauen Turbanen und ritt als erster über die Brükke.

Erst beim Halt bei Sonnenaufgang war Phillip in der Lage, sich ein klares Bild von der Zusammensetzung der Einheit zu machen. Er stellte fest, daß die Infanterie aus kleinen Gruppen bestand, von denen die meisten als Verstärkungen für die Regimenter eingetroffen waren, die die Garnison von Cawnpore bildeten oder die bereits als Entsatztruppen bei Lucknow dabeigewesen waren. Ein paar Offiziere und Unteroffiziere waren Veteranen, nach den sonnengebräunten Gesichtern und den ausgeblichenen Uniformen zu urteilen. Doch die meisten waren junge Soldaten, die müde und schweigsam dahintrotteten und sich jetzt der Länge lang auf die staubige Erde fallen ließen, zu erschöpft und schwunglos, um noch ein Lagerfeuer zu entfachen, auf dem sie ihre Mahlzeit hätten kochen können. Phillip betrachtete die Kameraden voller Mitgefühl, und ihr Verhalten erinnerte ihn an seine Matrosen, deren Frühstücksfleisch unter der Aufsicht zweier Köche bereits gar wurde. Die Männer sammelten sich gerade am großen Grogfaß, an dem Devereux drauf und dran war, ihnen ihre Rumration auszuteilen.

Die meisten der jungen Soldaten hatten sich noch längst nicht akklimatisiert und waren auch noch nicht einsatzbereit. Nach der langen Reise aus England, eingezwängt in übervolle Decks von Truppentransportern mit ihrem ungesunden Klima, hatte man sie sofort in Bewegung gesetzt – auf *daks*, auf Ochsenkarren, auf Zügen oder Flußdampfern – manche auch nur zu Fuß. Ohne eine vernünftige Pause fanden sie sich jetzt auf einem Marsch wieder, der in feindliches Land führte, mit der Aussicht auf einen Kampf mit einem fremdartigen und skrupellosen Feind, über den sie bisher nur die schrecklichsten Berichte gehört hatten …

Kein Wunder also, wenn sie Angst haben, die armen Kerle, dachte Phillip. Und auch die Offiziere würden den jungen Männern unter diesen Umständen nicht viel helfen können, denn sie waren selbst jung und unerfahren. Die dienstältesten, die er entdecken konnte, waren zwei Captains, keiner älter als vierundzwanzig oder fünfundzwanzig Jahre. Alle anderen waren verschüchterte, rosabäckige Jungen, die sich fern von ihren Männern hielten und mit schleppenden Stimmen nur mit ihresgleichen sprachen, während sie, unterschiedlich ungeduldig, darauf warteten, daß ihre Diener ihnen das Essen brachten.

»Ich fürchte, Colonel Cockayne hat ziemlich viele Neulinge und unerfahrene Rekruten am Hals«, bemerkte jemand mit starkem schottischen Akzent.

Phillip drehte sich um und erkannte einen Captain der Eingeborenen-Infanterie namens Crawford wieder, der bei den 93er Hochländern im Angriff auf den Sikanderbagh vor Lucknow mitgekämpft hatte.

»Es ist schon eine Freude, Sie und Ihre feinen Seeleute hier wiederzufinden, Commander«, sagte Crawford weiter. »Damit wissen wir wenigstens, daß unsere Artillerie in guten Händen ist.«

»Ich bin über Ihre Anwesenheit ebenso erleichtert«, gestand Phillip. »Ich nehme an, Sie führen eine Abteilung der 93er!«

Der andere schüttelte bedauernd den Kopf. »Nein, leider nicht. Ich bin hier ganz allein, bis auf meine Ordonnanz, ohne die der Feldzug hier ein einziges Elend wäre.« Er deutete auf einen großen, schmucken Hochländer, der mit einer Gruppe junger Soldaten sprach, die in der Nähe auf dem Boden hockten. »Collins ist schon 18 Jahre dabei und gehörte zur sogenannten ›dünnen roten Linie‹ in Balaklava. Ein phantastischer Kerl. Ich habe ihm gesagt, er soll sich unter die Neuankömmlinge mischen und ihnen Mut machen.«

»Eine ausgezeichnete Idee«, meinte Phillip. Er griff zu seiner Taschenflasche und bot sie dem Offizier an, aber der schüttelte wieder den Kopf.

»Nein, danke. Ich gehe besser wieder zurück. Ich habe mich freiwillig als Stabschef der Truppe zur Verfügung gestellt. Colonel Cockayne ist ein Pedant, der seinem Stab nichts durchgehen läßt. Ich stehe schon auf seiner schwarzen Liste, weil ich vorgeschlagen habe, wir sollten einen oder zwei Tage warten, da ich gehofft hatte, die Soldaten hätten sich dann an das Klima hier gewöhnt und würden besser dastehen. Ich hatte sogar beabsichtigt, mich an den armen Colonel Ewart zu wenden, in der Hoffnung, von ihm eine Kompanie Hochländer zu bekommen, der aber dann ins Lazarett nach Allahabad kam – und Cockayne wollte nicht auf mich hören.«

»Warum denn nicht, zum Teufel?« wollte Phillip ziemlich entsetzt wissen.

»So ist er eben, so war er immer.« Crawford zuckte mit den Schultern. »Er handelt sehr impulsiv und nimmt Rat nicht gerne an. Sie waren doch dabei, als er damals den Oberbefehlshaber anging?«

Phillip grinste: »Und ob! Das werde ich nie vergessen. Aber Sie sollten wenigstens mit uns essen, wenn Sie schon die Flasche verschmähen. Unsere Köche sind fertig, und mit dem Rindfleisch, das uns zugeteilt wurde, können sie ganz gut umgehen.«

Crawford nahm einen Teller appetitliches Stew, und sie setzten sich in den Schatten eines knorrigen Banyan-Baumes mit vielen Wurzeln, der ein paar Schritte entfernt am Straßenrand wuchs. Midshipman Lightfoot brachte ihnen Kaffee, und Phillip lehnte den Dank seines Begleiters mit einer Handbewegung ab.

»Captain Peel ist der festen Überzeugung, daß Seeleute am besten mit vollem Magen marschieren, auch wenn das Heer es nicht glaubt. Wir haben Köche dabei, die unser Essen kochen. Das System ist besser als Ihres, erlaube ich mir festzustellen. Unsere Köche fahren auf dem Grogwagen mit uns und sind darum von langen Märschen nicht zu erschöpft, ihre Aufgabe zu erfüllen, wenn ein Halt befohlen wird. Und wir legen alle unsere Rationen zusammen, so daß jeder einen guten Anteil hat.«

»Nach der Qualität dieses Essens zu urteilen«, meinte Crawford, der die Reste mit unverhohlener Zufriedenheit aufstippte, »haben Sie recht. Aber ich fürchte, Colonel Cockayne wird uns nicht mehr viele solch langer Pausen zugestehen, sobald wir die Straße verlassen haben.«

»Der Colonel ist schon ein seltsamer Mann. Er wäre gut beraten, diese jungen Soldaten ein bißchen einfühlsamer zu behandeln, wenn er das Beste aus ihnen herausholen will«, meinte Phillip.

»Ich kann Ihnen versichern, daß er das bestimmt nicht tun wird, Hazard. Im Gegenteil. Er wird sie treiben, bis sie zusammenbrechen.«

Phillip hob die Brauen. »Das überrascht mich. Sagen Sie, kennen Sie ihn schon so lange?«

»Ja, seit einigen Jahren. Ich habe mal in seinem Regiment gestanden, auch in Ghorabad, aber ich ... also ich ließ mich zur Oudh-Infanterie versetzen.« George Crawford sah Phillip seltsam an, fast wütend, doch der Ausdruck verschwand schnell, und er meinte wieder lächelnd: »Ich kenne auch seine Frau und seine Tochter, und nur ihretwegen bin ich überhaupt hier. Ich will ja nicht zu viel sagen, aber ich fühle mich sehr zur Tochter des Colonel hingezogen. Wenn es diese verdammte Rebellion nicht gegeben hätte, hätte ich mich ihr längst erklärt, aber so wie die Umstände jetzt sind«, sein Lächeln schwand, »da kann ich nur zu Gott beten, daß das arme liebe Kind noch am Leben ist.«

Die schöne Tochter, von der auch Harriet gesprochen hatte, dachte Phillip. Er betrachtete das hagere braungebrannte Gesicht seines Kameraden mit neu erwachtem Interesse.

Er mochte, was er sah. Wie viele Funktionsträger der Ehrbaren Ostindischen Handelskompanie war er Mitte oder Ende Dreißig. Sein dichtes, dunkles Haar zeigte schon graue Strähnen, aber er war ein vorbildlicher Offizier, klug und mit allen soldatischen Tugenden ausgerüstet. Am Sikanderbagh war er einer der ersten in der Bresche im Haupttor gewesen. Colonel Ewart hatte ihn allein besonders erwähnt wegen seiner Tapferkeit. Zweimal hatte er sein Leben aufs Spiel gesetzt, um Verwundete herauszuholen. Und seinen spärlichen Hinweisen konnte man entnehmen, daß sich seine Zuneigung zur Tochter trotz dieser früheren Differenzen zum Colonel entwickelt hatte. Daß er sich aus seinem Regiment hatte versetzen lassen, deutete auf eine gewisse Unverträglichkeit hin, vorsichtig gesagt. Aber vielleicht hatte Cockayne den jüngeren Mann als zukünftigen Schwiegersohn abgelehnt?

Phillip hob die Brauen, als Crawford grimmig sagte: »Die Garnison in Ghorabad sitzt tief in der Patsche. Nach meiner Einschätzung wäre es ein Wunder, wenn auch nur die Hälfte noch am Leben wäre.«

»Also hat Colonel Cockayne Grund zur Eile?« wollte Phillip wissen.

»Ja, den hat er. Aber ein paar Tage mehr oder weniger machen keinen Unterschied. Mit erprobten Truppen könnten wir das alles schnell aufholen.«

»Und warum tun wir's dann nicht?«

»Mein lieber Hazard, Colonel Cockayne plagt sein Gewissen«, antwortete Crawford mit belegter Stimme. »Es läßt ihn nicht ruhen – und das mit gutem Grund.« Er erhob sich und stellte seinen Teller und die Tasse Kaffee ab, die er nur halb geleert hatte, als habe er sie vergessen. Er sprach wie mit Schmerzen. »Wenn Sie meinen, die Garnison in Lucknow hatte viel auszuhalten, fürchte ich, dann werden Sie bald merken, daß das nichts war im Vergleich zu dem, was die armen Seelen in Ghorabad durchstehen müssen. Als die Rebellion ausbrach, haben etwa 60 britische Frauen und Kinder und etwa die gleiche Anzahl von Zivilisten – meistens Eurasier – in einem Fort aus bröckelndem Lehm Schutz gesucht, das vor 50 Jahren erbaut worden war. Eine Handvoll britischer Offiziere und Unteroffiziere mußten sie verteidigen. Ich weiß, daß der Aufstand dort auch sehr blutig ausging, weil viele Offiziere, wie viele genau, das weiß ich nicht, von ihren eigenen Männern ermordet wurden, ehe sie das Fort erreichten. Der verdammte Platz liegt am anderen Flußufer gegenüber unserer Siedlung und den militärischen

Unterkünften und Anlagen. Sie haben es nie bis dahin geschafft. Die Residenz wäre sehr viel näher gewesen, und einige wollten sie wohl auch verteidigen, aber Colonel Cockayne ....«

Aber Colonel Cockayne, erinnerte Phillip sich, hatte sich entschlossen, das Fort zu verteidigen, wie er selbst zugegeben hatte. Plötzlich plagten Phillip Zweifel, und er unterbrach den anderen: »Das Fort wird doch noch gehalten, oder?«

»Das werden wir erst wissen, wenn wir da sind«, antwortete George Crawford. »Der Colonel glaubt daran. Ich ...«

Er wollte wohl noch mehr sagen, aber Signalhörner kündeten das Ende der Rast an, und die Männer stellten sich zögernd wieder in Reih und Glied auf. Crawford entschuldigte sich und eilte wieder nach vorn an die Spitze des Zuges. Phillip blieb beunruhigt zurück.

Der Marsch wurde fortgesetzt. In einer Hinsicht erwies sich Crawfords Vorhersage von Colonel Cockaynes Absichten als korrekt. Es gab nur noch zwei kurze Pausen, und immer mehr untrainierte Soldaten gaben einfach auf. Einige waren so erschöpft, daß ihnen die Bestrafung, die ihnen ihre Zugführer androhten, egal waren. Einige warfen Gewehre und Ausrüstung weg und humpelten ohne sie weiter, andere brachen still zusammen. Die Wagen, die am Ende fuhren, mußten Männer und Waffen einsammeln und fielen dabei so weit zurück, daß sie beim ersten Halt schon außer Sichtweite waren. Der zweite Halt mußte verlängert werden, damit sie wenigstens etwas näher anschlossen.

Phillips Kanonen und Wagen wurden aufgehalten. Er versuchte, die Ungeduld seiner Männer im Zaum zu halten, und trug Devereux auf, den Männern ein Lied zu befehlen. Die Seeleute waren daran gewöhnt, lange beschwerliche Märsche durch Gesang erträglicher zu machen, fielen begeistert ein und sangen, so laut sie konnten, den Marsch der Schützenbrigade: *Ich bin ein 95er* klang so munter, daß die Abteilungen vor ihnen und hinter ihnen aufschauten. Ein paar ältere Soldaten schlossen sich dem Gesang an, ein Trommler und zwei Pfeifer der 88er griffen die Melodie auf und fügten weitere Regimentsmärsche und sogar ein Weihnachtslied ins Repertoire der Blaujacken. Die Stimmung der Truppe hatte sich sichtlich verbessert, als ein junger Offizier der 34er, ein Adjutant, nach hinten galoppiert kam mit Cockaynes Befehl, daß der Gesang sofort aufzuhören habe.

»Wir werden gleich die Straße verlassen«, sagte er bedeutungsschwer, »und der Colonel hält es nicht für wünschenswert, daß feindlichen Dorfbewohnern unser Anmarsch zur Kenntnis gebracht wird.«

Aus den Reihen der 88er, unmittelbar hinter sich, hörte Phillip einen Iren laut protestieren. Der Protest klang gotteslästerlich, aber er war gut gemeint. Ein erfahrener Offizier hätte ihn überhört oder ihn auf gleiche Weise beantwortet.

Der junge Offizier mit dem runden Gesicht aber ritt wütend auf den Schuldigen zu. »Stellen Sie den Mann unter Arrest«, befahl er. »Ich werde ihn wegen Befehlsverweigerung anklagen.«

Er gab seinem Pferd die Sporen und trabte davon, bevor der verantwortliche Offizier der Abteilung auch nur ein Wort entgegnen konnte. Verächtliche Rufe folgten dem Reiter.

»Sir!« Midshipman Lightfoot trieb seinen knochigen Gaul neben Phillip. »Ich kenne den Kerl. Er ging mit mir zur Schule. Er heißt Highgate, Benjamin Highgate. Wir haben ihn immer den dicken Ben genannt.«

»Ach was!« Phillip sah ihn ernst an und unterdrückte das Verlangen zu lächeln, so passend fand er den Spitznamen des Schülers. »Wie schade, daß man ihm auf der Schule nicht bessere Manieren beigebracht hat, Mr. Lightfoot.«

»Man hat ihn rausgeschmissen, Sir!« entgegnete Lightfoot. Er grinste. »Er schikanierte immer andere. Er scheint sich nicht sehr verändert zu haben. Aber ich bin überrascht, daß er immer noch Lieutenant ist. Sein Vater ist Kaufmann und entsetzlich reich. Er hätte ihm doch leicht den Rang eines Captain kaufen können, wenn er gewollt hätte.«

»Vielleicht ist es ja ganz gut so«, meinte Phillip. Er dachte kurz an Captain Lord Henry Durbeville und spürte, wie sich bei dem Gedanken seine Kehle zusammenzog. Der Vergleich lag nahe. Er hoffte nur, daß irgend jemand Lieutenant Highgate die Leviten lesen würde, ehe er ernsten Schaden anrichten konnte.

Die Sonne sank, und der Marsch führte über rauhes, offenes Land weiter. Es gab keine Pausen mehr, und immer mehr junge Soldaten sanken zusammen. Dann murrten auch erfahrene Soldaten, und viele von ihnen hinkten bereits. Die übervollen Wagen konnten niemanden mehr aufnehmen, also mußten Kameraden denen helfen, die zusammengebrochen waren. Die weggeworfenen Ausrüstungsgegenstände blieben hinter ihnen zurück.

Phillip befahl seinen Seeleuten, soviel wie möglich davon aufzusammeln, aber ihre Protzen waren schon hoch beladen, und die erschöpften Zuggespanne schwankten in ihren Seilen. Das Ende des Zuges hielt. Devereux meldete, daß zwei Ochsen vor der ersten Kanone zusammengebrochen waren. Phillip blieb deshalb nichts anderes übrig, als den ganzen Zug anzuhalten und die beiden Tiere gegen zwei andere, kaum weniger erschöpfte aus der Reserve auszutauschen. Wie erwartet tauchte wieder Highgate auf, um sich nach dem Grund der Verzögerung zu erkundigen.

»Ich habe alle Offiziere, die eine Abteilung führen, zu informieren«, er stellte sich zwischen die Marinebrigade und die 88er und rief, so laut er konnte, »jeder Mann, der in Feindesland, sein Gewehr wegwirft, erhält 25 Peitschenhiebe, ehe wir morgen früh weitermarschieren.«

Phillips Geduld war schon sehr strapaziert. Er fühlte heiße Wut in sich aufsteigen, als ihm klar wurde, was das bedeutete. Eingeborene Soldaten durften wegen solcher Vergehen nicht ausgepeitscht werden, doch britische Truppen und britische Seeleute waren solchen Strafen unterworfen, wenn auch Auspeitschungen nur noch selten und nur für größere militärische Vergehen vollzogen wurden. Junge Soldaten, die ohne ausreichendes Training zu einem Gewaltmarsch gezwungen worden waren, mit solcher Strafe zu bedrohen, schmeckte nach Sadismus oder Schlimmerem. Highgate konnte man als Befehlsübermittler kaum einen

Vorwurf machen, dennoch rief Phillip den jungen Mann scharf zu sich.

»Was haben Sie da gesagt?« wollte er wissen.

Der dicke junge Mann sah ihn aufmüpfig an. Er wiederholte seinen Befehl Wort für Wort und wollte noch etwas hinzufügen, als Phillip ihn unterbrach.

»Vermutlich hat Colonel Cockayne Ihnen diesen Befehl gegeben, Mr. Highgate?«

»Natürlich. Ich bin sein Adjutant. Und der Colonel schickt mich …«

»Damit Sie jedem kommandierenden Offizier persönlich den Befehl übermitteln oder ihn laut herausbrüllen?«

»Also ich …« Der Junge wurde rot. »Der Colonel meinte, die Männer müssen wissen, daß sie bestraft werden, wenn sie sich weiter so unsoldatisch benehmen, und ich dachte, also… ich meinte …«

»Sie waren offenbar noch nie Adjutant«, meinte Phillip kühl. Er erklärte ihm seine Aufgabe in kurzen Worten und spürte, wie Midshipman Lightfoot grinsend zuhörte: »Sie haben keine Macht, selber Befehle zu geben. Wenn Sie einen Befehl von vorn übermitteln, haben Sie anzugeben, von wem er kommt, und den Offizier, für den er gedacht ist, mit dem ihm gebührenden Respekt zu behandeln.«

»Ich verstehe nicht«, plusterte Highgate sich – immer noch sehr rot im Gesicht – auf. »Ich war Ihnen gegenüber nicht respektlos, Sir.«

»Waren Sie das wirklich nicht?« fuhr Phillip ihn an. »Ich bin Commander der Königlichen Marine, Mr. Highgate. Und Sie reden mich zum ersten Mal mit Sir an – wie es sein soll.«

»Es tut mir leid, Sir!« gab Highgate zerknirscht klein bei. Auch ihm war Lightfoots Grinsen aufgefallen, und er hatte offenbar seinen früheren Schulkameraden wiedererkannt. »Ah, Sir … also, ich habe einen Befehl für Sie, Sir, von Colonel Cockayne.«

»Den Befehl kenne ich jetzt vermutlich, Mr. Highgate«, entgegnete Phillip. »Reiten Sie sofort zu Colonel Cockayne zurück. Sagen Sie ihm bitte, daß meine Zugochsen erschöpft sind. Sobald ich frische Tiere vorgespannt habe, werde ich versuchen, zum Zug aufzuholen, aber bis dahin wird es dunkel sein. Wissen Sie, wo der Colonel das Nachtlager aufschlagen wird?«

»Er ... äh .... ich glaube, zwei Meilen von hier, Sir!«

»Sehr gut. Dann übermitteln Sie bitte dem Colonel meine Meldung.«

Gehorsam ritt der junge Highgate davon und salutierte, ehe er dem Pferd die Sporen gab.

Der kurze Halt hatte die Männer der Nachhut Luft holen lassen. Es war dunkel, als Phillip – wie vorher gesagt – mit den Kanonen und dem Rest des Zuges das Lager erreicht hatte. Sie kamen in guter Ordnung, mit geschulterten Gewehren. Colonel Cockayne war nirgends zu sehen. Phillip stellte seine Kanonen und seine Munitionswagen und Posten für die Nacht auf, entschied sich aber, Cockayne nicht aufzusuchen. Er aß spät und rollte sich gegen die Nachtkälte in seinen Mantel, um auf der eisenharten Erde soviel Schlaf wie möglich zu finden.

Er lag kaum, als Devereux ihn mit einer Entschuldigung wieder in die Gegenwart zurückholte.

»Der Colonel, Sir. Er möchte mit Ihnen reden, Sir.«

»Sehr gut ...« Phillip unterdrückte seine Verärgerung, erhob sich und ging hinüber zu dem wartenden Colonel, der sich neben den glimmenden Resten des Kochfeuers der Marinetruppen wärmte. Cockaynes Gesicht lag im Schatten, aber seinem knappen Gruß war zu entnehmen, daß auch er verärgert war.

»Sie wollten mich sprechen, Sir?« sagte Phillip und weigerte sich, gereizt zu klingen.

Er trat vom Feuer weg, außer Hörweite seiner Männer. Der Colonel folgte ihm widerwillig.

»Ja. Ich hörte, daß Sie sich mißbilligend über einen Befehl äußerten, den ich meinen Abteilungskommandeuren erteilte. Er betraf Männer, die auf dem Marsch ihre Waffen wegwarfen!«

Phillip schüttelte den Kopf. »Ich habe den Befehl nicht mißbilligt, Sir – nur die Art und Weise, wie ihn Ihr Adjutant übermittelte. Lieutenant Highgate hielt es für richtig, in Hörweite meiner Seeleute zu brüllen, anstatt mir den Befehl zu übermitteln, wie es sich gehört. Ich mußte annehmen, er kenne seine Aufgabe noch nicht richtig, und ich habe ihn darauf hingewiesen, wie ein Befehl übermittelt werden muß.«

»Verdammt noch mal. Commander Hazard, Sie haben den Burschen mit einer aufrührerischen Antwort zurückgeschickt.«

Wieder schüttelte Phillip den Kopf. »Meine Nachricht bestand nur aus Fakten, Sir. Weil er unerfahren ist, hat Lieutenant Highgate sie vielleicht nicht korrekt übermittelt. Ich wollte nur, daß er Ihnen mitteilt, wie es um meine Zuggespanne steht. Ich konnte den Marsch erst fortsetzen, nachdem ich Reservegespanne angeschirrt hatte. Ich ...«

»Sie haben die Länge des Marsches kritisiert, Commander.«

»Ich habe lediglich ausgedrückt, daß ich Kanonen nicht mit erschöpften Tieren ziehen lassen kann, Sir. Das ist eine bedauernswerte Tatsache. Und es ist meine Pflicht, sie Ihnen zu melden, denn das Ende des Zuges verspätete sich als Folge davon.«

Irgendwie gelang es Phillip, seinen aufsteigenden Ärger zu verbergen. Er roch den Alkohol im Atem des Colonel und sagte schnell: »Wenn das alles ist, Colonel, würde ich gern schlafen gehen. Ich nehme an, wir werden beim ersten Tageslicht wieder marschieren. Ihre Entscheidung, keinen Gottesdienst abzuhalten, steht noch immer?«

»Ihre Annahme ist richtig«, bestätigte der Colonel. »Aber da sehr viele Offiziere darum gebeten haben, habe ich zugestimmt, ein gemeinsames Gebet zu sprechen, ehe wir weitermarschieren. Doch das«, ergänzte er wütend, »wird erst stattfinden, nachdem wir an den vier elenden Kerlen ein Exempel statuiert haben, die trotz meiner Warnung ihre Gewehre verloren haben. Ich habe Abschaum bekommen, keine Kämpfer, Hazard, Jungen, die noch nie einen feindlichen Schuß gehört haben. Aber ich werde sie kämpfen lassen, da seien Sie mal ganz sicher.«

Phillip zuckte zurück. »Sie wollen sie am Weihnachtstag

auspeitschen lassen, Sir? Das wird doch nur dazu führen, daß …«

Cockayne ließ ihn den Satz nicht vollenden. »Ja, ich werde sie auspeitschen lassen, wenn ich dazu gezwungen werde, um ein abschreckendes Beispiel für andere zu statuieren. Bezweifeln Sie etwa mein Recht dazu, Commander, an Weihnachten oder anderen Tagen?«

»Nein, Ihr Recht zweifle ich nicht an, Sir. Nur die Weisheit, solche Maßnahmen bei unerfahrenen Soldaten anzuwenden.« Phillip gab sich Mühe, vernünftig zu klingen, aber der Colonel wischte seine Einwände weg, als habe er sie nie gehört. »Morgen mittag sind wir ganz in der Nähe des Dorfes Betarwar. Es ist von einer Mauer mit Schießscharten umgeben, wie alle Dörfer hier, mit einem Wachturm und einem Wassergraben rundum. Ich möchte, daß Sie den Ort mit Ihren Raketen beschießen, um ihn weichzumachen und ihn möglichst in Brand zu setzen, ehe wir mit der Infanterie angreifen. Ihre Kanonen müssen schneller vorankommen als heute, Commander Hazard, und …«

»Aber, Colonel …« Phillip war entsetzt und vergaß seine übliche Vorsicht. »Ich dachte, die Entsetzung von Ghorabad sei äußerst dringlich. Wenn wir Zeit verlieren, indem wir unterwegs Rebellendörfer angreifen, dann wird das doch die Gefahr für Ghorabad noch vergrößern, oder? Wir verlieren mindestens einen halben Tag und auch einige Männer, und beides können wir uns doch wohl kaum leisten.«

Er hätte noch mehr gesagt, weil er mit Bitterkeit an das Schicksal von General Wheelers Garnison in Cawnpore dachte, aber Cockayne hieß ihn ungeduldig schweigen.

»Die Sicherheit der Garnison von Ghorabad betrifft mich genausosehr wie jeden Mann in dieser Truppe«, sagte er kühl. »Denn meine Frau und meine Tochter sind dort.«

»Ich weiß, Sir. Mir geht's einfach nur darum …«

»Ich habe hier das Kommando, Hazard, und ich habe nicht vor, Ihnen meine Befehle oder Entscheidungen zu erläutern. Aber«, wieder zuckte der Colonel die Schultern, und Phillip roch den Alkohol, »ich werde jetzt eine Ausnahme machen. Denn Sie scheinen Zweifel an meiner Klugheit zu hegen. Diese unerfahrenen Truppen müssen ihre Feuertaufe bekommen und kämpfen lernen … also werden sie morgen ihre erste Lektion erhalten, und der Sieg wird sie aufmuntern. In Ghorabad stehen ihnen 5000 oder 6000 Rebellen gegenüber – auch Rebellen der Ostindischen Handelskompanie. In Betarwar sind es nur ein paar hundert Zamindari-Krieger mit Steinschloßgewehren, also ist der Sieg sicher.« Phillip verschluckte eine Bemerkung, und der Colonel fuhr fort: »Aber das sollte Ihr Gewissen nicht drücken, Commander. Betarwar ist ein Rattennest von Verrätern, wie ich sehr gut weiß … Der Anführer in dieser Gegend ist ein Bruder Abdul Razas. Ein Hieb gegen ihn ist auch einer gegen den Newab. Wenn der davon erfährt, könnte er versucht sein, eine Truppe aus Rache für seinen Bruder selbst anzuführen. Wenn er das tut, treffen wir auf offenem Land auf ihn statt hinter befestigten Mauern – und das ist ein Vorteil für uns. Und selbst wenn er nicht so reagiert, dann wird das Schicksal seines Bruders ihm ohne Zweifel Gelegenheit geben …«

»Das Schicksal seines Bruders, Sir?« warf Phillip ein. »Was genau haben Sie mit seinem Bruder vor?«

»Ich werde ihn hängen lassen«, antwortete der Colonel, ohne zu zögern. »Zusammen mit den anderen Rädelsführern des Dorfes, die ich alle kenne und die es wohl verdient haben, für ihren Verrat zu sterben.« Er lächelt jetzt, seine Laune war wiederhergestellt. »Ich habe Ihnen also jetzt meine Gründe genannt, Commander Hazard, und ich erwarte Ihre Kooperation. Wir brechen beim ersten Tageslicht auf. Ich wünsche Ihre Kanonen bis mittags auf Position vor Betarwar. Das war's. Gute Nacht.«

Phillip kehrte zu seinem ausgebreiteten Mantel zurück. Er war müde, doch ziemlich lange fand er keinen Schlaf. Er mußte sich eingestehen, daß eine gewisse Logik in Colonel Cockaynes Entschluß steckte, das Dorf der Rebellen anzugreifen, ehe er nach Ghorabad vorrückte. Ein leichter Sieg würde ohne Zweifel die Moral der jungen Soldaten verbessern, würde ihnen Vertrauen zur eigenen Kampfkraft geben, die ihnen noch fehlte, aber … Er seufzte. Hinter der Entscheidung stand noch etwas anderes, davon war Phillip überzeugt. Nur – was war es? Irgend etwas Persönliches, das nur Cockayne betraf? Ein knapp verhohlener Wunsch nach Rache? Seine Stimme hatte seltsam geklungen, als er von Betarwar als einem *Rattennest von Verrätern* sprach. Und was hatte er noch gesagt? *Wie ich sehr gut weiß*. Das alles klang doch nach sehr persönlichen Gründen, aus Rache das Dorf zu überfallen – nicht nach taktischen.

Phillip war versucht, George Crawford aufzusuchen, in der Hoffnung, damit Ruhe zu finden, doch er entschied sich dagegen. Von der Nacht war für vernünftigen Schlaf nicht mehr viel übrig – die Fragen mußten also bis zum Morgen warten.

Phillip war, als ob die Signalhörner schon nach ein paar Minuten Schlaf zum Wecken bliesen. Er stand auf, rasierte und wusch sich so gut wie möglich und hörte dann das Signal zum Sammeln, dem das Schrillen der Bootsmannspfeife folgte.

»Antreten zum Strafvollzug«, brüllte Devereux. »Alle Mann ...«

Phillip unterbrach ihn. »Wer hat den Befehl gegeben?« wollte er wissen.

Frenchie Devereux antwortete und blickte ihn an, ohne mit der Wimper zu zucken: »Ein Adjutant vom Colonel, Sir.« Seine Stimme verriet ebensowenig wie sein wettergegerbtes Gesicht. »Ich dachte, Sie wüßten das, Sir. Ich habe doch gesehen, wie gestern nacht der Colonel mit Ihnen gesprochen hat. Da sollen vier arme Schweine von Rekruten die Peitsche schmecken, weil sie ihre Knarren, Verzeihung, ihre Gewehre treiben ließen. Der Adjutant befahl, mit den Soldaten anzutreten, und weil alle noch schliefen, habe ich gepfiffen.«

Cockaynes Drohung war also nicht aufgehoben worden. Phillip war wütend. Für ein Kriegsgerichtsverfahren hatte die Zeit sicherlich kaum gelangt. Wie immer man die Männer verhört hatte – es mußte vor dem Wecken geschehen sein oder gar schon am Vorabend.

»Sehr gut«, sagte er. Er spürte, daß Devereux immer noch auf eine Antwort wartete. »Machen Sie weiter.«

»Aye, aye, Sir.« Devereux wiederholte sein Pfeifen.

Die Seeleute traten an und marschierten, geführt von Midshipman Lightfoot, davon, um links auf einem leeren Platz anzuhalten, einem vierrädrigen Bagagewagen gegenüber, neben dem Colonel Cockayne wartete, die Arme vor seiner breiten, weißen Brust verschränkt. Im halben Licht des frühen Morgens war sein Gesicht unbewegt und verriet keinerlei Gefühl, als der Arzt seine oberflächliche Untersuchung beendete und die vier Gefangenen nur in Hemd und Hose nach vorn eskortiert wurden, um ihr Urteil zu vernehmen.

Phillip sah, wie jung alle vier waren. Als man ihnen die Hemden auszog, waren die Rücken weiß und narbenlos. Obwohl sie deutlich Furcht zeigten, standen sie steif da und ertrugen in stoischem Schweigen ihre fünfundzwanzig Hiebe. Dann wurden sie von den Wagenrädern durch einen der Trommler, der die Hiebe ausgeteilt hatte, losgeschnitten. Der letzte der vier glitt bewußtlos zu Boden, aber die anderen konnten ihre Hemden und ihre roten Uniformjacken wieder aufnehmen und in die Reihen ihres eigenen Regiments zurückkehren, offenbar ohne schwere Schäden davongetragen zu haben.

Der Colonel hielt sich an sein Versprechen und las ein kurzes Gebet vor. Dann klangen wieder die Hörner, und die Marschlinie formierte sich sofort.

Der Zug bewegte sich über flaches, bebautes Land. Kavallerie sicherte den Marsch vor dem ersten Zug Infanterie. Sie bewegten sich in östlicher Richtung. Unter ihrem Marschschritt wirbelten aus dem schmalen, zerfurchten Wagenweg Wolken erstickenden Staubs auf. Bei Sonnenaufgang gab es einen kurzen Halt. Er reichte gerade, um ungekochtes Essen zu verschlingen. Doch der bevorstehende Angriff hatte sich herumgesprochen, und deswegen murrte kaum jemand. Die jungen Soldaten waren offenbar ganz begierig auf die Feuertaufe. Der Vormarsch ging weiter, und ab und an ritt ein Sikh-Kavallerist mit einer Meldung nach hinten. Die Landschaft schien leer und bar jeder Gefahr.

Kurz vor Mittag kam das Dorf Betarwar in Sicht. George Crawford ritt mit einer Kavallerie-Eskorte zur Erkundung vor. Der Rest des Zuges freute sich über die willkommene Rast.

Auf Befehl des Colonel brachte Phillip seine Kanonen und die Raketenwerfer in einem Hain von Mangobäumen in Position. Das Dorf sah so aus, wie der Colonel es beschrieben hatte. Er suchte den Wall mit seinem Glas nach Schießscharten ab. Phillip entdeckte nicht mehr als etwa 100 bewaffnete Dörfler. Die langen Läufe ihrer Steinschloß-Gewehre waren in den Schießscharten deutlich erkennbar. Die Felder in der unmittelbaren Nachbarschaft zeigten nur Stoppeln und boten keinerlei Deckung. Selbst Tiere waren nicht zu sehen. Die Einwohner von Betarwar hatten offensichtlich die Kavallerie-Vorhut schon lange vorher entdeckt und hatten sich mit ihrem Vieh hinter die Wälle geflüchtet. Dort würden auch Frauen und Kinder sein. Phillip setzte sein Glas ab und sah Colonel Cockayne fragend an.

»Sollten wir sie vorwarnen, Sir?« wollte er wissen. »Ein Schuß über die Köpfe hinweg und dann die Aufforderung, sich zu ergeben?«

Der Colonel reagierte, als habe er nichts gehört. Mit dem Fernglas beobachtete er George Crawford und dessen Spähtrupp links von sich. Der plötzliche scharfe Knall eines Musketenschusses ließ ihn den Kopf wenden. Der Schuß war schlecht gezielt oder unabsichtlich abgefeuert worden und schlug etwa fünfzig Meter vor der Reitergruppe in die Erde. Die Reiter drehten sofort ab, zogen sich ohne Hast zurück und trotteten locker auf die Wartenden zu. Crawford hob den Arm, als wolle er etwas signalisieren. Es wurden keine weiteren Schüsse abgegeben. Cockayne wartete, bis sie außerhalb des Zielgebiets waren, und wandte sich dann an Phillip mit dem knappen Befehl: »Eröffnen Sie das Feuer mit Ihren Raketen, Commander Hazard.«

»Jetzt, Sir? Ohne daß wir sie aufgefordert haben …«

»Ich sagte jetzt, Sir«, fuhr Cockayne ihn ärgerlich an. »Ich will das Dorf in Flammen sehen. Sie können mit ihren Neunpfündern eine Bresche in die Mauer schießen, wenn es erst einmal richtig brennt.«

Phillip blieb nichts anderes übrig, als zu gehorchen. Die

Raketen zischten in den Himmel und sanken dann in einer Kurve mit einem Funkenhagel auf die Dächer der dicht beieinander stehenden Häuser in Betarwar. Hier erfüllten sie ihren tödlichen Zweck schnell und effektiv. Eins nach dem anderen flammten die Strohdächer auf, und bald war das ganze Dorf ein einziges Inferno. Dicke, erstickende Wolken hingen über ihm wie ein Leichentuch. Die Einwohner antworteten mit einer einzigen alten Kanone, die rechts vom Tor plaziert war. Sie hatte zwar ein schweres Kaliber, doch sie wurde schlecht bedient und war damit nutzlos.

Phillip verlegte mit seinen 9-Pfündern auf Kernschußweite. Seine Kanoniere kamen damit unter Musketenfeuer, aber auch das war schlecht gezielt und damit nicht effektiv. Er brauchte ganze fünfzehn Minuten, um zwei breite Breschen in die Lehmmauer zu schießen und die Kanone im Dorf zum Schweigen zu bringen. Ein glücklicher Schuß hatte das Pulvermagazin in die Luft gejagt.

Die Infanterie formierte sich zum Angriff und marschierte mit aufgepflanztem Bajonett auf die zerstörte Mauer zu, Colonel Cockayne allen voran. Die Männer verschwanden im Rauch und jubelten dabei.

Phillip wartete entsetzt und bedrückt. Aufstand und Rebellion mußten selbstverständlich bestraft werden, aber dieses ruchlose Abschlachten von Schuldigen und Unschuldigen hatte mehr mit billiger Rache als mit Gerechtigkeit zu tun. Sogar in Lucknow, wo Hunderte von Briten gefährdet waren, hatte Sir Colin Campbell Befehl gegeben, daß die siegreichen Truppen sich nicht an den Stadtbewohnern rächen durften. Und niemand hatte jenen Befehl mißachtet.

Sepoys und eingeborene Landesherren, die bewaffnet gegen die Briten revoltierten, mußten mit der Todesstrafe rechnen, das stimmte – aber nie ohne Gerichtsverhandlung. Doch hier … Phillip spürte, wie sich sein Magen verkrampfte, als der ferne Lärm des ungleichen Kampfes ihn über das Stoppelfeld erreichte. Lightfoot freute sich wie ein kleiner Junge über das gute Ergebnis ihrer Beschießung. Phillip fuhr ihn an, er solle die Reservemunition überprüfen, und meinte dann entschuldigend: »Lassen Sie die Männer ihr Mittagessen kochen, Mr. Lightfoot. Es sieht so aus, als ob wir uns hier noch einige Zeit aufhalten werden.«

Eine halbe Stunde später kam George Crawford aus dem brennenden Dorf mit der Nachricht, daß es evakuiert werde. »Es ist ein einziger Trümmerhaufen, Hazard«, sagte er. Er schwang sich steif aus dem Sattel und nahm diesmal gern Phillips Angebot eines Schlucks aus seiner Flasche an. Er trank durstig.

»Danke ... das habe ich dringend gebraucht.« Er gab die Flasche zurück, und seine Hand zitterte dabei sichtbar. »Cockayne sagt, er wolle seine jungen Soldaten Blut lecken lassen. Und das hat er, beim Himmel, getan. Er ließ sie mit den Bajonetten los, und die Burschen kennen natürlich keinen Unterschied zwischen Rebellen und harmlosen Bauern. Ihnen reicht, daß alle dunkle Haut haben!«

»Warum geschieht das hier?« wollte Phillip bedrückt wissen. »Ich dachte immer, Cockayne wollte nur die eigenen Leute in Ghorabad retten!«

Crawford seufzte. »Gestern abend verriet er, daß er auf seiner Flucht aus Ghorabad Hilfe bei den Dorfbewohnern von Betarwar suchte. Die haben sie ihm verweigert. Sie haben ihn zusammengeschlagen und ihn ausgeraubt.«

»Ja, aber ...«

»Ich weiß, ich weiß«, sagte der Stabsoffizier müde. »Das ist hier seine ganz persönliche Rache. Aber er kann den heutigen Angriff gut begründen – unsere unerfahrenen Soldaten mußten ihre erste Lektion lernen. Praktisch alle Dörfer im Oudh haben sich gegen uns erhoben, Hazard – britische Flüchtlinge wurden überall mißhandelt, viele wurde totgeschlagen, darunter Frauen und Kinder – erbarmungslos! Die moslemischen *talukdars** und ihre Hintermänner haben die Belagerung der Garnison von Lucknow aktiv unterstützt. Sie und der Hindu Rajwana kämpften Seite an Seite gegen die Truppen des alten Havelock. Sie haben verhindert, daß er schon im August sein Ziel erreichte. Es ist jetzt höchste Zeit, es ihnen heimzuzahlen.«

* talukdar: indischer Grundbesitzer (Anm. d. Ü.).

»Aber Colonel Cockayne führt doch eine Entsatztruppe«, korrigierte ihn Phillip. »Sir Colin Campbell gab ihm diese Truppen mit der klaren Vereinbarung, daß er sie nur zu diesem einzigen Zweck einsetzt. Das war doch die Verabredung, oder? Sicherlich habe ich die Aufgabe so verstanden, als ich mich freiwillig meldete. Ich habe mich nicht freiwillig gemeldet, um Frauen und Kinder abzuschlachten, egal welcher Hautfarbe. Wir sind nichts als gemeine Mörder, wenn wir hier so weitermachen. Mörder wie die Pandies, Crawford, und das zu einer Zeit, in der Christen Frieden und Verständnis allen Menschen predigen.«

»Ich verteidige Cockayne nicht«, schränkte Crawford ein. »Ich sage nur, er kann sich rechtfertigen für das, was hier heute geschah … falls ihn jemand danach fragt. Er ist noch nicht am Ende, wissen Sie. Er hat vor, eine richtige Exekution durchzuführen.«

»Will er den Bruder des Newab exekutieren? Wann?«

»Jetzt, nehme ich an. Das Verfahren wird noch kürzer sein als das der Männer, die er gestern abend auspeitschen ließ.« George Crawford holte wieder tief Luft und trat zu seinem wartenden Pferd. »Das ist eine beschissene Art, Weihnachten zu feiern. Aber … ich gehöre zum Gericht, also reite ich besser zurück und bringe es hinter mich.«

»Wollen Sie nicht bleiben und mit uns essen?« fragte Phillip.

»Nein – danke.« Crawford deutete nach vorn. Aus den rauchenden Trümmern näherte sich durch das Haupttor ein kleiner Zug. »Der Gefangene ist mit einer Eskorte bereits auf dem Weg, wie ich sehe. Die Verhandlung wird nicht lange dauern. Das Hängen will ich nicht unbedingt miterleben. Kann ich also zurückkehren und Ihr freundliches Angebot dann noch annehmen?«

»Natürlich, mein lieber Freund«, wiederholte Phillip seine Einladung. »Ich werde auf Sie warten.«

Wie Crawford vorhergesagt hatte, war die Verhandlung schnell vorüber. Er kam nach nicht ganz einer halben Stunde zurück. Der gutaussehende Mann war sehr bedrückt. Sein Stew nach Marineart aß er schweigend. Phillip spürte, daß irgend etwas ihn entsetzt hatte, doch er schwieg taktvoll, weil er von seinem Gast keine Erklärung erzwingen wollte.

Sie hockten im Schatten des Hains, während nicht weit entfernt die Vorbereitungen für das Hängen schnell getroffen wurden. Bis auf die Posten und die Kavallerie-Patrouille traten die Truppen in einem offenen Viereck um den Baum herum an, der als Galgen ausgesucht worden war. Da kein Signal für allgemeines Sammeln gegeben worden war, ließ Phillip seine Männer an ihren Kanonen. Er fühlte keinerlei Verpflichtung, sie bei der barbarischen Zeremonie zuschauen zu lassen. Schließlich war es ihm nicht befohlen worden.

Unter dem Wirbeln der Trommeln wurde der *talukdar* mit auf dem Rücken gefesselten Händen halb auf den Wagen gestoßen, halb gehoben, der unter dem Baum stand. Man legte ihm die herabhängende Schlinge um den Hals. Phillip war zu weit weg, als daß er den Gesichtsausdruck des Mannes erkennen konnte. Der stand gerade erhoben da, ohne ein Zeichen der Furcht. Dann gab es einen kurzen Befehl. Die Pferde, die vor den Wagen gespannt waren, trieb ein Peitschenhieb an. Einen Augenblick später hing ein zuckender Körper am Baum, ruckte noch ein paar Mal und kam dann zur Ruhe – eine schlaffe Figur in schmutzig-weißer Kleidung.

»Das war's also«, sagte Crawford. »Der Bursche war natürlich schuldig, also bedrückt mich sein Tod nicht sonderlich. Und das Verfahren war ebenfalls fair, wenn auch kurz. Aber … während der Verhandlung sagte er etwas, was mir Sorge bereitet. Vielleicht hat er gelogen. Das ist nicht unwahrscheinlich, denn ihm war klar, was ihn erwartete. Nur …« Er unterbrach sich und runzelte die Stirn.

»Was hat er denn gesagt?« wollte Phillip wissen.

»Er sagte, die Garnison von Ghorabad habe sich seinem Bruder, dem Newab, ergeben. Die Überlebenden würde man als Geiseln zurückhalten.«

»O Gott!«

»Ja … Da muß man natürlich an General Wheelers Garnison denken und das entsetzliche Haus, in dem die Geiseln des Nana ermordet wurden«, sagte Crawford bitter. »Und das ist nicht gerade ein gelungener Trost!«

Phillip schauderte. »Nein, ganz und gar nicht. Ich ...« Er spürte, wie bedrückt sein Gegenüber war, und schob seine eigenen Erinnerungen weg. George Crawford war natürlich voller Sorgen um das Mädchen, das er zu heiraten hoffte, die junge Andrea, Tochter des Colonel, aber ... Absichtlich skeptisch klingend sagte er deshalb: »Vielleicht hat der Bursche ja wirklich gelogen. Wie hat der Colonel denn reagiert? Doch sicher ...«

»Er war nicht dabei«, antwortete Crawford. »Ich war Vorsitzender des Kriegsgerichts, und alle anderen waren Offiziere Königlicher Regimenter, die kein Hindi verstehen. Ich sagte dem Dolmetscher, er solle die Klappe halten, aber natürlich ... Ich muß das Cockayne melden, das ist doch klar!« Er zögerte, sein heftiger Puls wurde an einer Ader zwischen Unterkiefer und Hals sichtbar. »Behalten Sie das bitte für sich, Hazard!«

»Natürlich, selbstverständlich. Gibt es noch was?«

»Ja, leider. Hassan Khan behauptete, die Garnison von Ghorabad habe sich schon vor langer Zeit ergeben.« Hilflos streckte Crawford seine Hände aus. »Und das bedrückt mich am allermeisten, Hazard!«

Phillip starrte ihn überrascht und entsetzt an. »Ich begreife nicht ... um Himmels willen, wie lange soll denn das schon hersein? Was meinen Sie denn bloß? Wußte der Colonel etwa schon davon, daß sie sich ergeben haben sollen, ehe wir aufbrachen?«

Zögernd nickte Crawford.

»Er muß es gewußt haben, wenn Hassan Khan die Wahrheit gesagt hat. Er ... Also, er beharrte darauf, daß der Colonel ein paar Stunden vor der Übergabe geflohen ist!«

Das erinnerte Phillip an Colonel Cockaynes wütende Reaktion auf Phillips Frage nach seinem Entkommen. Phillip holte tief Luft.

Mit Widerwillen berichtete Crawford weiter: »Der Bursche warf Cockayne vor, oder versuchte es, bis ich ihm Schweigen gebot, daß er seine eigenen Leute im Stich gelassen habe. Seine eigene Frau und seine eigene Tochter – um Himmels willen. Können Sie sich das bei ihm vorstellen?«

Langsam schüttelte Phillip den Kopf. »Nein«, sagte er dann, »das kann ich nicht. Das ist nur Hassan Khans Version. Cockayne hat immer behauptet, er entkam, um Hilfe für seine Garnison zu holen, und das hat er ja auch versucht, selbst wenn seine Bitten um britische Truppen lange Zeit auf taube Ohren stießen. Er zog sich sogar den Zorn von Sir Colin Campbell zu, um sie zu bekommen!«

»Ja, das ist wahr.« George Crawford stand auf und begann ruhelos auf und ab zu gehen. Schließlich kam er zu einem Schluß und blieb Phillip gegenüber stehen und sah ihn direkt an. »Verstehen Sie bitte, Hazard, zwischen Colonel Cockayne und mir steht es nicht zum besten. Aber ich klage ihn nicht an. Ich wiederhole nur, was der Gefangene ausgesagt hat. Einen Beweis hat er nicht angeboten. Er gab zu, damals nicht in Ghorabad dabeigewesen zu sein. Aber die Aussage machte er, als er dem Tod bereits ins Gesicht sah. Welches Motiv sollte er also gehabt haben, wenn es nicht wahr sein sollte?«

»Haß«, meinte Phillip nachdenklich. »Der Wunsch nach Rache … was weiß ich«, fügte er hinzu.

Crawford seufzte. »Ohne Zweifel war er voller Haß – und natürlich aus gutem Grund. Seine Leute waren getötet worden, sein Dorf brannte gerade nieder, er selber sah einem ruhmlosen Tod entgegen – o ja, da kann ihn Haß geleitet haben, das muß ich zugeben. Und daher hat er vielleicht gelogen. Aber das bringt mich in eine teuflische Lage. Ich muß Cockayne gegenüber als Soldat natürlich loyal sein – was auch immer uns in der Vergangenheit getrennt hat. Und dennoch …«

»Sie überlegen also, ob Sie ihm berichten müssen, was der Gefangene ihm vorwarf – die ganz persönlichen Aussagen also?«

»Ja, darum geht es«, sagte der Offizier der Eingeborenen-Infanterie. »Denn wenn es wahr sein sollte, kann ich's nicht einfach verschweigen. Das geht doch nicht, lieber Himmel.«

»Falls es wahr ist«, sagte Phillip mit fester Überzeugung. »Das werden wir sehr bald wissen, mein lieber Freund.«

»Wie wollen wir das erfahren? Cockayne wird nie etwas zugeben!«

»Nein, vermutlich nicht. Aber in den nächsten ein, zwei Tagen werden wir feststellen, ob wir eine Entsatztruppe sind oder zu einer Strafexpedition gehören. Und wir werden dann auch wissen, ob das Fort von Ghorabad noch in britischen Händen ist!«

George Crawford blickte erleichtert auf. »Ja, Sie haben recht«, stimmte er zu. »Aber wie auch immer, es ist meine Pflicht zu melden, was Hassan Khan vor Gericht ausgesagt hat. Colonel Cockayne führt uns, er muß wissen, daß sich die Garnison von Ghorabad vielleicht schon ergeben hat.«

»Ja, darüber müssen Sie ihn informieren«, pflichtete Phillip ihm bei. »Anders würden Sie ohne Zweifel Ihre Pflicht verletzen. Aber wenn Sie meinen Rat annehmen, Crawford, dann belassen Sie es dabei!«

»Kann ich das wirklich?«

»Ich glaube, das wäre klug, mein lieber Freund. Man richtet nur Schaden an, der nicht wiedergutzumachen ist, wenn man die nicht bewiesenen Behauptungen eines zum Tode verurteilten Rebellen wiederholt. Wenn Hassan Khan gelogen hat, wird der Colonel nie vergessen, daß Sie solchen Anklagen gegen ihn geglaubt haben. Wenn andere sie auch gehört und verstanden haben, wäre das etwas anderes. Dann müßte man es ihm sagen. Aber jetzt in dieser Situation ...« Phillip zuckte mit den Schultern. »Aber es ist natürlich Ihre Entscheidung.«

»Ja. Danke. Sie haben mir einen guten Rat gegeben, Hazard, dafür danke ich Ihnen sehr.« George Crawfords Züge entspannten sich. »Ich bin eben bei all dem persönlich betroffen, wie Sie jetzt wissen, und darum sah ich die Lage nicht objektiv. Ich werde jetzt dem Colonel sofort Meldung machen. Lieber Gott, ich hoffe, daß Hassan Khan gelogen hat. Wenn das arme Kind in den Händen des Newab sein sollte, dann werde ich ...« Er brach ab und grub seine Zähne in die Unterlippe, versuchte Haltung zu gewinnen. »Nochmals vielen Dank, Hazard, ich komm' zurück, sobald wir das Lager aufschlagen!«

Er stieg in den Sattel und ritt davon. Phillip schaute ihm hinterher. Nachdenkliche Falten zerfurchten seine Stirn, doch viel Zeit zum Nachdenken blieb ihm nicht. Wieder klangen die Signalhörner. Midshipman Lightfoot trabte heran und bat höflich, die Kanonen wieder aufprotzen zu dürfen. Nach 30 Minuten war der Zug wieder nach Osten unterwegs und ließ die qualmenden Ruinen des Dorfes Betarwar hinter sich, die bald unter dem eigenen Staub versinken würden.

5

Auf dem Weitermarsch wurde das Singen erlaubt. Die Männer marschierten locker und mit brennenden Pfeifen und nutzten die unerwartete Erleichterung der bisher so strengen Disziplin. Doch bezeichnenderweise sangen sie kein einziges Weihnachtslied.

Die Moral der jungen Soldaten hatte sich deutlich gebessert. Sie hatten die Feuertaufe überstanden, hatten dem Feind einen Schlag versetzt, hatten dabei nur wenige Ausfälle gehabt. Jetzt marschierten sie mit stolz erhobenen Häuptern, tapfere junge Männer, die ihre Erschöpfung und ihren Widerwillen vergessen hatten. Noch immer klang das Lob des Colonel in ihren Ohren.

Auch die, die das Blutvergießen haßten, behielten ihre Gefühle für sich, weil sie sich nicht lächerlich machen wollten. Ihre Kameraden wiederholten immer wieder das Wort Cawnpore, und einige Unteroffiziere hatten es sogar herausgebrüllt. Sie sagten sich, sie hätten nur das gräßliche Massaker an ihren Landsleuten am Suttee Chowra Ghat gerächt und das noch schrecklichere Abschlachten Unschuldiger im Gelben Haus, dessen entsetzliche Mahnmale alle Männer mit eigenen Augen gesehen hatten, auch wenn sie sich nur kurz in Cawnpore aufgehalten hatten. Insgesamt fragten nur wenige nach Gerechtigkeit bei den Vorfällen von Betarwar.

In dieser Hinsicht hatte Colonel Cockayne recht behalten, dachte Phillip. Aber … er schaute sich um und hörte laute Stimmen, wenn das Singen verstummte.

»Auge um Auge«, hörte er einen grimmigen Korporal sagen. »Das steht doch in der Bibel, oder? Die haben bekommen, was sie verdienten. Wir haben ihnen nichts angetan, was sie nicht auch uns angetan haben. Und was soll schon Weihnachten? Das spielt keine Rolle. Und wenn jemand sagt, heute wurden auch Frauen und Kinder getötet, das sollte nicht sein, dann soll er sich mal das Gelbe Haus in Cawnpore ansehen, dann wird er schon anders denken.«

»Stimmt, Korporal«, rief ihm ein junger Rekrut aufgeregt zu. »Wir werden den schwarzen Schweinen schon zeigen, um was es geht. Laßt uns mal nur mit dem Bajonett an sie ran. Wenn wir mit den Männern fertig sind«, meinte er prahlend, »sollen sie uns die Frauen geben, denen zeigen wir es auch. Ich zeig's ihnen, so wie heute. Die weinten und schrien um Gnade, aber wir haben's ihnen gegeben, weiß Gott.«

Devereux, der ruhig neben der ersten Kanone marschierte, sah Phillip an, nahm die mitgenommene Tonpfeife aus dem Mund und spuckte verächtlich in den Staub vor seinen Füßen. »Lieber Gott, Sir, wie diese jungen Hähne krähen«, meinte er zynisch. »Man könnte meinen, sie haben eben die ganze Pandy-Armee zurückgeworfen und den Nana auch. Statt dessen haben sie auf ein paar armselige Bauern eingehauen, die mit Knallbüchsen bewaffnet waren. Wie auch immer, Sir, wir haben mit unseren Raketen ihre Arbeit erledigt. Sie mußten dann nur noch rein und aufwischen. Aber Cawnpore hin, Cawnpore her, es gab keinen Grund, sie auf Frauen und Kinder loszulassen. Jedenfalls denke ich das, wenn Sie mir erlauben, das frei zu äußern, Sir. Wir lassen uns auf das Niveau der Rebellen herab, meiner unmaßgeblichen Meinung nach. Da war heute nichts von *noblesse oblige*.«

Bekümmert stellte Phillip fest, daß das genau seiner Ansicht entsprach. Colonel Cockayne hätte die Moral seiner Männer heben können, ohne die Exzesse zuzulassen, die er ganz offensichtlich erlaubt hatte. Selbst alten, erfahrenen und disziplinierten Truppen sollte nie erlaubt werden, über die Stränge zu schlagen. Bei diesen jungen Rekruten könnte dieses triumphale Gefühl fatale Folgen haben.

»Laß uns beten, daß sich das von heute nicht wiederholt, Herr«, sagte er mit leiser Stimme.

»Aye, Sir.« Devereux klang unbewegt. »Das und die Auspeitscherei. Aber ich werde das verdammte Gefühl nicht los, daß wir nur deswegen hier sind, Sir – wenn ich das mal offen sagen darf. Unsere Männer mögen das überhaupt nicht, auch nicht, daß es heute morgen keinen Gottesdienst gab … am

Weihnachtstag, Sir! Ja, selbst im Schwarzen Meer, wo Decks und Rigg unter Eis lagen, gab's zu Weihnachten Gottesdienst!«

»Ja«, stimmte Phillip ihm zu und erinnerte sich. »Auf jedem einzelnen Schiff der Flotte. Aber wir unterstehen dem Heer, Devereux und ...«

»Was für eine Führung, Sir, wenn ich das mal sagen darf!« meinte Devereux vorsichtig. Auch er sprach jetzt leiser, als er fortfuhr: »Oates sagt, sie hätten da ein paar Frauen vergewaltigt und sie dann lebendig in den Hütten verbrannt. Wie Tiere, Sir, nicht wie britische Soldaten. Aber man hat sie das tun lassen, Sir, sagte Oates.«

Oates hatte als Vollmatrose eine lange Dienstzeit hinter sich, erinnerte sich Phillip. William Peel hatte ihn wegen Insubordination und Trunkenheit auf der Reise stromauf von Kalkutta her degradiert. Doch er war gebildeter als die meisten anderen, und die Männer hörten auf ihn.

»War Oates dabei?« wollte er wissen.

»Nein, nein, Sir«, wehrte Devereux ab. »Aber er hat mit ein paar Soldaten gesprochen. Er sagte, sie durften aus den eigenen Vorräten Arrak trinken, soviel sie wollten, ehe sie ins Dorf eindrangen. Und Sie wissen, was Oates vom Trinken hält, seit Captain Peel ihm seinen Rang nahm, Sir. Er ist jetzt Fanatiker.«

»Ja, ich weiß. Ich werde mit ihm reden, ehe wir das Lager aufschlagen.«

»Aye, aye, Sir.« Devereux klopfte seine Pfeife aus, sah Phillip forschend ins Gesicht und meinte dann grinsend: »Wollen wir unsere Leute nicht wieder aufrichten, Sir? Sie sollen mal *Shenandoah* singen und *Way down to Rio*, das tut der Seele gut.«

»Natürlich«, stimmte Phillip ihm erleichtert zu. »Fangen Sie an!«

Doch seine eigene Stimmung blieb bedrückt, trotz der fröhlichen Lieder. Sie war ganz unten, als der Zug in der Abenddämmerung das Lager aufschlug und George Crawford wieder auftauchte.

»Nun?« wollte er neugierig wissen, »haben Sie dem Colonel gemeldet, daß die Garnison in Ghorabad sich dem Newab ergeben haben könnte?«

»Ja, das habe ich gemeldet.« Er klang schärfer als sonst, und seine Augen blitzten. »Er hielt das für blanken Unsinn. Er beharrt darauf, daß seine Melder ihm berichten, die Garnison sei weiter in britischen Händen.«

»Berichte? Woher kriegt er Berichte?«

»Das weiß ich nicht – er vertraut mir nicht, sagt nur, daß er sie bekommt. Ich nehme mal an, die Pandshab-Kavallerie liefert sie ihm.«

»Dann könnten sie stimmen, nehme ich an«, meinte Phillip ganz und gar nicht überzeugt. »Aber als sein Stabschef …«

»Das bin ich nicht mehr«, sagte Crawford müde. »Er zweifelt an meiner Loyalität, also hat er mich von diesen Pflichten entbunden, Hazard.«

»Von Ihren Pflichten entbunden?« Ungläubig starrte Phillip ihn an. »Ihre Loyalität wird in Zweifel gestellt? Haben Sie ihm alles gemeldet, was dieser verdammte *talukdar* in der Verhandlung sagte? Sie haben doch seine persönlichen Anschuldigungen nicht erwähnt, oder doch?«

Crawford schüttelte den Kopf. »Nein, ich habe mich an Ihren Rat gehalten. Aber ich konnte seinen Plan mit meinem Gewissen nicht vereinbaren, Hazard, weder als Soldat noch als Mann. Und das hält er für illoyal. Wenn ich jetzt nicht gegangen wäre, hätte er mich unter Arrest gestellt.«

»Lieber Himmel, ist er denn von allen guten Geistern verlassen? Oder ist er etwa betrunken?«

Crawford zuckte enttäuscht mit den Schultern. »Nein, nein. Er war absolut nüchtern. Und was seine Gesundheit angeht, da kenne ich mich nicht aus. Aber so viel kann ich Ihnen sagen«, er zögerte einen Augenblick, aber dann brach es aus ihm heraus, »er sagte mir, er werde die gleiche Taktik von heute wieder anwenden – er wird Dörfer verbrennen und ihre Einwohner umbringen und das Land bis nach Ghorabad hin verwüsten. Er glaubt, daß er den Newab damit zwingen kann, herauszukommen und sich zum Kampf zu stellen.«

»Ich verstehe.« Phillip fühlte, wie ihm übel zu werden drohte. Jetzt war ihm alles klar, aber angesichts Crawfords persönlicher Interessen zögerte er einen Augenblick, ehe er sich äußerte. Schließlich sagte er, wobei es ihm schwerfiel, seine Stimme zu beherrschen: »Aber wenn er so vorgeht, während die Garnison als Geiseln zurückgehalten wird, riskiert er ihr Leben immer mehr! Noch so ein Tag ruchlosen Mordens an Schuldigen und Unschuldigen, dann bringt er den Newab eher dazu, die Geiseln zu exekutieren als sie am Leben zu erhalten – ganz egal, ob er sich zum Kampf stellt oder nicht.«

»Das sehe ich auch so.« Crawford bemühte sich tapfer, seine Gefühle zu beherrschen. »Das versuchte ich Colonel Cockayne zu sagen. Ich bat ihn, sicherzustellen, daß die Garnison noch aushält, ehe er sich auf Weiteres einläßt. Ich habe mich sogar freiwillig gemeldet, einen kleinen Reitertrupp bis vor Ghorabad zu führen – und zwar heute nacht. Das könnte alle Zweifel ausräumen. Aber er wollte nichts davon wissen. In just dem Augenblick hat er mich von meinen Pflichten entbunden. Er ... Hazard, Sie müssen jetzt in Gottes Namen etwas unternehmen, Sie müssen das im Namen der Menschlichkeit. Ich habe getan, was ich konnte. Die armen, unglücklichen Menschen müssen gerettet werden, wenn es irgend möglich ist. Wir können ein zweites Cawnpore nicht zulassen.«

Sein Gesicht glich in dem schwachen Licht einer weißen, schmerzverzerrten Maske. Phillip sah es tief beunruhigt und antwortete erst dann. Er wußte, welche Qualen der Mann durchlitt und sich dennoch Mühe gab, die Situation leidenschaftslos zu analysieren. Alle seine früheren Zweifel, Colonel Cockaynes Motive betreffend, hatten sich mit voller Wucht wieder eingestellt.

Aber Cockayne hatte das Kommando. Kein untergebener Offizier durfte seine Befehle anzweifeln, und genau das hatte Cockayne überaus klar gemacht. Er handelte nicht unüberlegt, auch das hatte er verlauten lassen. Und seine Informationen über die Lage in Ghorabad, woher immer er sie haben mochte, waren vielleicht verläßlicher als die Aussagen eines totgeweihten *talukdar*, der mit seinem brennenden Dorf vor Augen voll Bitterkeit und Bosheit gelogen haben mochte.

»Hazard, Sie sind nach Cockayne der ranghöchste Offizier«, sagte Crawford. »Er ist Kommandeur, aber Sie haben den gleichen Rang, oder?«

»Ja«, gab Phillip ungern zu. »Aber was heißt das? Ich habe einen Marinerang. Ich darf mich in einer gemischten Truppe nicht mit dem soldatischen Befehlshaber querlegen, und ich ...«

»Aber Captain Peel hat im Rang eines Kapitäns doch in Kujawa das Kommando über eine gemischte Truppe übernommen.«

»Nur, weil der Heeresbefehlshaber fiel und der größte Teil der Truppe aus Seeleuten und Seesoldaten der *Shannon* bestand. Das ist also kein passendes Beispiel.« Sie bewegten sich auf gefährlichem Grund, wurde Phillip schmerzhaft deutlich. George Crawford war überanstrengt, seine Gefühle hatten ihn im Griff ... was nur verständlich war, denn das Mädchen, das er liebte, war in Ghorabad, und ihretwegen verlor er vor Angst fast den Verstand. Mitfühlend legte Phillip ihm die Hand auf den Arm.

»Sie wissen, ich werde alles tun, was in meiner Macht steht«, begann er. Doch dann spürte er, daß dieser Freund weder Plattitüden noch vage Versprechungen erwartete. Also fügte er schnell hinzu: »Ich bezweifle, daß Colonel Cockayne auf mich hören wird, aber wenn Sie wollen, werde ich mit ihm reden. Ich hoffe, ich kann wenigstens herausbekommen, woher er seine Berichte bekommt und wie verläßlich sie sind. Und ...«

»Ich fürchte, Sie werden mehr tun müssen, als nur zu reden«, warnte Crawford ihn. »Aber wenn Sie ihn wenigstens dazu bringen könnten, sich zurückzuhalten, bis wir ganz sicher sind, ob die Garnison in Ghorabad sich ergeben hat oder nicht, dann hätten Sie mir eine gewaltige Last abgenommen. Ich bin immer noch mehr als bereit, einen Spähtrupp dorthin zu führen, um die Wahrheit herauszufinden – sagen Sie ihm das bitte auch. Und gehen Sie bitte jetzt, Hazard. Sie kann er ja wohl kaum von Ihren Pflichten entbinden.«

»Jetzt – ehe er gegessen hat? Wäre es nicht besser zu warten, bis er sich ein bißchen beruhigt?« fragte Phillip bedrückt. »Wenn er immer noch vor Wut schäumt, wenn ich mit ihm reden will, dann wird das unserer Sache nicht sehr förderlich sein. Jetzt brauche ich erst einmal ein paar Tatsachen und Argumente, die ich ihm vortrage, damit er mir überhaupt zuhört.«

George Crawford deutete auf den dunkler werdenden Himmel. »Sie haben wenig Zeit, mein Freund. Gott allein weiß, was gerade in Ghorabad geschieht ... aber ich denke, eine halbe Stunde macht keinen Unterschied. Was möchten Sie also wissen?«

Phillip zögerte und dachte nach. »Also, als Marineoffizier verstehe ich leider gar nichts von militärischer Strategie und der Politik der indischen Regierung. Aber nehmen wir mal an, die Garnison hält sich noch, und der Colonel versucht, den Newab in offenes Gelände zu locken ... könnte er dann die geplante Taktik rechtfertigen? Das Verbrennen der Dörfer der Eingeborenen, das Abschlachten von Bauern und ihrer Familien?«

»Sie meinen, falls er sich vor einem Untersuchungsausschuß verantworten muß?«

»Ja. Unter vergleichbaren Umständen müßte ein Marineoffizier seine Handlungen zur Zufriedenheit der Lordschaften der Admiralität erklären. Könnte Cockayne alles erklären?«

»Wenn seine Strategie erfolgreich ist, könnte das der Fall sein – ja.« Crawford hob die Schultern. »Sir Colin Campbell würde das nie akzeptieren, aber es gibt hier genügend Meinungen, alle Landesherren und Bauern von Oudh als Rebellen anzusehen. Sie haben sich bewaffnet gegen uns erhoben. Also muß man scharf und blutig zurückschlagen. Der Newab ist ein ausgewiesener Rebell, auf den ein Kopfgeld ausgesetzt ist. Darum kann jede Strafexpedition gegen ihn oder seine Leute im gegenwärtigen Klima mit offiziellem Wohlwollen rechnen ... immer vorausgesetzt, er hat Erfolg. Wenn nicht ...«

»Glauben Sie, daß Cockayne mit seiner Taktik Erfolg haben kann?« warf Phillip ein. »Ich frage nach Ihrer beruflichen Meinung, Crawford – antworten Sie ohne persönliche Gefühle, bitte!«

»Ich verstehe.« Crawford war ruhiger geworden, obwohl er noch immer sehr schwitzte. Er murmelte eine Entschuldigung, als er sich das Gesicht mit einem feuchten Taschentuch abwischte. »Ich muß zugeben, daß eine solche Taktik Erfolg haben könnte. Bei unserer Art der Kriegsführung gibt es keine Sicherheit. Doch nach meiner Meinung könnte diese Strategie uns ebenso ins größte Schlamassel führen. Und offen gesagt, lieber Hazard, fürchte ich genau das. Der Newab hat seine Truppen nur in Ghorabad. Die Pandy-Regimenter sollen vor Lucknow stehen. Unter normalen Umständen würde der Newab sich also nur verteidigen. Aber eine Reihe wilder Angriffe auf seine Dörfer könnte ihn ziemlich sicher herauslocken. Aber diese Angriffe werden auch jede Zamindari-Einheit in der Gegend herauslocken, die auf Rache versessen ist. So kann der Newab seine Truppen verdoppeln, vielleicht in ein paar Tagen verdreifachen. Wenn er sich dann entscheidet, uns anzugreifen, kann er wahrscheinlich das Schlachtfeld aussuchen oder uns überfallen. Und mit ungeübten Männern wie diesen ...«

Er breitete die Arme in einer hilflosen Geste aus. »Wenn er uns überfällt oder uns ohne Warnung auf offenem Feld angreift – lieber Gott, da könnte Cockayne mehr als ernste Probleme bekommen. Er könnte bereits mehr als die halbe Truppe verloren haben, ehe er sie zum Kampf aufgestellt hätte. Unsere Kanonen und Raketen und unsere Minié- und Enfield-Gewehre würden uns letztendlich wahrscheinlich den Sieg bringen, aber unsere Verluste wären entsetzlich. Man darf diese Zamindari-Krieger nicht unterschätzen, wissen Sie. Sie kämpfen sehr tapfer – in vielen Fällen sogar besser als die Pandies. Und sie haben Kavallerie und Kanonen. Vor allem wissen sie sie zu gebrauchen.«

»Ja, das weiß ich. Ich war mit Captain Peel in Kudjwa«, gab Phillip zu. »Sie haben wie die Tiger gekämpft. Die Sepoys haben als erste nachgegeben. Aber fahren Sie bitte fort, ich wollte Sie nicht unterbrechen. Es geht wieder um Ihre berufliche Ansicht. Was sollte Colonel Cockayne in dieser Situation tun, abgesehen von einem Spähtrupp, den er nach Ghorabad schickt? Was würden Sie tun, wenn Sie hier das Kommando hätten?«

Der Offizier der Eingeborenen-Infanterie runzelte die Stirn. »Das ist eine verdammt schwierige Frage. Zuerst mal hätte ich Betarwar deutlich links liegengelassen. Das ist wohl klar.« Er seufzte. »Wir haben nur eine kleine Truppe, Hazard. Aber sie ist sehr beweglich und für den Zweck, zu dem sie aufgestellt wurde, bestens geeignet, also für einen schnellen Vormarsch auf Ghorabad, um die Garnison zu retten und ebenso schnell wieder nach Cawnpore zurückzukehren. Und genau das hätte ich getan, und das sollte nach meiner Überzeugung Cockayne jetzt auch noch tun ... ob die Garnison sich nun ergeben hat oder immer noch standhält. Keine Strafexpedition, man kann auch auf andere Weise Moral aufbauen. Auf dem Weg sollte man in kein Hornissennest stechen, sondern drei Tage lang marschieren, um das Ziel zu erreichen. Das hätte er auch tun können. Wenn wir heute Betarwar nicht angegriffen hätten, hätten wir Ghorabad unbehelligt erreichen können.«

»Wirklich? Sind Sie davon fest überzeugt, Crawford?«

»Ja, ganz ehrlich«, versicherte ihm Crawford. »Die Bauern in Oudh haben ihre Pandy-Verbündeten bei Lucknow verlieren sehen, mehr als einmal bei Bithur und kürzlich erst wieder in Cawnpore. Sie wissen, was das bedeutet, und ich denke mir, sie werden uns unbehelligt lassen, schon aus Klugheit. Aber nun hat Cockayne sie aufgescheucht. Wenn er das, was er heute in Betarwar gemacht hat, irgendwo anders wiederholt, dann könnten nach meiner Meinung die Folgen verheerend sein. Ganz bestimmt für die armen Seelen in Ghorabad und vielleicht auch für uns ...« Er fuhr fort, erging sich in Einzelheiten. Doch Phillip hörte ihm kaum noch zu, seine Gedanken begannen zu rasen, er zog Schlüsse, die er noch vor einer halben Stunde als wahnwitzig bezeichnet hätte.

In Betarwar hat alles begonnen, dachte er. Es hatte mit

Colonel Cockaynes Beschluß begonnen, seine unerfahrenen Truppen Kampf schmecken zu lassen. Selbst George Crawford meinte vordem, so etwas rechtfertigen zu können.

Doch den Truppen war erlaubt worden, zuweit zu gehen. Erlaubt, verdammt noch mal? Sie waren zu Exzessen geradezu ermutigt worden! Er hatte einen bitteren Geschmack im Mund, als er an die Szenen dachte, die er mitangesehen hatte – wenn auch aus großer Distanz. Dieses prahlerische Gehabe der jungen Soldaten. Ein Matrose hatte berichtet, den Männern wäre ausdrücklich gestattet worden, die Arakvorräte der Dorfbewohner aufzubrechen – wer war dafür verantwortlich? Cockayne war dabeigewesen, er hatte die Truppe persönlich in das lodernde Dorf geführt. Wenn er mit dem Aufbrechen der Fässer nichts zu tun hatte, mußte er zumindest wissen, wer es gestattet hatte. Und daß er offensichtlich keinen Gegenbefehl gab, hieß, daß er schweigend damit einverstanden gewesen war.

Verantwortungsbewußte Truppenführer hatten das Saufen vor einem Kampf oder hinterher immer streng verboten. Alkohol führte zu Mord und Vergewaltigungen – ganz besonders dann, wenn die Männer durch Berichte über Grausamkeiten von Aufständischen schon erregt waren.

Sir Colin Campbell war sich solcher Gefahr immer bewußt und hatte entschlossen solche Exzesse verhindert. Er hatte harte Strafen über den Diebstahl von Alkohol verhängt.

Und selbst William Peel, der Auspeitschungen haßte, hatte bei mehr als einer Gelegenheit die Peitsche sprechen lassen, als herauskam, daß ein Seemann im Dienst Alkohol gestohlen hatte. Warum zum Teufel also hatte Colonel Cockayne so etwas zugelassen?

Vielleicht ... Phillip Hazard holte tief Luft. Falls er das Dorf Betarwar nicht absichtlich in Flammen hatte aufgehen sehen wollen, falls er die Bauern von Oudh nicht vorwarnen wollte, damit sie ... nein, das war doch unmöglich. Mit belegter Stimme sagte er: »Crawford, wenn wir direkt nach Ghorabad marschiert wären und Betarwar links liegengelassen hätten, hätte der Newab die Warnung dann auch verstanden?«

Crawford sah überrascht auf. »Ich kann Ihnen nicht ganz folgen. Der Newab ist ein ausgewiesener Rebell, wie ich Ihnen sagte. Auf seinen Kopf ist ein Preis ausgesetzt. Er weiß, daß er von der indischen Regierung oder den Militärbehörden keine Gnade erwarten kann. Er ...«

»Aber wenn man ihm Bedingungen angeboten hätte?«

»Bedingungen. Durch wen? Durch Colonel Cockayne, meinen Sie?«

»Ja«, bestätigte Phillip. »Sein Leben für die Übergabe der Geiseln. Oder falls die Garnison sich noch gegen ihn hält – als Tausch für die Aufgabe der Belagerung. Was meinen Sie, hätte er das angenommen? Wenn unsere Truppen vor seiner Tür stehen und er nur seine eigenen Soldaten zur Verteidigung der Stadt hat, wäre die Warnung für ihn klar und deutlich!«

»Lieber Gott.« Noch immer war Cockayne sichtlich entsetzt. »An diese Möglichkeit habe ich bisher noch nicht gedacht. Ich nehme an, er hätte unter solchen Umständen die Bedingungen, die man ihm bot, auch akzeptiert. Aber jetzt, nach Betarwar, wird er das nicht mehr tun. Lieber Gott, Hazard, Cockayne hat seinen Bruder aufgehängt.«

»Ja«, wiederholte Phillip grimmig. »Cockayne hat seinen Bruder gehängt und die Truppen in dem Dorf wie die Barbaren wüten lassen. Zu dem speziellen Zweck ging er selber dorthin, das hat er mir gesagt. Und jetzt hat er vor, das auch mit jedem Dorf bis nach Ghorabad zu tun. Warum, mein Lieber, warum? Sagen Sie mir: Was hat er vor?«

Das war sowohl eine Aufforderung als auch eine Frage. Phillip wartete und wünschte, daß sein Gegenüber ihm eine Erklärung bot, die seine Zweifel zerstreuen würden. Er spürte, wie sich Schweiß auf seinem Gesicht und seiner Stirn sammelte.

Noch immer sah George Crawford ihn leer an. Dann schien ihm ein Licht aufzugehen, und sehr zögernd sagte er: »Um es dem Newab unmöglich zu machen, die Bedingungen anzunehmen, kann ich nur vermuten. Er zwingt ihn, sich zu stellen und zu kämpfen. Und zwar nur deswegen, weil Cockayne die Schlacht will. Er will Rache nehmen und einen glorreichen Sieg erkämpfen, der seinen Ruhm mehrt, egal welch hohe Verluste er dabei hinnehmen muß. Ich ... Hazard, ich möchte Colonel Cockayne und keinem anderen britischen Offizier etwas Böses unterstellen. Das geht mir gegen den Strich. Und wir wissen nicht, ob er die Vollmacht hatte, dem Newab Bedingungen anzubieten, wenn er sich ergibt. Oder? Aber lieber Gott ... wenn Hassan Khan die Wahrheit sagt und er wirklich aus der Garnison geflohen war, dann ...«

Dann könnte nur ein glänzender Sieg die Ehre des Colonel wieder herstellen, dachte Phillip. Ein ruhmreicher Sieg und ... vielleicht eine tote Garnison. Er schaute zu George Crawford hinüber und fand seine eigenen unglücklichen Ängste in den Augen des älteren Mannes widergespiegelt.

»Ich will das um Gottes willen nicht glauben, beim Himmel, nein!«

Crawford sprach mit zitternder Stimme. »Aber es paßt alles zusammen, oder es beginnt zusammenzupassen. Doch seine Frau ist in Ghorabad, seine Frau und seine Tochter Andrea. Kein Mann von Ehre würde deren Leben aufs Spiel setzen – nein, das ist undenkbar.«

»Es sei denn, sie sind schon tot«, meinte Phillip trocken. »Und Cockayne weiß das!«

Jede Spur Farbe wich aus George Crawfords Gesicht. Er konnte einen Augenblick lang nicht einmal sprechen. Dann neigte er resigniert den Kopf. »Das scheint die einzige Erklärung zu sein. Die einzig logische Erklärung, warum er nicht direkt nach Ghorabad marschiert ist. Es sei denn, er wird gerade verrückt. Das könnte auch der Fall sein, Hazard!«

»Ja, möglich wär's«, meinte Phillip. Er seufzte, der Gedanke gefiel ihm nicht. »Also suche ich ihn jetzt am besten auf. Ich werde versuchen, ihn zu überreden, über seine Pläne von morgen noch einmal nachzudenken. Warten Sie hier bitte auf mich.« Er deutete auf das einladende Feuer der Marineeinheit. »Unser Essen wird bald fertig sein.«

»Danke«, sagte Crawford einsilbig. »Mir ist jetzt nicht nach Essen. Ich denke, ich rede mal mit dem Offizier der Pandshab-Kavallerie. Vielleicht kann er mir sagen, was für Berichte hier eingetroffen sind.«

Sie trennten sich, und Phillip machte sich auf die Suche nach Colonel Cockayne. Der Befehlshaber wollte gerade mit dem Essen beginnen, er saß allein an einem Feldtisch unter einem Dach verwachsener Zweige. Seine Ordonnanz drehte an einem Biwakfeuer ein paar Schritte entfernt einen Spieß, an dem zwei Hühner rösteten.

»Ach, Hazard. Sie wollte ich gerade treffen!« Der Gruß klang freundlich. Cockayne schien die etwas heftige Auseinandersetzung am Morgen vor Betarwar vergessen zu haben, denn er zeigte auf die Hühner am Rost. »Die Früchte des Sieges. Setzen Sie sich und teilen Sie sie mit mir!«

Phillip zögerte. Wie dem armen Crawford war auch ihm nicht nach Essen zumute. Und noch weniger nach gestohlenen Hühnern bei einem Mann, der befohlen hatte, das Dorf, aus dem sie stammten, dem Erdboden gleichzumachen. Doch er gab sich Mühe, seine wahren Gefühle nicht zu zeigen, und entschuldigte sich höflich, wenn auch nicht ganz ehrlich.

»Danke, Sir, ich habe schon gegessen!«

»Dann setzen Sie sich zu mir auf einen Schluck«, lud Cockayne ihn ein. Er rief einen kurzen Befehl, und Eingeborene erschienen aus dem Schatten und setzten Gläser und einen lederumhüllten Reisedekanter auf den Tisch vor ihm.

»Ich wollte nur mit Ihnen über den morgigen Marsch sprechen, Colonel«, begann Phillip, »nicht Ihre Mahlzeit unterbrechen. Was ich sagen will, hat eine gewisse Eile und dauert nicht lange ...«

»Ach, Unsinn, mein lieber Commander. Nehmen Sie sich Zeit für einen Drink, um Himmels willen. Sie haben weiß Gott einen verdient nach der guten Arbeit Ihrer Kanonen und Raketen heute morgen.« Über sein rundes rotes Gesicht glitt ein breites Lächeln, während er freigebig Whisky in die Gläser goß. »Wasser müssen Sie sich selber nehmen, wenn Sie mögen. Ich persönlich tue das nie. Das hier ist ein Malzwhisky aus dem Hochland, zu gut, um ertränkt zu werden.« Er probierte den Whisky genußvoll, rollte ihn über die Zunge und nickte dann seiner Ordonnanz zu, die sich mit einem Huhn näherte. »Es macht Ihnen doch nichts aus, daß ich esse, weil das Huhn gerade gar ist? Ich möchte mich früh ausstrecken, weil wir morgen wieder einen harten Tag vor uns haben. Wir haben bis zum Fluß Sye noch ungefähr 20 Meilen Luftlinie, aber wir werden ein paar Umwege machen, um mit zwei Dörfern des Newab fertig zu werden. Sie sind ebensolche Nester von Verrätern wie Betarwar, wie Sie sich denken können, aber sie werden uns nicht lange aufhalten.«

Phillip spürte sein Herz pochen. Der Whisky stand unberührt. Er versuchte, etwas zu sagen, aber der Colonel hieß ihn mit einer Handbewegung schweigen.

»Ich nehme Ihre Frage vorweg, Hazard. Sie werden keine ernsten Probleme bekommen, wenn Sie nur wieder das tun, was Sie heute morgen schon taten«, sagte der Colonel und machte sich mit großem Appetit über das Huhn her. »Hm, nicht schlecht, ganz und gar nicht schlecht. Wo war ich stehengeblieben? Ach ja. Anfangs eine Beschießung mit Raketen und dann, wenn der Ort richtig brennt, dann ziehen Sie mit den 9-Pfündern vor und schießen eine Bresche in die Wälle. Das ist alles – überlassen Sie den Rest meiner Infanterie. Sie werden langsam besser, nicht wahr? Niemand wird sie mehr aufhalten, jetzt, wo sie Blut gerochen haben – sie wollen unbedingt voran!«

Phillip konnte seine Ungeduld kaum noch beherrschen. »Colonel«, begann er, »wenn Sie …«

»Seien Sie so freundlich und hören Sie mich zu Ende an«, unterbrach ihn Cockayne scharf. »Ungefähr eine halbe Meile südlich des ersten Dorfes ist ein *jheel**. Doch um diese Jahreszeit müssen Sie keinen großen Umweg machen. Die Ufer sind fest genug für ihre Kanonen, und ich gebe Ihnen zur Deckung Kavallerie mit. Wie ich schon sagte, muß uns keines der beiden Dörfer lange aufhalten. Sie liegen nur ein paar Meilen abseits von unserem Weg. Sieben oder acht höchstens … Hier, sehen Sie sich das mal auf der Karte an.«

Er griff nach der Rolle auf dem Tisch neben sich und schien so von der Richtigkeit seiner Entscheidung überzeugt, daß Phillip sich über die Wiederholung wunderte.

* jheel: gemeint ist eine Art Gewässer (Anm. des Ü.).

Wenn es denn eine war. Cockayne wußte doch sicher, mußte doch sicher wissen, welches Risiko er einging, wenn er zwei weitere Dörfer des Newab angriff. Verdammt noch mal, er mußte es wissen, das war doch nicht sein erster Feldzug. Es sei denn, er drehte durch, wie George Crawford gemeint hatte …

»Macht Ihnen unsere Verzögerung Sorge, Hazard?« fragte der Colonel lächelnd.

Phillip nickte mit zusammengekniffenen Lippen. »Ja, Sir. Ich begreife nicht, warum uns diese Dörfer überhaupt aufhalten sollten. Wäre es nicht klug, mit allem Tempo morgen nach Ghorabad zu marschieren?«

»Wenn es das wäre, glauben Sie dann nicht, daß ich es täte?«

»Ich verstehe nicht ganz, warum Sie das nicht tun, Colonel.«

Phillip richtete sich auf, als er das Lächeln des Colonel abrupt verschwinden sah. Er würde nichts erreichen, wenn er dem Führer des Verbandes Widerstand leistete. Soviel war ihm klar, also sagte er nur noch: »Die Aufgabe unseres Zuges, die einzige, ist doch, Ghorabad zu entsetzen und die britische Garnison zu retten.«

»Ganz genau. Und das wird exakt auch so geschehen.«

»Bei allem Respekt, Sir, scheinen Sie mir aber mehr damit befaßt, rebellische Dörfer zu unterwerfen«, konterte er und zügelte immer noch sein Temperament. »Wir haben aus diesem Grund heute einen halben Tag verloren, und jetzt schlagen Sie vor, daß wir morgen wieder aus demselben Grund viel Zeit verlieren. Jede Stunde, die wir vor ihrer Rettung verlieren, macht die Lage unsere Leute in Ghorabad noch gefährlicher. Ihre Leben stehen doch auf dem Spiel, oder? Wenn sie …«

»Was zum Teufel wollen Sie damit sagen, Sir?« wollte Cockayne zornig wissen.

»Gestatten Sie mir eine Erklärung«, bat Phillip. Er sprach fest, aber ohne Erregung und brachte die Argumente vor, mit denen George Crawford ihn ausgerüstet hatte.

Der Colonel hörte ihm zu, das Essen auf seinem Teller

wurde kalt, und alle frühere Freundlichkeit hatte ihn verlassen. Aber er hörte immerhin zu. Erst als Phillip die Behauptung des totgeweihten *talukdar* wiederholte, daß die Garnison sich längst ergeben hätte, verlor der Colonel seine Ruhe und explodierte förmlich.

»Ihre verdammte Insolenz, Commander Hazard. Sie sind auf dieses dämliche Gestammel von Crawford reingefallen«, fuhr er ihn an. »Er hat Ihren Verstand mit seinen Lügen vergiftet!«

»Ja, ich habe mit Captain Crawford gesprochen. Aber er …«

»Er hat Ihnen doch sicher erzählt, daß ich ihn von seinen Pflichten in meinem Stab entbunden habe!«

»Ja, Sir«, gab Phillip zu. »Er …«

»Hat er Ihnen auch gesagt, daß ich ihn aus meinem Regiment geworfen habe?« wollte Cockayne wissen. Er lachte ohne Freude. »Nein, das hat er sicher nicht. Darauf ist er nicht besonders stolz. Der verdammte Kerl hat meiner Tochter schöne Augen gemacht. Um Himmels willen, sie war damals gerade vierzehn, und er ist vierzig, hat kein Geld und keine Zukunft. Und außerdem hatte er im Bazar eine Eingeborene, die er sich jahrelang als Geliebte hielt. Das konnte ich ja wohl kaum tolerieren, oder? Oder sollte ich seinen Nachstellungen meinen väterlichen Segen geben? Verdammt noch mal, ich wollte ihn bei diesem Zug nicht haben, er war der letzte, den ich mir wünschte – aber er meldete sich freiwillig, und Sir Colin detachierte ihn zu meinem Stab, ohne mich vorher zu fragen …« So ging die Tirade weiter.

Phillip versuchte vergebens, die Flut böser Worte einzudämmen.

»Und nun«, warf ihm der Colonel vor, »versucht der Kerl auch noch, Ihre Loyalität mir gegenüber zu untergraben, indem er Ihnen bösartige Lügen erzählt. Hol's der Teufel, Hazard, fällt Ihnen nichts Besseres ein, als ihm zu glauben? Wollen Sie wirklich das Wort eines zum Tode verurteilten Rebellen für bare Münze nehmen? Meine Garnison hat sich nicht ergeben. Sie …«

»Sir«, bat Phillip, »sind Sie sich dessen ganz sicher?«

»Zweifeln Sie an meiner Kompetenz, verdammt noch mal?« fuhr der Colonel ihn wütend an. »An meiner Fähigkeit zu führen?«

Phillip schwieg und studierte sein Gesicht sorgenvoll. Was er sah, war nicht sehr beruhigend. Seine Zweifel an der Gesundheit des Colonel vergrößerten seine Bedenken. Doch dann verflog Cockaynes Ärger plötzlich. Er hatte sich wieder unter Kontrolle. Seine Stimme klang ruhig, sein Ton war würdig, und er klang ganz vernünftig, als er fortfuhr: »Gestern abend, als Sie meine Befehle anzweifelten, Commander Hazard, tat ich Ihnen den Gefallen, sie Ihnen im Detail zu erläutern. Das werde ich jetzt nicht mehr tun. Ich werde meine Befehle geben, und Sie werden sie ohne Widerrede befolgen. Sollten Sie das nicht tun, bleibt mir nichts anderes übrig, als Sie unter Arrest zu stellen, bis wir wieder in Cawnpore eingetroffen sind. Dort werde ich dann Ihr unbotmäßiges Verhalten melden. Haben Sie das verstanden?«

»Ganz und gar, Sir«, bestätigte Phillip. Ihm war klar, daß er verloren hatte, doch er unternahm noch einen letzten Versuch. »Nichtsdestotrotz bitte ich Sie, Sir, den Zug ohne weitere Verzögerung nach Ghorabad in Marsch zu setzen. Bei allem Respekt, Sir ...«

»Ich habe Ihren Wunsch zur Kenntnis genommen und lehne ihn ab«, antwortete der Colonel kühl. »Ich brauche keinen Rat von einem Marineoffizier in bezug auf militärische Taktik, Commander, also behalten Sie den freundlicherweise für sich. Und seien Sie so freundlich, und gehen Sie jetzt!«

Phillip salutierte steif und drehte sich auf dem Absatz um. Als er zum Biwakfeuer der Seeleute zurückgekehrt war, wartete dort Midshipman Lightfoot schon auf ihn mit einer Notiz.

»Captain Crawford hat mich gebeten, Ihnen dies zu geben, Sir«, meldete der Junge. »Ehe er ging. Die Köche haben Ihr Essen heiß gehalten, Sir. Soll ich es holen?«

»Nein, danke, mein Lieber. Nur ein bißchen Kaffee, falls es noch welchen gibt.« Phillip machte eine Pause. »Sie sagten, Captain Crawford ging?«

Lightfoot nickte. »Nun ja, Sir – er ritt davon, ganz allein. Er wollte wissen, ob er eine Ordonnanz bei uns lassen könnte, und ich habe ja gesagt. Er ist ein 93er, Sir, also dachte ich, Sie haben nichts dagegen ...« Er deutete auf den Zettel. »Ich nehme an, Captain Crawford hat hier alles erklärt, Sir. Er schien ein bißchen beunruhigt, Sir – so als habe er schlechte Nachrichten erhalten. Doch von wem sollten sie hier draußen kommen?« Phillips Blick warnte ihn, und er bezwang seine Neugier. Schnell meinte er dann: »Ich hole Ihnen eine Sturmlaterne, damit Sie lesen können, Sir. Und dann bringe ich Ihnen den Kaffee. Sind Sie sicher, daß Sie nichts essen wollen? Es schmeckt sehr gut, Sir, frisches Rindfleisch ...«

»Danke, Mr. Lightfoot, ich möchte wirklich nur Kaffee.«

Das frische Rindfleisch, dachte er, stammt wahrscheinlich wie die Hühner aus Betarwar. Er unterdrückte ein Seufzen und las, nachdem Lightfoot ihm die Laterne gebracht hatte.

»Die Kavallerie hat keine Nachrichten aus Ghorabad«, schrieb George Crawford. *»Und da ich fürchte, daß auch Sie nicht in der Lage sein werden, unseren Kommandeur umzustimmen und seine morgigen Pläne zu ändern, versuche ich herauszufinden, wie es im Augenblick um die Garnison steht.*

Ich reite allein – dann habe ich bessere Chancen, denn ich kenne das Land und die Sprache. Wenn ich nicht zurückkomme, müssen Sie leider das Schlimmste annehmen.«

»Ihr Kaffee, Sir!« Lightfoot hielt einen dampfenden Becher in beiden Händen. »Schlimme Nachrichten von Captain Crawford, Sir?«

Phillip schüttelte sein Erschrecken über die Nachricht ab und sah auf. »Ich bin mir nicht so sicher«, sagte er. »Es könnte eine schlimme Nachricht sein. Aber belasten Sie sich im Augenblick nicht damit, Mr. Lightfoot. Versuchen Sie, Schlaf zu finden. Gute Nacht – und vielen Dank für den Kaffee!«

Der junge Lightfoot sah ihn einen Augenblick besorgt an, sagte dann pflichtbewußt »Aye, aye, Sir« und kehrte gehorsam an seinen Platz am Lagerfeuer zurück.

Allein geblieben, schlürfte Phillip bedrückt seinen Kaffee. Bis zum Sye waren es 20 Meilen, überlegte er, und Ghorabad lag weitere drei oder vier Meilen von der Pontonbrücke entfernt, an der Colonel Cockayne den Fluß überqueren wollte. Mit einem guten Pferd konnte Crawford beim Morgengrauen dort sein – vorausgesetzt, die Brücke gab es noch und er kam unbehelligt dort an.

Aber er ging ein verdammt hohes Risiko ein. Es war wenig wahrscheinlich, daß er seine selbstgestellte Aufgabe lösen und vor morgen abend zur Truppe zurückkehren würde. Auf jeden Fall brauchte er sehr viel Glück.

Wenn der Colonel bis morgen abend seinen Plan realisieren und zwei weitere Dörfer des Newab in Flammen aufgehen lassen würde, würden die Bauern und die Zamindari-Truppen in der ganzen Gegend zu den Waffen gegriffen haben. Damit würden sie alle gegen den Reiter stehen und gegen den Zug des Colonel.

Phillip suchte verzweifelt einen Ausweg aus der Hoffnungslosigkeit. Er konnte Cockayne das Kommando abnehmen, viel mehr blieb nicht, um die geplanten Ereignisse abzuwenden. Ein schlimmer Gedanke. Damit könnte man ihn sofort unter Arrest und vor ein Kriegsgericht stellen. Schon der Versuch, den Kommandeur zu übergehen, reichte. Der Colonel hatte ihn auch gewarnt: Wenn Phillip seine Befehle nicht ausführte, könnte das die gleichen Folgen haben. Also … Resigniert ließ er die Schultern sinken. Bis der Colonel den Zug wirklich gefährdete oder etwas tat, das starke Zweifel an seiner geistigen Gesundheit aufkommen ließ, waren ihm die Hände gebunden. Er konnte also nur schweigen und den Befehlen gehorchen.

Am nächsten Tag wurde das Dorf Morawah angegriffen und in Flammen gesetzt. Die Bewohner leisteten nur symbolischen Widerstand, viele von ihnen ergriffen die Flucht, aber Cockayne schickte ihnen die Reiterei hinterher. Er selbst führte wieder die Infanterie ins systematische Abschlachten der Unglücklichen, die in ihren Lehmwällen geblieben waren. Ein halbes Dutzend Männer wurden aus den Trümmern gezogen, um gehängt zu werden. Wieder traten die Truppen im offenen Quadrat an, um dem barbarischen Ritual zuzusehen.

Doch als man weitermarschierte, wurde nicht gesungen. Die jungen Soldaten marschierten in eisigem Schweigen, und nur ein paar, die kräftig Alkohol getrunken hatten, was allen gestattet war, brüsteten sich laut ihrer Siege.

Als auch das zweite Dorf auf ähnliche Weise vernichtet worden war, wurde die gesamte Truppe sichtbar unruhig. Die Unteroffiziere wußten keine Antwort auf die aufbrechenden Fragen Ghorabad betreffend und die Chance, die britische Garnison ohne weitere Verzögerung noch zu retten.

Die Offiziere hielten sich zumeist für sich, überhörten die Fragen oder wichen ihnen aus. Doch die Unruhe der Männer teilte sich ihnen mit. Phillip merkte, wie der junge Captain Williams, der an George Crawfords Stelle jetzt Stabschef war, immer wieder von den Abteilungskommandeuren um Information gebeten wurde, die er nicht geben konnte.

»Es sieht so aus, als plane der Colonel heute nacht einen Gewaltmarsch, damit wir morgen beim ersten Frühlicht den Fluß erreichen«, sagte der Führer des Trosses bedrückt.

Er trabte auf seinem Pferd nach vorn zu Phillip an die Spitze der Kanonen. »Das sagt jedenfalls Tom Williams. Haben Sie was Bestimmtes gehört, Commander Hazard?«

»Nein«, mußte Phillip verlegen zugeben. Tom Williams hatte ihm nichts mitgeteilt, entweder unabsichtlich oder auf Instruktion von Colonel Cockayne hin.

»Ich will über Ihre Zugochsen nichts sagen, aber meine halten keine fünf oder sechs Stunden mehr durch«, klagte Lieutenant Arbor. Er war ein zäher, grauhaariger Mann nahe an die Fünfzig, der aus der Mannschaft befördert worden war und sehr lange aktiven Dienst gesehen hatte. Er klang sehr bedrückt, als er fortfuhr: »Die Kavallerie hatte verdammt vielen nachzusetzen, ihre Pferde sollten saufen und ausruhen, wenn sie uns morgen noch nutzen sollen. Von den Männern ganz zu schweigen.« Er fluchte frustriert. »Meine verdammten Sikhs sind sturzbetrunken, schon den ganzen Tag. Und ein paar von den Rotjacken der Königin können sich vom Alkohol kaum noch auf den Beinen halten.

Sie müssen endlich was Vernünftiges zu essen bekommen und ihren Rausch ausschlafen. Ein Gewaltmarsch in der Nacht wird sie fast umbringen!«

»Wir haben Mondlicht«, erinnerte ihn Phillip.

»Das hilft uns vielleicht …« Lieutenant Arbor zögerte und sah Phillip einen Moment unsicher an. Dann überwältigten ihn seine Gefühle, und er explodierte: »Ich kritisiere ja unseren Kommandeur überhaupt nicht gern, aber dieser ganze verdammte Marsch scheint mir schlecht geplant. Ich bin ja dafür, daß wir Rebellen und Aufrührer bestrafen. Sie verdienen es nicht anders. Doch was wir die letzten beiden Tage gemacht haben, war reinste Verschwendung – von Zeit und Kraft. Diese armseligen Dörfler, die wir da abgeschlachtet haben, kann man ja wohl kaum als ernsthafte Bedrohung des Britischen Empires akzeptieren. Und in der Zwischenzeit wartet die Garnison in Ghorabad immer noch auf Entsatz.« Wieder zögerte er. »Ich habe ein Gerücht gehört, weiß Gott woher, daß sie sich vielleicht schon ergeben hat. Offenbar kam's von dem *talukdar*, den wir in Betarwar gehängt haben. Haben Sie das Gerücht auch gehört?«

»Ja, ich hab's gehört. Ich …«

»Und – halten Sie's für wahr, Commander?«

»Es könnte möglich sein, Mr. Arbor.« Phillip ließ seiner Stimme nichts anmerken.

»Dann helfe Gott den armen Seelen«, sagte Arbor bitter. »Wir kommen wahrscheinlich viel zu spät und können sie nur noch rächen … falls wir überhaupt je Ghorabad erreichen.« Er drehte sich im Sattel zu den Seeleuten um, die neben den Kanonen marschierten. »Ich beglückwünsche Sie zu der Disziplin, die sie einhalten, Sir. In dieser Hinsicht gibt die Marine uns allen ein Beispiel.«

»Wir bedienen nur unsere Kanonen, Mr. Arbor«, antwortete Phillip lächelnd. »Und diese Pflicht hat uns Gott sei Dank davor bewahrt, das zu tun, was die Infanterie ausführen mußte.«

»Ich verstehe«, meinte Arbor. »Ich wünschte nur, meine Männer, die den Troß bewachen, würden nicht als verdammte Infanteristen unter unserem Kommandeur eingesetzt.«

Als er zum Ende des Zugs zurückgekehrt war, zog Devereux mit ihm gleich. Phillip stieg aus dem Sattel, um neben ihm herzugehen.

»Bedrückt Sie irgend etwas, Devereux?« wollte er wissen.

Der Unteroffizier nickte. Sein zerfurchtes, ledernes Gesicht sah ungewöhnlich ernst aus. »Ich habe ein bißchen was von dem gehört, was Sie eben mit dem Offizier besprochen haben, Sir.«

»Und?« Frenchie Devereux entging kaum etwas, dachte Phillip. Und mit der Schläue des Unterdecks zog er auch meistens die richtigen Schlüsse. Er hatte mit großer Wahrscheinlichkeit bemerkt, daß George Crawford gestern abend davongeritten war. Wenn er dessen Ziel nicht selbst erraten hatte, dann hatte er sicher Collins angezapft, die Ordonnanz, um alle Fakten zu bekommen. Die beiden waren den ganzen Tag zusammengewesen.

»Sie haben sicher auch mit Collins geredet?« wollte er wissen.

»Natürlich, Sir«, gab Devereux sofort zu. »Der ist ein alter Landser, Sir, der nichts auf sich kommen läßt und weiß, was vorgeht. Und er meint, in Ghorabad gibt es gar keine Garnison mehr, die wir retten müßten. Jedenfalls jetzt nicht mehr. Die hätte sich längst ergeben. Schon lange her, schon ehe dieser Zug hier Cawnpore verließ. Der Kommandeur will's nur genau wissen, weil er ... also aus persönlichen Gründen, meint Collins. Da ist auch eine Frau involviert, nehme ich an – *cherchez la femme* ...«

»Davon haben Sie aber unseren Männern nichts gesagt?« wollte Phillip besorgt wissen.

Der alte Unteroffizier sah ihn vorwurfsvoll an. »Bei allem Respekt, Sir, das weiß ich nun wirklich, daß man das nicht tut. Aber die Männer sind gar nicht glücklich über das hier alles, und das ist die volle Wahrheit. Sie wissen, daß da irgend etwas nicht stimmt. Diese Abschlachterei in den Dörfern, das ist nicht recht, Sir. Vor allem nicht, wenn wir auf dem Weg sind, eine britische Garnison zu entsetzen. Collins meint ...«

Er unterbrach sich und musterte besorgt Phillips Mienenspiel und fuhr dann fort in einem Ton, der wie eine Entschuldigung klang: »Sir, er meint, wir stecken tief im Dreck, und dieser Colonel Cockayne hat uns dahin gebracht. Ich selber meine, wenn ich das mal ganz offen sagen darf, Sir, der Colonel ist irgendwie nicht mehr ganz bei Trost.«

Phillip wollte instinktiv dieser Annahme widersprechen. Im Interesse weiterer guter Disziplin mußte er eigentlich sofort kontern, aber ... Unteroffizier Devereux war ein guter Mann und bestimmt kein Narr. Er würde die Antwort zwar akzeptieren, aber sie nicht glauben. Er machte sich Sorgen wie viele andere Offiziere und Unteroffiziere auch und verdammt noch mal – mit gutem Grund.

»Ihre letzte Bemerkung habe ich überhört, Devereux«, sagte er sanft. »Ich an Ihrer Stelle würde etwas vorsichtiger mit solchen Ansichten sein!«

»Natürlich, Sir«, versicherte Devereux ihm. »Aber wir stecken doch im Dreck.« Mit seinem Kopf, den ein Strohhut deckte, nickte er in Richtung Himmel, der sich jetzt schnell verdunkelte. »Wenn wir die ganze Nacht marschieren müssen, wie Lieutenant Arbor meint, dann könnten sie uns auf offenem Feld überfallen. Die Männer schlafen ja fast im Gehen, und unsere Zugtiere brechen auch bald zusammen. Warum wartet der Colonel nicht, bis Captain Crawford zurück ist und ihm sagt, was in Ghorabad wirklich los ist?«

»Ich nehme mal an, daß Collins Ihnen die Frage beantworten wird«, meinte Phillip. Und dann fügte er knapp hinzu: »Wenn wir halten, dann sicher nur für ein oder zwei Stunden. Ich will, daß die Kanonen jederzeit gefechtsbereit sind, doppelte Schrapnell-Ladungen. Die Mannschaften sind immer ganz dicht dabei. Sorgen Sie dafür, daß sie etwas Warmes zu essen bekommen und ihren Grog. Und dann machen Sie den Ochsentreibern Dampf unterm Hintern. Die Tiere müssen zu saufen und zu fressen haben. Wenn wir auf dem Marsch angegriffen werden, halten Sie sich zum Abprotzen bereit und setzen Sie die Kanonen dann so ein, wie ich befehle.« Er gab ihm weitere Befehle, und Devereux nickte als Zeichen seines Verstehens.

»Rechnen Sie damit, daß wir auf dem Marsch angegriffen werden, Sir?« wollte er wissen.

»Das könnte geschehen«, gab Phillip zu. »Aber ich denke, wir haben bis dahin noch ein bißchen Zeit.«

Der Newab würde einige Zeit brauchen, um genügend Truppen zu sammeln, um einen Angriff zu wagen, dachte er. Die Nachricht, daß sein Bruder aufgehängt und Dörfer angegriffen worden waren, hatte ihn sicherlich erst jetzt erreicht. Die Zamindari-Truppen müßte man von ihrer Arbeit auf den Feldern zusammentrommeln. Und damit hätten die britischen Truppen weitere Bewegungsfreiheit, nicht viel, aber ausreichend. Damit rechnete Colonel Cockayne wahrscheinlich, und deswegen hatte er sich für den Eilmarsch entschieden. Ein Angriff auf marschierende Truppen war selbstverständlich immer möglich. Also war es klug, ständig darauf vorbereitet zu sein.

Natürlich behinderte die Dunkelheit Angreifer und Angegriffene. Phillip nahm an, daß der Newab am Fluß warten würde. Die britischen Truppen, vom Nachtmarsch erschöpft, wären ein leichtes Opfer für einen entschlossenen und schnellen Angriff. Und wenn die Pontonbrücke auch nur teilweise zerstört war … Phillip spürte, wie seine Bauchmuskeln sich unwillkürlich zusammenzogen.

Sie näherten sich jetzt einem niedrigen, waldbestandenen Hang, als der schrille Klang eines Horns seine Gedanken unterbrach.

»Das Ganze Halt, Sir«, meldete Devereux dankbar. »Es sieht aus, als hätten wir hier genügend Holz zum Verfeuern. Hoffen wir also, daß die schwarzen Teufel uns Zeit lassen, unser Essen zu kochen, damit wir wenigstens mit vollem Magen weitermarschieren.«

»Schön wär's«, meinte auch Phillip und grinste bekümmert. »Also, machen Sie weiter. Sie wissen, was Sie zu tun haben. Ja – Mr. Lightfoot, was liegt an?«

Midshipman Lightfoot stand neben ihm, wach wie immer. Doch er sah unter der Schicht von Rauch und Staub erschöpft aus. Phillip fühlte Mitleid mit ihm und wiederholte die Befehle, die er eben Devereux gegeben hatte, und entließ ihn dann, um das Aufstellen der Kanonen zu überwachen.

Die Nacht fiel, und bald brannten die Lagerfeuer wie Glühwürmchen in der Dunkelheit. Die Männer sammelten Holz und hackten trockene Äste ab, mit denen sie sie fütterten. Sie hielten neben einem kleinen Wald auf halbem Weg über eine flache offene Ebene, die einem sich nähernden Feind keinerlei Deckung gewährte. Wenn der Mond erst einmal aufgegangen war, bestünde keine Gefahr mehr für einen Überraschungsangriff. Es sei denn, er käme vom jenseitigen Waldrand her.

Vermutlich würde Colonel Cockayne dort Kavallerie als Posten aufstellen, um sich vor solcher Überraschung zu schützen, dachte Phillip. Ihm war beim Näherkommen aufgefallen, wie schmal das Waldstück war. Es glich mehr einem Streifen, der auf einen Kamm und dann weiter auf ihm entlang führte, als einem Waldstück. Phillip hatte seine Kanonen nahe am unteren Rand aufstellen lassen und hielt ihre Stellung für sicher, während die Köche sich um das Abendessen kümmerten.

Leise und ohne Hast bewegte er sich durch die eng stehenden Bäume. Nur das gelegentliche Knacken eines trokkenen Astes verriet ihn. Er war fast oben auf dem Kamm angekommen, als sich ohne Warnung aus der Dunkelheit eine dunkle Gestalt erhob und sich auf ihn warf. Phillip reagierte instinktiv, hob einen Arm, um den Angriff abzuwehren, und schlug dann mit geballter Faust in den hellen Fleck eines Gesichts. Der Hieb saß. Sein Angreifer stöhnte vor Schmerzen auf, stolperte und fiel fast hin. Der Dolch oder Säbel, mit dem er bewaffnet war, fiel mit einem leichten metallischen Klirren gegen einen Baumstamm. Der Mann machte den Fehler, seine Waffe zurückholen zu wollen. Phillip nutzte seinen Vorteil mit einem gezielten Fußtritt, der seinen Angreifer flach aufs Gesicht fallen ließ.

Er schrie irgend etwas Unverständliches in seiner eigenen Sprache. Phillip wollte ihn unbedingt lebendig mitnehmen, um ihn zu verhören. Also zog er seine Pistole nur aus dem Holster, um ihn damit einzuschüchtern, und versuchte mit der anderen Hand, den Mann zu festzuhalten. Doch der Mann entwand sich seinem Griff und verschwand blitzschnell in der Dunkelheit und schrie wieder etwas in seiner fremden Sprache. Phillip feuerte blindlings hinter ihm her. Im nächsten Augenblick hörte er das Trommeln nackter rennender Füße hinter sich. Phillip drehte sich um, der neuen Gefahr zu begegnen, da explodierte ein paar Schritte entfernt in einem gelbroten Blitz eine Muskete. Die Kugel ritzte seitlich seinen Kopf, und er stürzte zu Boden.

Benommen und bestürzt erhob er sich wieder und sah gerade noch einige weißgekleidete Gestalten, die leise an ihm vorbei zum Kamm hochliefen. Er schoß hinter ihnen her in der vergeblichen Hoffnung, sie aufzuhalten. Dann hastete er los, um sie zu verfolgen. Am Waldrand hatte er keine Luft mehr, und ihm war schwindelig, und so gab er die vergebliche Verfolgung auf. Er sank auf die Knie, sein Kopf dröhnte erbarmungslos, und während er hoffte, daß seine Benommenheit ihn verließ, stieg der Mond auf und erhellte den Hang unter ihm mit unirdischem Leuchten. Er schwankte wie betrunken und legte die letzten paar Schritte zurück. Da entdeckte er den Mann wieder, der ihn überfallen hatte – jetzt zu Pferd. Er galoppierte in Richtung Fluß davon.

Da war noch etwas. Doch sein Blick war zu verschwommen. So wurde ihm zunächst gar nicht klar, was es zu bedeuten hatte. Dann wurde aus einer dunklen, schattigen Masse ein großer Haufen Reiter. Er wartete, bis er erkannte, wie sie auf ihn zukamen. Noch immer gefährlich schwankend lenkte er dann seine Schritte zurück in Richtung Lagerfeuer.

6

»Sir … Commander Hazard. Geht es Ihnen gut, Sir?«

Midshipman Lightfoots Stimme schien von ganz weit her zu kommen, doch Phillip erkannte sie und richtete sich zum Sitzen auf. Er fühlte sich seltsam leicht, noch immer war sein Blick verschwommen. Doch im Mondlicht, das durch die Bäume sickerte, erkannte er, daß Lightfoot nicht allein war.

Lieutenant Arbor stand neben ihm. Der Matrose Oates bewachte sie mit seinem Minié-Gewehr, und hinter ihm stand der große Hochländer ebenfalls bewaffnet, die Ordonnanz von George Crawford. Oates und Collins sahen sich sorgfältig um. Dann entdeckte Collins den langen Dolch eines Eingeborenen, halb von den Wurzeln eines nahen Baums verdeckt. Mit einem unterdrückten Schrei hob er ihn auf, und dann fragte Lightfoot beunruhigt: »Hat man Sie angegriffen, Sir?«

»Ja.«

Vorsichtig fuhr sich Phillip mit der Hand an die rechte Stelle seines Kopfes, wo der pochende Schmerz saß. Er zog sie zurück, rot von verklebtem Blut. Angestrengt versuchte er, sich zu erinnern, was geschehen war und was er hier tat. Der Unbekannte hatte ihn aus dem dichten Unterholz überfallen. Es mußte hiergewesen sein, denn die Waffe hatte er ja hier fallen lassen. Andere Männer waren bei ihm. Männer in weißen Kleidern, und einer hatte auf ihn aus allernächster Nähe mit einer Muskete gefeuert. Phillip war gefallen … ja, richtig, er hatte die Männer zu verfolgen versucht, war ihnen bis zum Rand des Waldstücks gefolgt und … Seine Erinnerung kehrte zurück.

»Wir haben einen Schuß gehört«, erklärte Lightfoot. »Und da wollten wir wissen, was …«

Doch Phillip unterbrach ihn. »Laufen Sie mal zum Hang

hoch«, forderte er den Jungen mit belegter Stimme auf. »Und Sie auch, Arbor. Nein, warten Sie nicht auf mich. Ich denke, ich habe mir nicht eingebildet, was ich da gesehen habe. Aber wir müssen ganz sicher sein, ehe wir Alarm geben.«

Die beiden Offiziere verstanden, wie dringlich es ihm war. Sie kehrten schnell zurück, und Phillip erhob sich.

»Da steht der Feind«, bestätigte Arbor ingrimmig. »Und er rückt sehr schnell näher … Er nimmt sicher an, wir hätten hier unser Nachtlager aufgeschlagen und erwarteten keinen Angriff. Viel habe ich nicht erkennen können, aber es dürfte sich um einige hundert Zamindari-Truppen handeln und wenigstens ein Sepoy-Regiment. Die Burschen, die Sie angegriffen haben, Sir, waren vorgeschobene Beobachter, die für die Hauptstreitmacht unsere Lage ausspähen sollten.«

Phillip war erleichtert, daß seine Erinnerung ihm keinen Streich gespielt hatte, und nickte. »Zurück zu den Kanonen, wenn ich bitten darf, Mr. Lightfoot«, befahl er knapp. »Protzen Sie ab. Ich komme zu Ihnen, sobald ich Colonel Cockayne Meldung gemacht habe. Begleiten Sie mich, Mr. Arbor?«

Colonel Cockayne beendete gerade sein Abendessen, als beide Männer ihm Meldung machten. Seiner schweren Sprache und seinen blutunterlaufenen Augen war anzumerken, daß er viel getrunken hatte. Doch sobald er die Lage erkannt hatte, zögerte er keinen Augenblick, sondern gab seine Befehle mit bemerkenswerter Präzision.

Captain Williams und Lieutenant Highgate brachten sie den Abteilungskommandeuren. Die Truppe ließ die Lagerfeuer brennen und die Kochutensilien zurück und zog zugweise davon, um in Bewässerungsgräben oder hinter Wällen Deckung zu finden, die hinter dem Gelände lagen, das sie gerade verlassen hatten. Die Hörner blieben stumm, Befehle wurden nur flüsternd gegeben, und die Bewegung vollzog sich praktisch unhörbar. Phillips Männer bewegten die Kanonen über die rauhe sandige Erde und stellten sie im Zentrum der Linie der wartenden Schützen auf.

Lange mußten sie nicht warten. Innerhalb von 15 Minuten trabten die Kavallerieposten heran, um sich wieder der

Truppe anzuschließen, und meldeten, daß größere feindliche Einheiten den Kamm unmittelbar über dem Lagerplatz erreicht hatten.

»Zamindari-Truppen und ein Regiment von Sepoys«, sagte Colonel Cockayne, als der Offizier seine Meldung gemacht hatte. Er klang heiser, und sein Gesicht war leichenblaß, wie Phillip zu seiner Überraschung feststellte. Dann sagte er: »Wir feuern erst, wenn sie das Lager erreicht haben. Ihre Kavallerie und vier Kanonen befinden sich auf der Straße, die wir benutzt haben. Beharken Sie sie, sobald Sie sie ausmachen, Commander Hazard, meine Infanterie wird sich um deren Infanterie kümmern.«

»Sehr gut, Sir«, bestätigte Phillip, und der Colonel ritt davon. Er stellte sich zu seiner Sikh-Kavallerie am linken Flügel. Phillip blieb bei seinen Kanonen.

Seine Augen schmerzten vor Anstrengung, als er in die mondbeschienene, dunstige Dunkelheit starrte, in der die Lagerfeuer nacheinander erloschen. Die Rebellen näherten sich durch die Bäume, bewegten sich wie Geister fast lautlos, und die britische Linie hielt den Atem an.

Plötzlich barst die Stille, Musketenfeuer zeigte an, daß die Infanterie der Rebellen den Fuß des Abhangs erreicht hatte. Mit donnernden Hufen griffen die Zamindari-Reiter das an, was sie für ein schlafendes Lager halten mußten. Zwei ihrer Kanonen protzten links auf dem Lagergrund ab und eröffneten mit Schrapnell und Kugeln das Feuer. Nach dem Tempo zu urteilen, in dem das Manöver geschah, mußte es sich um bespannte 6-Pfünder handeln.

Phillip zielte mit seinen Kanonen auf die Mündungsfeuer und schoß. Ihm folgte die britische Linie mit ihren Enfield- und Minié-Gewehren. Der Gegner wurde völlig überrascht, und das tödliche Feuer, das ihm entgegenschlug, verwirrte ihn. Das Sepoy-Regiment, das sich in Angriffsformation den bewaldeten Abhang hinunter bewegt hatte, zögerte und rannte dann. Es ließ eine Reihe rotuniformierter Verwundeter zurück und floh in die Deckung der Bäume. Dort stießen die Sepoys auf die herunterkommenden Zamindari-Krieger mit ihren Steinschloßgewehren und brachten sie zum Halten. Doch die gingen mutig weiter vor und beschämten so die Sepoys. Vom Waldrand her versuchten einige, das britische Feuer zu erwidern. Andere wagten tollkühn sogar einen ungeordneten Angriff. Ihre Kavallerie verstärkte sie dabei, doch niemand kam weiter als zwischen die glimmenden Lagerfeuer. Phillips Kanoniere schossen schnell und diszipliniert und empfingen sie mit einem Hagel von Schrapnell. Der junge Lightfoot, der die zweite Kanone befehligte, sprang in die Luft und jubelte, die Mütze schwenkend, als ein feindlicher Munitionswagen in die Luft flog.

Die Feinde zogen sich schon voller Panik zurück, als Colonel Cockayne seine Linie vorgehen ließ und mit seiner Sikh-Kavallerie entschlossen die einzige 6-Pfünder-Kanone der Rebellen angriff, die noch feuerte. Mit ihren Säbeln um sich stechend und hauend, machten die Reiter die Kanoniere nieder und verfolgten dann den fliehenden Feind.

Um sich nicht beschämen zu lassen, löste sich die Infanterie aus ihrer improvisierten Deckung und setzte den Rebellen ebenfalls nach. Ihre langen Bajonette blitzten in der Nacht. In wenigen Minuten hatten sie ihr Lager wieder zurückerobert, das jetzt bis auf die toten und verwundeten Rebellen und drei zurückgelassene Kanonen verlassen lag.

Cockayne traf mit einer vierten Kanone triumphierend eine halbe Stunde später ein. Ihre blutigen Säbel und die schwitzenden Pferde zeigten, welchen Erfolg sie gehabt hatten, doch der Colonel erlaubte ihnen keine Pause. Er lobte ihren Einsatz und ihren Mut und ließ sie dann in Richtung auf den Sye als Beobachter vorrücken. Er überhörte den Wunsch ihres ältesten, graubärtigen Unteroffiziers, den Pferden eine Pause zu gönnen und sie saufen zu lassen.

»Jetzt können wir vorrücken«, sagte er seinen versammelten Offizieren. »Jetzt können wir meine Garnison in Ghorabad entsetzen. Dem Newab haben wir die Zähne gezogen und ihm gezeigt, was britische Truppen erreichen können. An unseren Absichten hat er bestimmt keine Zweifel mehr. Der Zug wird sich sofort in Bewegung setzen, meine Herren. Und wenn wir uns anstrengen, können wir den Flußübergang immer noch mit dem ersten Tageslicht erreichen.«

Der dienstälteste Chirurg protestierte: »Ich habe mich noch kaum um die Verwundeten kümmern können, Sir. Wir haben auch Verwundete des Feindes. Es ist unmenschlich, sie liegenzulassen.«

Colonel Cockayne sah ihn verächtlich an, und Phillip war entsetzt, als er dem Colonel ins Gesicht schaute.

»Verwundete Rebellen gehen mich nichts an, lieber Doktor«, wies Cockayne den Arzt brüsk zurecht. »Und was unsere eigenen angeht, da verlange ich ja wohl nicht zuviel von Ihnen, wenn Sie sie auf Krankentragen legen. Mehr als ein Dutzend werden es ja wohl kaum sein. Kümmern Sie sich beim ersten Halt um sie. Sie haben doch sicher keine Schwerverletzten?«

»Ich habe einen, dem ich den Arm abnehmen muß, Colonel«, antwortete der Chirurg unwirsch. »Und als Christ sage ich …«

Cockayne fiel ihm ins Wort. »Nehmen Sie ihm den Arm ab und kommen Sie dann mit dem Troß hinterher«, befahl er. »Aber verschwenden Sie Ihr christliches Mitgefühl nicht an verwundete Heiden, vor allem nicht an rebellierende Sepoys. Ihr Leben ist in jedem Fall verwirkt. Wer hier stirbt, den müssen wir später nicht aufhängen.« Er entließ ihn mit einer Handbewegung. »Auf Ihre Posten, meine Herren!«

»Mein Gott!« Lieutenant Arbor schritt neben Phillip her. »Ein seltsamer Mensch, nicht wahr, Commander? Ich habe noch nie so viel Haß im Gesicht eines Menschen gesehen wie eben beim Colonel. Als könne er nicht genügend Menschen töten, um seinen Rachedurst zu stillen. Ich würde es ja verstehen, wenn sie seine Garnison in Ghorabad ausgelöscht hätten, aber seiner Meinung nach halten die sich immer noch gegen den Newab. Also kann das nicht der Grund sein. Aber was ist es denn, frage ich mich, Sir!«

Phillip zuckte mit den Schultern: »Ich weiß es auch nicht«, mußte er zugeben.

»Hat er Ihnen für die rechtzeitige Warnung eigentlich gedankt?«

»Nein. Das muß er vergessen haben, aber …«

»Ohne die«, sagte Arbor ganz kühl, »wäre es uns verdammt schlecht ergangen. Wir hätten keinen bedeutenden Sieg errungen. Aber noch sind wir nicht wieder zu Hause.«

Phillip sah ihn forschend an. »Was meinen Sie damit?«

»Die Sepoys, die uns angegriffen haben, kamen aus Lucknow.« Er beugte sich über die Leiche eines Sepoys und zeigte auf die Zahlen auf seinem Tschako. »Hier, das 48. Eingeborenen-Infanterie-Regiment. Die Ryots waren vielleicht treue Anhänger des Newab, aber ganz genau kann man das nicht sagen. Aber die 48er-Eingeborenen haben ihm nie unterstanden – seine Sepoys und die anderen waren alles Irreguläre Truppen aus Oudh. Ich fürchte also, wir sind der Hauptstreitmacht des Feindes überhaupt noch nicht begegnet.«

»Dann werden wir sie wahrscheinlich am Fluß treffen«, dachte Phillip laut.

Sie hatten jetzt seine erste Kanone erreicht, und er gab Befehl aufzuprotzen. Lightfoot sah ihn überrascht an, fand sich dann wieder und gab den entsprechenden Befehl weiter.

Arbor seufzte. »Wenn sie kämpfen wollen, dann dort oder dort ganz in der Nähe, denke ich mir. Auf dieser Seite gibt es ein ziemlich großes Dorf, in dem sie sich ganz gut sammeln könnten. Ich war mal da, obwohl ich mich kaum noch an etwas erinnere. Nur so viel, daß es durch Dschungel sehr geschützt war. Viel dickeres Unterholz als das, in dem Sie angegriffen wurden. Und dann kreuzt ein Fluß die Straße.«

Mit der Stiefelspitze zeichnete er einen groben Plan in den Sand, den Phillip mit großem Interesse studierte.

»Wenn sie Kanonen besitzen, werden wir ganz schön zu tun haben, sie aus einem Platz wie dem zu vertreiben«, sagte er nachdenklich. »Kann man den Ort nicht einfach umgehen?«

»Man kommt nur, wenn man den Fluß durchquert weiter«, berichtet Arbor. »Oder auf dem Fluß … aber dazu müßte man erst mal Boote haben!«

Sie besprachen die Möglichkeit, ob der Feind sich stellen würde, und beobachteten dabei, wie die erschöpften Ochsengespanne mit der Peitsche auf die Beine gebracht und wieder vor die Kanonen gespannt wurden. Die Männer waren ebenso müde wie ihre Tiere, dachte Phillip. Er ließ Devereux kommen und befahl, allen Männern eine Extraration Grog zu geben, ehe sie den Marsch fortsetzten.

»Der Newab könnte eigentlich abhauen«, bemerkte Arbor. Seiner Stimme fehlte zwar die rechte Überzeugungskraft, doch mit einem schiefen Lächeln meinte er: »In Lucknow wird man ihn mit offenen Armen empfangen, wenn er seine Truppen mitbringt. Denn da wird es die entscheidende Schlacht geben, und das weiß er wahrscheinlich auch.«

»Aber Sie glauben nicht, daß er sich davonmachen wird?«

Arbor schüttelte den Kopf. »Nein. Ich glaube, zwischen ihm und Colonel Cockayne herrscht so etwas wie eine persönliche Blutrache. Daran ist vor allem der Colonel schuld, aber weiß der liebe Himmel, warum. Er will rächen, was er für Verrat hält, nehme ich an. Aber vieles, ja fast alles hängt davon ab, ob die Garnison noch aushält. Wenn ja, dann könnte der Newab nach Lucknow ziehen. Aber wir wissen das alles nicht. Oder? Ich hörte gerüchteweise, daß George Crawford sich aufgemacht hat, um das rauszufinden, aber an dem Gerücht muß nichts dran sein!«

»Es ist wahr«, sagte Phillip. »Er hat die Truppe vorletzte Nacht verlassen.«

»Lieber Gott, wirklich?« Aus Arbors bärtigen Lippen klang ein unhörbarer Pfiff. »Ich habe ihn lange nicht gesehen. Ist er allein unterwegs, Commander?«

»Ja, ganz allein!«

»Und weiß der Colonel das oder nicht?« wollte Arbor es genau wissen.

»Soweit ich weiß, weiß der Colonel davon nichts«, antwortete Phillip. »Also behalten Sie es besser auch für sich, bis er zurück ist.«

»Falls er je zurückkommt. Es war ja reichlich tollkühn, aber ich bewundere seinen Mut.« Arbor seufzte. »Wenn einer das schafft, dann Crawford. Der kennt die Gegend hier wie seine Westentasche, und er hat vielleicht sogar Freunde in Ghorabad, eingeborene Freunde, meine ich, die loyal geblieben sind. Er war ja bei Cockaynes Regiment stationiert.

Aber er hat Ihnen wahrscheinlich auch erzählt, daß sie sich gewaltig in den Haaren lagen. George Crawford ließ sich versetzen. Es gibt Gerüchte, daß es dabei um eine Frau ging, aber Einzelheiten kenne ich nicht. Doch die Sympathien der meisten galten Crawford.«

Das war nicht die gleiche Geschichte, die Phillip von Colonel Cockayne gehört hatte, aber er beließ es dabei. Die Hörner klangen, und außer Atem meldete Midshipman Lightfoot, daß die Gespanne vor den Kanonen stünden und alles zum Weitermarsch bereit sei. Die Männer sahen fröhlicher aus und klangen auch so nach der Extraration Rum.

Phillip nickte zufrieden.

»Sehr gut, Mr. Lightfoot. Machen Sie bitte weiter.«

Ein Matrose brachte ihm sein Pferd, und Arbor bereitete sich vor, zum Troß zurückzukehren. »Dieser verdammte Knochensäger wird uns aufhalten«, meinte er betrübt. »Aber beim nächsten Halt treffen wir uns sicher wieder, Commander, wenn man uns überhaupt einen gestatten wird.«

Er machte sich davon, und Phillip kletterte steif in den Sattel. Sein Kopf pochte noch immer, doch aus dem scharfen war ein dumpfer Schmerz geworden, der zwar nicht angenehm, doch wenigstens auszuhalten war. Als die Truppe zu marschieren begann, überließ er sich dieser Unannehmlichkeit und verfiel bald in ein Dösen. Sein Pferd fand den Weg allein. Ein- oder zweimal stolperte das Tier erschöpft, und er wurde wieder wach. Doch die längste Zeit schlief er im Sattel, und als der erste Halt kam, fand er zu seiner eigenen Überraschung, daß seine Kopfschmerzen verschwunden waren und er Hunger hatte wie ein Bär.

Sie hatten ganze vier Meilen zurückgelegt, wie ihm Lieutenant Highgate meldete. Sie waren gezwungen worden zu halten, damit der Troß mit den Verwundeten aufschließen konnte. Er klang so unwürdig wie der Colonel. Phillip ließ sich kein Lächeln anmerken, als der junge Adjutant davonritt, um – wie er sagte – »Lieutenant Arbor mit der Tatsache vertraut zu machen, daß Eile geboten ist«.

Wenn er das im gleichen Ton wie hier vortrug, würde er bei Arbor auf wenig Verständnis stoßen. Hol der Teufel

Lieutenant Highgate! Vermutlich würde er erst im Lauf der Zeit Vernunft annehmen ... Phillip stieg aus dem Sattel und streckte dankbar seine verkrampften Glieder. Die Männer hatten bereits abgeprotzt, ohne auf seine Befehle zu warten, und standen um ihre Kanonen herum. Die Köche waren, schon eifrig dabei, Wasser für Kaffee zum Kochen zu bringen, und die Ochsentreiber kümmerten sich unter Midshipman Lightfoots scharfen Blicken um ihre erschöpften Tiere.

»Sehr gut, Mr. Lightfoot«, sagte er wieder, als der Junge Meldung machte. »Sie sollten an jeder Kanone einen Beobachter lassen, damit die anderen wegtreten können. Bei diesem Tempo wird es Mittag sein, ehe wir den Fluß erreichen. Ich glaube nicht, daß ein Angriff droht, jedenfalls nicht, ehe wir die Brücke sichten.«

»Aye, aye, Sir.« Lightfoot gab laut seine Befehle, und die Matrosen jubelten unterdrückt. »Sie sehen nicht ganz so mitgenommen aus wie letzte Nacht, Sir«, meinte der Midshipman. »Geht es Ihnen besser?«

»Bedeutend besser, vielen Dank«, versicherte Phillip ihm. Er lächelte bekümmert. »Ich glaube, ich habe die meiste Zeit im Sattel geschlafen. Aber wenn ich erst mal meinen Kaffee getrunken und einen Happen gegessen habe, bin ich wieder ganz der alte. Also, machen Sie sich keine Sorgen.«

»Ich werde mich darum kümmern, daß Sie gleich versorgt werden«, versprach Lightfoot. Er zögerte und sagte dann: »Lieutenant Highgate meinte, der Colonel hätte sich große Sorgen um Sie gemacht, als gestern nacht der Angriff begann!«

»Wirklich?«

»Ja, Sir!« Der Midshipman klang plötzlich sehr formell. »Wie Highgate meinte, machte er sich Sorgen, daß ein Schuljunge die Kanonen befehligen würde, wenn Sie nicht ganz auf dem Posten gewesen wären, meine ich, Sir. Das waren seine Worte, und ich ...«

»Sie waren beleidigt?« wollte Phillip wissen.

Lightfoot wich seinem Blick aus. »Ja, Sir. Von Highgate klang es jedenfalls wie eine Beleidigung, und dazu hatte er kein Recht!«

Phillip legte ihm die Hand auf die Schulter. Der Junge war fast so groß wie er selbst. Amüsiert stellte er fest, daß es wohl nur wenige siebzehnjährige Schuljungen gab, die wie Lightfoot bereits am dritten Feldzug teilnahmen. »Richten Sie Lieutenant Highgate bitte von mir aus, Mr. Lightfoot, daß ich Ihrem Kommando nicht nur diese Kanonen, sondern ein ganzes Schiff anvertrauen würde – ohne einen Augenblick zu zögern, wenn es die Situation verlangt!«

»Würden Sie das wirklich, Sir?« Lightfoot wurde rot vor Stolz.

»Das wissen Sie verdammt gut«, grinste Phillip ihn an. »Sie sind Offizier in der Marine Ihrer Majestät und haben fast fünf Dienstjahre auf dem Buckel, oder etwa nicht?«

»Doch, doch, Sir.« Lightfoot grinste etwas verlegen zurück. »Ich werde mal nach Ihrem Kaffee sehen, Sir, und ... vielen Dank!«

Die ersten rosa Sonnenstrahlen strichen über den Himmel, als die Matrosen frühstückten. Phillip stillte seinen Hunger und schüttete zwei Tassen heißen schwarzen Kaffee in sich hinein. Dann legte er sich hin, die Hände hinter dem Kopf verschränkt, und genoß die wahrscheinlich letzte Möglichkeit, sich an diesem Tag zu entspannen und auszuruhen. Der Troß war gerade viel zu spät mit den Krankentragen eingetroffen, und den Männern mußte man Gelegenheit zum Ruhen und Essen geben. Gleiches galt für die Tiere, wie ungeduldig Colonel Cockayne auf seinem Weg zum Fluß auch sein mochte. Phillip rechnete mit einer weiteren halben Stunde und schloß müde die Augen.

Doch obwohl er sich sehr erschöpft fühlte, fand er keinen Schlaf. Er machte sich Sorgen, daß George Crawford noch immer nicht wieder da war. Sein letztes Gespräch mit Lieutenant Arbor hatte sie noch vergrößert. Arbors Meinung über seinen Kameraden war in der Tat beruhigend gewesen: »Wenn es einer schafft, dann Crawford«, hatte der grauhaarige Mann gesagt. »Er kennt diese Gegend wie seine Westentasche. Und vielleicht hat er sogar Freunde, eingeborene Freunde in Ghorabad, die loyal sind.«

Dennoch mußte er Crawfords eigenständiges Handeln für

verrückt halten. Er hatte angedeutet, daß die Beziehungen zwischen Colonel Cockayne und dem Mann, den er von seinen Stabsfunktionen entbunden hatte, schon lange sehr gespannt gewesen waren – so gespannt, daß Crawford gezwungen war, sich zu einem anderen Regiment versetzen zu lassen. Und …

Phillip unterdrückte ein Gähnen. Bei verschiedenen Gelegenheiten hatten beide Männer ihm unterschiedliche Gründe für ihre gegenseitige Ablehnung genannt. Die Gründe des Colonel wogen schwerer und waren überzeugender. Aber Phillip mochte und vertraute Crawford mehr.

Das alles beruhte mehr auf Instinkten als auf Gefühlen. Doch seine Zweifel an Cockaynes Fähigkeiten als Kommandeur und an seiner Gesundheit gingen weit darüber hinaus und hatten sich jeden Tag verstärkt. Jetzt äußerten auch Veteranen wie Arbor dieselben Zweifel und fragten nach den Motiven des Colonel.

Phillip seufzte enttäuscht, denn seine Müdigkeit dämpfte sein Nachdenken und verhinderte klare Schlußfolgerungen. Es gab immer noch Fragen, die er nicht gestellt hatte, weil er die Antworten für selbstverständlich hielt, weil er George Crawford, genau wie Arbor, als Freund betrachtete und seinen Mut bewunderte. Doch warum zum Teufel hatte sich Crawford in dieses gefährliche Abenteuer gestürzt – ganz aus eigenem Antrieb?

Seine Liebe zur Tochter des Colonel war natürlich die Antwort, die einem sofort einfiel … und die hatte Phillip einfach vorausgesetzt. Viele tapfere Männer hatten ihr Leben riskiert und manchmal sogar verloren, um die Frau, die sie liebten, nach dem Beginn des Sepoy-Aufstands zu retten.

Es gab keinen Zweifel am Mut Crawfords. Er hatte angedeutet, daß er immer noch hoffte, Andrea Cockayne zu seiner Frau zu machen, obwohl ihr Vater gegen diese Verbindung war. Aber war das der einzige Grund, alles auf eine Karte zu setzen und gegen den Willen des Colonel nach Ghorabad vorzudringen? Sollte es der einzige sein, weil Crawford anders nicht herausfinden konnte, ob das unglückliche Mädchen noch lebte oder schon tot war? Wenn …

»Sir … Commander, Sir, ein Reitertrupp nähert sich dem Zug. Und ich meine, Captain Crawford ist unter ihnen.« Midshipman Lightfoot klang erregt.

Phillip erhob sich und fühlte Bedauern. Er hatte an dem tapferen Mann gezweifelt, tadelte er sich, oder jedenfalls an seinen Motiven. Er richtete sich auf und spürte die Wärme der Sonne auf seinem Gesicht.

»Geht es Ihnen gut, Sir?« fragte Lightfoot unsicher und bot ihm seinen Arm. »Erlauben Sie mir …«

Phillip schüttelte ungeduldig den Kopf. »Mit mir ist alles in Ordnung, Mr. Lightfoot. Wo ist Captain Crawford?«

»Da drüben, Sir!«

Der Midshipman zeigte in die Richtung, und Phillip griff zu seinem Fernglas. Mit dessen Hilfe konnte er George Crawford deutlich erkennen. Der hockte im Sattel, als sei er vollständig erschöpft. Ihn begleiteten vier eingeborene Reiter. Einer hatte ein weißes Tuch an seiner Lanzenspitze befestigt, die er heftig schwenkte, als ein paar Sikh-Reiter ihnen entgegensprengten, um sie abzufangen. Die Sikhs umzingelten die Neuankömmlinge, ihr Führer salutierte, und in ihrer Begleitung trotteten Crawford und die Eingeborenen zum Kopf des Zuges. Ein paar Jubelrufe begrüßten sie, als man Crawford erkannte, und die Nachricht über seine Rückkehr verbreitete sich wie ein Lauffeuer. Dann sah man den rotberockten Lieutenant Highgate, der sich ganz dienstlich durch die Gruppe drängte, die sich um Crawford und seine Begleiter gesammelt hatte. Die Rufe verstummten abrupt.

»Er hat's geschafft, Gott sei Dank!« Lieutenant Arbor stand neben ihm.

Phillip drehte sich um und lächelte erleichtert. »Ja, in der Tat. Lassen Sie uns hinreiten und hören, was er an Neuigkeiten hat!«

»Ohne Aufforderung vom Colonel?« murrte Arbor. »Man wird uns nicht willkommen heißen, fürchte ich, aber ich riskiere das, wenn Sie es auch tun.«

»Ich denke, George Crawford hat meine Unterstützung verdient, Mr. Arbor«, sagte Phillip, »vor allem weil …«

»Machen Sie sich auf etwas gefaßt, Sir«, warnte Arbor ihn.

Er hob die Hand, und ein müdes Lächeln sprang auf seine Lippen. »Hier kommt der Mann selber. Und wie es aussieht, braucht er mehr als Ihre Unterstützung. Du lieber Himmel, dieser junge Narr von einem Adjutanten will ihn offensichtlich unter Arrest nehmen.«

Phillip folgte der ausgestreckten Hand und hob erstaunt die Brauen. George Crawford, noch immer zu Pferde, näherte sich ihnen. Lieutenant Highgate folgte ihm mit gezogenem Säbel zu Fuß. Seine klagenden Proteste verhallten ungehört. Wie zufällig streckte ein Soldat seinen gestiefelten Fuß vor, und Highgate stürzte der Länge nach auf die staubige Erde. Als er sich erhob, war der Mann verschwunden. Leere, lächelnde Gesichter sahen den wütenden Offizier an, als er nach dem Schuldigen suchte.

Crawford, der Mitleid mit ihm hatte, sagte ruhig: »In Ordnung, Benjy. Gehen Sie zu Colonel Cockayne und sagen Sie ihm, ich melde mich, sobald ich mich gesäubert habe!«

Highgate begriff, daß er verloren hatte. Er salutierte steif und verschwand, um Meldung zu machen. Als er gegangen war, glitt Crawford erschöpft aus dem Sattel. Seine Ordonnanz, der große Hochländer, erschien von irgendwoher mit einem Eimer Wasser und einem Handtuch. Dankbar tauchte Crawford Gesicht und Hände in den Eimer und schüttete dann das Wasser über Kopf und Hals.

»Gott, tut das gut!« Er trocknete sich kräftig ab.

»Kaffee?« bot Phillip an. »Oder eher dies hier?« Er hielt ihm die Taschenflasche hin.

Crawford versuchte ein schwaches Lächeln. »Beides, wenn es Ihnen nichts ausmacht. Wenn schon, denn schon. John!« Er erkannte Arbor. »Tun Sie mir bitte einen Gefallen. Sorgen Sie bitte dafür, daß meine Begleiter anständig behandelt werden.«

»Natürlich«, nickte Arbor eifrig. »Sehr gut, George … und viel Glück!«

»Danke«, antwortete Crawford und trank hastig den Kaffee, den Lightfoot ihm gebracht hatte. Er sah Phillip beim Trinken unglücklich über den Rand der Tasse an. Als die Tasse leer war, goß er Whisky aus der Taschenflasche hinein und trank sehr langsam. »Ich suche Zeit zu gewinnen, Hazard«, sagte er endlich. »Ich schiebe den Augenblick vor mir her, in dem ich Colonel Cockayne mit der unangenehmen Wahrheit konfrontieren muß. Ich dachte, ich würde mich gut dabei fühlen, wenn ich ihm sage, daß er sich irrt. Aber statt dessen … bin ich nur traurig. Lieber Gott. Sie ahnen sicher, wie die Lage ist!«

»Ich nehme es an«, gab Phillip zu. »Gute Nachrichten würden Sie sicher nicht für sich behalten. Ich nehme an, der Colonel hat unrecht oder bekam wegen der Garnison falsche Informationen. Sie verteidigen doch sicherlich die Festung nicht mehr?«

»Nein, das tun sie nicht mehr.« Crawford sah ihn unbewegt an. »Aber einige haben überlebt, und der Newab hält sie als Geiseln. Ich weiß nicht, wie viele es sind und wie sie durchhalten – das habe ich nicht herausgefunden. Aber ich hörte, daß die meisten Frauen und Kinder noch leben und er sie zu Verhandlungen benutzen will. Sie …« Er zögerte und fuhr dann unglücklich fort: »Die ganze Garnison hat sich Anfang August ergeben, als sie erfuhr, daß General Havelock nach Cawnpore zurückkehren mußte. Sie hielt so lange wie möglich durch, vermutlich weil sie hoffte, daß Havelock in Lucknow Erfolg haben und ihnen dann Hilfe schicken würde. Aber sie hatten keine Chance. Die verdammte Festung war nie zu verteidigen. Wie auch immer, sie hielten sechs Wochen durch.« Er schämte sich der Tränen nicht, die in seinen Augen glänzten.

»Und was heißt das in bezug auf Colonel Cockayne?« wollte Phillip wissen.

Crawfords Mund wurde hart. »Es scheint, als habe der Bruder des Newab uns die Wahrheit gesagt, ehe wir ihn aufhängten!«

»Dann wußte er also, daß sie sich ergeben hatten?«

»Das müßte er, wenn er dort gewesen wäre. Oder auch, wenn er kurz zuvor entkommen war … verdammt noch mal, er mußte es wissen!«

Sie schwiegen beide, sahen sich bedrückt an und zögerten, ihre Gedanken in Worte zu fassen.

Schließlich fragte Phillip: »Und warum hat er das immer geleugnet?«

»Weil er wußte, daß er britische Truppen nur für einen einzigen Zweck bekommen würde. Nur um eine belagerte britische Garnison zu entsetzen, eine die noch aushielt«, erwiderte Crawford verbittert. »Sir Collins wichtigstes Anliegen ist es, Futteghur und den Doab zu sichern. Danach plant er mit allen Kräften einen Angriff, um Lucknow wieder zu nehmen. Lucknow war immer sein wichtigstes Ziel, Hazard. Strafexpeditionen nach Oudh sind ihm viel, viel weniger wichtig. Das hat er immer deutlich genug gesagt, und ich bin sicher, daß Cockayne das auch wußte. Das Ganze hier war von Anfang an nichts als eine Strafexpedition, egal welche Ausreden Cockayne auch gefunden hat!«

»Ja, ganz ohne Zweifel«, bestätigte Phillip genauso erbittert.

Crawford beherrschte sich mit einiger Mühe: »Wenn man Colonel Cockaynes Handlungen sehr freundlich beurteilt«, sagte er, »dann war er überzeugt, daß der Newab nach der Aufgabe die ganze Garnison ermorden ließ. Er war besessen von dem Gedanken, sie zu rächen. Ich habe irgendeine andere Erklärung zu finden versucht, aber es gibt keine. Ich lehne den Mann zwar aus ganzem Herzen ab, wie Sie wissen, aber ich kann nicht glauben, daß er das Leben der Geiseln riskieren würde, wenn er gewußt hätte, es gab Überlebende. Nicht, wenn seine eigene Frau und seine Tochter unter ihnen sind.«

Diese Gedanken klangen logisch, dachte Phillip. Es war die einzig mögliche Erklärung, es sei denn, der Colonel wäre verrückt geworden. Er bemerkte, daß sich ihnen ein Zug rotbejackter Soldaten mit einem Offizier an der Spitze näherte.

»Was machen wir jetzt, mein Freund?« fragte er und deutete auf die Näherkommenden. »Sie werden gezwungen werden, vor dem Colonel zu erscheinen, wenn ich mich nicht sehr irre. Sie sagten, der Newab sei bereit, über das Leben der Geiseln zu verhandeln! Haben Sie dafür Beweise?«

»Natürlich!« George Crawford hatte sich wieder vollständig unter Kontrolle. »Ich habe seine Vorschläge Colonel

Cockayne zur Prüfung mitgebracht. Hoffentlich nimmt er sie an. Der *vakeel** des Newab, Mohammed Aslam, ist mit mir mitgekommen, als Zeichen der ehrlichen Absicht seines Herrn und um die Bedingungen auszuhandeln, wenn Cockayne darauf eingeht. Er …«

»Kann man sie akzeptieren?« unterbrach Phillip ihn.

»Er muß sie einfach annehmen – das ist die einzige Möglichkeit, die Geiseln lebendig aus Ghorabad herauszubekommen. Aber …« Trotz seiner Beherrschtheit begann Crawfords Hand zu zittern, sah Phillip, und er spürte sie gleich darauf auf seinem Arm. »Aber ich wage es nicht, ihm das ohne Ihre Unterstützung vorzutragen, Hazard. Ich kann doch auf Sie rechnen?«

»Ich werde Sie mit all meinen Kräften unterstützen«, versicherte Phillip ihm. »Ich muß Ihnen nicht sagen, was schon John Arbor meinte: Sie haben das großartig gemacht!«

»Danke«, sagte Crawford. »Machen wir dem armen Williams die Sache jetzt etwas leichter.«

Sie näherten sich dem Trupp, und neugierige Blicke folgten ihnen. Captain Williams ließ die Eskorte halten. Sein Gesicht war rot, doch er sprach ganz formell: »Ich habe den Befehl, Sie sofort zu Colonel Cockayne zu eskortieren, Sir«, sagte er und wandte sich an Crawford.

»Oder mich unter Arrest zu nehmen, wenn ich nicht gehorche, Alan?« entgegnete Crawford trocken. »Habe ich recht?«

»Ja … ja, tut mir leid.« Der arme Alan Williams wurde noch röter. »Der Colonel ist fürchterlich wütend. Sie halten den ganzen Zug auf und …«

»Machen Sie sich keine Sorgen, mein Freund, ich mache ihm sofort Meldung. Commander Hazard wird mitkommen, also können Sie die Eskorte wegschicken.«

»Das kann ich nicht«, sagte Williams betroffen. »Aber wir werden hinter Ihnen und dem Commander hergehen.«

Der Colonel saß an seinem Feldtisch. Ein halbes Dutzend höherer Offiziere standen mit angespannten und besorgten

* vakeel: (hier) die rechte Hand (Anm. des Ü.).

Gesichtern um ihn herum. Das Ganze sah sehr nach einem Standgericht aus.

Als der Colonel seinen einstigen Stabschef mit einer Reihe wütender Anklagen überhäufte, war klar, daß er das hier auch so verstand. George Crawford hatte gegrüßt und hörte sich die Vorwürfe ungerührt an, die ihm entgegenprasselten.

»Nun?« fuhr Cockayne ihn schließlich wütend an. »Leugnen Sie, sich von diesem Zug ohne Erlaubnis und gegen meine Befehle entfernt zu haben?«

»Nicht gegen Ihre Befehle, Sir«, verteidigte sich Crawford. »Sie haben mir keinen solchen Befehl erteilt. Sie hatten mich außerdem von meinen Pflichten entbunden ...«

»Sie hatten, verdammt noch mal, nicht das Recht, sich von der Truppe zu entfernen«, fuhr Cockayne ihn an. »Und vor allen Dingen nicht mit der Absicht, Verhandlungen mit dem Feind aufzunehmen, zum Teufel. Das haben Sie wohl getan. Sie haben vier Rebellen mitgebracht, oder?«

»Unter der weißen Flagge, Sir, als Parlamentäre«, ergänzte Crawford. »Darf ich das erklären.« Er klang fest, weil er spürte, daß er das Interesse der anderen Offiziere gefunden hatte.

»Als Ihr ehemaliger Stabschef, Colonel, machte ich mir Sorgen über die Nachrichten, die Sie bekommen hatten über die aktuelle Lage in Ghorabad. Sie glaubten, daß die Garnison noch immer die Festung erfolgreich verteidigt und daß sie ...«

»Ist das etwa nicht so, Captain Crawford, verdammt noch mal?«

»Nein, Sir, das ist nicht mehr der Fall. Ich habe es persönlich herausgefunden, ohne Ihre Erlaubnis, wie ich zugebe, obwohl ich Sie zweimal gebeten hatte, mit einem Reitertrupp nach Ghorabad zur Erkundung vorzustoßen, um sicherzugehen ...«

George Crawford beschrieb in Einzelheiten, was er herausgefunden hatte. Er vermied jeden Hinweis auf das genaue Datum der Aufgabe der Festung, wie Phillip zustimmend feststellte, und machte keine Vorwürfe. Er beobachtete Colonel Cockayne und sah einige Wut schmelzen. Dann starrte er ungläubig Crawford an, als der von den Überlebenden sprach. Doch er sagte nichts, hockte nur schwer in seinem Sessel, während der jüngere Offizier fortfuhr.

»Der Newab hält sie als Geiseln, Sir. Er ist bereit, sie freizugeben, wenn Sie seine Bedingungen akzeptieren.«

Ein gespanntes Raunen ging durch die Gruppe der versammelten Offiziere.

Als Cockayne schwieg, wollte ein Captain der 82er eifrig wissen: »Welche Bedingungen stellt der Newab? Hat er sie Ihnen genannt?«

»Sie sind sehr einfach«, antwortete Crawford. »Ich habe seinen *vakeel* mitgebracht. Mohammed Aslam. Sie kennen ihn, Colonel. Er wird Ihnen die Vorschläge unterbreiten. Wir können ihn kommen lassen, wenn Sie wollen.«

Colonel Cockayne brach sein Schweigen. »Augenblick«, sagte er mit schwerer Stimme, »wie lauten sie, Crawford?«

»Sehr gut, Sir.« Punkt für Punkt erläuterte Crawford die Bedingungen des Newab.

Phillips Hoffnung wuchs, während er zuhörte. Sie waren fair.

Der Newab hatte ganz offensichtlich begriffen, was ihm drohen könnte, wie Crawford mal gesagt hatte. Er wollte, daß die Stadt in Frieden gelassen und sein eigener Status wiederhergestellt werden sollte. Für seine Rolle im Aufstand erwartete er Pardon. Im Gegenzug dazu würde er dem britischen Gouverneur einen neuen Treueid leisten und seine Truppen auflösen, sobald im Oudh wieder Recht und Ordnung herrschten. Die Geiseln würden unverletzt entlassen. Man würde Boote zur Verfügung stellen. Eine kleine Einheit bewaffneter Briten dürfte flußauf gehen, um die Geiseln zur Truppe zu begleiten. Sobald sie hier eingetroffen wären, würden sich die Briten nach Cawnpore zurückziehen. Man würde sie nicht belästigen, wenn sie nichts mehr gegen die Dörfer des Newab unternähmen.

»Welche Garantien gibt uns der Bursche?« wollte der Offizier der 82er wissen. »Werden unsere Männer unversehrt bleiben, wenn sie die Überlebenden aus der Garnison abholen?«

»Er läßt seinen Sohn bei uns«, erklärte ihm Crawford. »Und sein *vakeel* wird die Boote begleiten.« Er lächelte Phillip an. »Ich nehme an, Commander Hazard wird die Boote gern führen wollen. Sie werden bewaffnet sein ...«

»Das werde ich mit großem Vergnügen tun«, versicherte Phillip. »Auf eins der Boote kann ich einen Raketenwerfer stellen, mit Ihrer Erlaubnis selbstverständlich, Sir.«

Er wandte sich direkt an Cockayne, und der Colonel nickte nach kurzem Zögern. Er schien plötzlich sehr alt, und um seinen Mund zuckte es. Doch er sagte nichts, ließ seine Offiziere die Vorschläge des Newabs allein diskutieren. Das taten sie ausführlich, und alle waren – wie er selbst – außerordentlich erleichtert, spürte er. Man ließ Aslam kommen. George Crawford und John Arbor besprachen die Bedingungen mit ihm in seiner Muttersprache und übersetzten seine Antworten für die Offiziere, die ihre Sprache nicht verstanden.

»Ich sehe keinen Grund, warum wir die Vorschläge des Newab ablehnen sollten, Colonel«, sagte Arbor, und man stimmte ihm allgemein zu.

»Unser Befehl lautete, die Garnison zu entsetzen, Sir«, erläuterte ein zweiter Offizier. »Wir wußten natürlich nicht, daß sie sich gezwungenermaßen bereits ergeben hatte, doch wir werden den Zweck unseres Auftrags erfüllen, wenn wir die Überlebenden sicher zurückholen. Unsere Männer müssen keine Verluste hinnehmen, und vor allem werden wir ein zweites Cawnpore vermeiden, Sir. Wir hatten Glück, daß die armen Menschen nicht sofort umgebracht wurden.«

Sie sahen jetzt alle den Colonel an und erwarteten seine Zustimmung. Auch Phillip äußerte sein Einverständnis und entdeckte immer noch Unglauben in Cockaynes Gesicht. Vielleicht hatte Crawford die richtige Antwort gefunden, dachte er. Vielleicht hatte Cockayne wirklich angenommen, die gesamte Garnison wäre tot ...

»Ihnen ist klar, welches Risiko Sie auf sich nehmen, Commander Hazard?« wollte Cockayne plötzlich wissen. »Der Newab ist durchaus in der Lage, Sie zu hintergehen, wenn Sie mit den Booten in die Stadt kommen.«

»Das Risiko nehme ich auf mich«, versicherte Phillip ihm.

»Wenn meine Männer bewaffnet sind und wir den Raketenwerfer mitnehmen, wird er sich einen Angriff zweimal überlegen, wenn er überhaupt an so etwas denkt. Dazu haben wir keinen Anlaß. Außerdem hat er ja angeboten, seinen Sohn als Geisel hier zu lassen.«

»Stimmt«, bestätigte der Colonel ohne Überzeugung. Er begann, sich mit Mohammed Aslam fließend in seiner Sprache zu unterhalten. Der alte graubärtige Moslem beantwortete seine Fragen leise und würdevoll und sprach ihn höflich mit Namen an. Sie sprachen zu schnell, als daß Phillip ihnen folgen konnte, aber es war klar, daß sich beide gut kannten und sich respektierten, ohne sich sonderlich zu lieben.

»Der Mann gibt zu, daß alle Zivilpersonen getötet wurden, die sich gegen meinen Rat in die Residenz geflüchtet haben«, sagte der Colonel. »Auch eine Anzahl von Offizieren wurde erschossen, als sie versuchten, die Festung zu erreichen. Aber er behauptet, die rebellierenden Regimenter seien schuld, nicht etwa der Newab – und das ist, wie ich leider bestätigen muß, die Wahrheit. Wie auch immer, er kann oder will mir nicht sagen, wie viele Überlebende der Newab als Geiseln zurückhält.« Er unterbrach sich und sah Crawford mit eisigem Blick an. »Hat Ihre persönliche Erkundung da Klarheit gebracht, Captain Crawford? Hatten Sie Glück, die Zahl herauszufinden?«

George Crawford schüttelte den Kopf. »Nein, leider nicht, Sir. Aber Mohammed Aslam hat mir versichert, daß Frauen und Kinder verschont wurden – wie er es auch Ihnen versichert hat, als Sie eben mit ihm sprachen! Und er sagte mir, sie seien gut behandelt worden.«

»Ja, er beharrt darauf, daß er nicht weiß, wie viele noch am Leben sind«, sagte Cockayne voller Verachtung.

»Die Zahl spielt doch sicher keine Rolle, Sir«, meinte der junge Alan Wilson. »Ich meine, Sir, selbst wenn nur noch drei oder vier der armen Seelen am Leben sind, ist es dennoch unsere Pflicht, zu versuchen, sie zu retten, wenn wir irgend können. Gott allein weiß, was sie im Gefängnis des Newab haben erdulden müssen.« Und dann fügte er hinzu: »Und einige sind kleine Kinder, Sir!«

Wieder murmelte man allseits zustimmend. Ein Zucken glitt wie ein Schmerz über das runde, rote Gesicht des Colonel, als George Crawford entschlossen sagte: »Wenn wir die Bedingungen zur Entlassung der Geiseln ablehnen, Colonel, kann der Newab ihre Tötung befehlen, ehe wir die Stadt überhaupt zu Gesicht bekommen. Und wir hätten nicht die Macht, ihn daran zu hindern. Er ...«

»Hat er damit gedroht, sie zu ermorden?« fragte der Captain der 82er entsetzt. »Hat er das, Crawford?«

»Nicht mit diesen Worten, mein lieber Grayson. Aber die Drohung ist in seinen Bedingungen enthalten. Aus dieser Position der Stärke verhandelt er mit uns.«

Crawford wandte sich an den *vakeel* und benutzte dessen Sprache. Der alte Mann nickte eifrig und streckte dann seine Hände aus – in einer stummen und bewegenden Geste den gespannt wartenden Offizieren gegenüber.

Der Colonel fuhr ihn hart an, und die rechte Hand des *vakeel* richtete sich beleidigt auf. Er warf ihm Worte entgegen, die die meisten nicht verstanden, doch deren Sinn allen klar war. Er wollte gerade gehen, als Captain Grayson ihm erbleichend die Hand auf den Arm legte und mit ihm zum Colonel zurückkehrte.

»Wir müssen doch einfach die Bedingungen des Newab akzeptieren, Sir«, drängte er, »welche andere Wahl haben wir denn? Wie Captain Crawford schon sagte, er verhandelt mit uns aus einer Position der Stärke. Wir können das Leben britischer Frauen und Kinder nicht einfach riskieren. Dieser Mann hier«, und der deutete auf den alten *vakeel,* »weiß das sehr genau. Ich bitte Sie, sein Angebot anzunehmen, Sir!«

Colonel Cockayne sah ihn mit kaum verhüllter Verachtung an.

»Also wollen Sie einen landbekannten Verräter ungestraft ziehen lassen für ein vages Versprechen, eine ungenannte Zahl von Geiseln freizugeben – wollen Sie das wirklich, Captain Grayson? Du lieber Himmel, die ganze Sache kann ein einziges Lügengeflecht sein, Mann! Der Newab hat uns schon mal hintergangen, und er wird es wieder tun. Ich kenne ihn – man darf ihm nicht trauen. Er ...«

Mehr konnte er nicht sagen, ohne seine Befürchtung zu verraten, daß die ganze Garnison ermordet sein könnte, dachte Phillip. Er sah, wie Crawford ihn entsetzt anblickte, und wandte sich an den Colonel.

»Das muß erst noch bewiesen werden, Sir«, entgegnete er.

»Bewiesen, wie meinen Sie das, Sir?«

»So, Sir. Wir kennen die Absichten des Newab nicht. Und wir wissen nicht, wie viele Geiseln er aus Ihrer Garnison hat. Ich bin bereit, das zu prüfen. Nehmen Sie die Bedingungen an und erlauben Sie mir, mit den Booten flußauf zu gehen. Wenn der Newab vorhat, uns zu hintergehen, muß er das dann tun, wenn ich die Stadt erreicht habe. Dann haben Sie genügend Beweise. Und außerdem den Sohn des Newab noch als Geisel. Was können Sie also verlieren, Sir?«

»Wollen Sie mir wieder einen Rat geben, Commander Hazard?« fuhr der Colonel ihn mißmutig an. »Sie sind Marineoffizier, verdammt noch mal. Was wissen Sie von diesem Land und diesen Leuten? Ich habe mein ganzes Leben hier verbracht, aber Sie wollen mir sagen, was ich in solcher Situation tun oder lassen soll! Ich habe das zu entscheiden, Sir, ich ganz allein. Denn man wird mich zur Verantwortung ziehen, wenn Sie den Kopf in die Falle stecken und ihn verlieren. Wenn ich Sie und die einzigen Kanoniere mit nennenswerter Erfahrung verliere. Muß ich Sie daran wieder erinnern, Commander? Von dem Verräter ganz zu schweigen, der von Rechts wegen an den nächsten Baum gehört!«

Phillip richtete sich auf wie der *vakeel* vor ein paar Augenblicken. Plötzlich war er auf diesen steifnackigen, arroganten Offizier der Ostindischen Armee nur noch wütend, der seine wahren oder eingebildeten Leiden rächen wollte.

Er dachte an die brutalen Abschlachtereien in Betarwar und in den beiden anderen schlecht verteidigten Dörfern und sagte dann mit entschiedener Härte: »Ich biete den Ausweg aus einer Patt-Situation, Sir. Ich werde Ihnen zwei Mannschaften für die Kanonen hierlassen und meinen Stellvertreter, wenn Sie wollen. Man kann sie durch Freiwillige aus Ihrer Infanterie ersetzen. Ich ...« Er zögerte und fuhr dann noch entschlossener fort, als er spürte, daß der Colonel mit ihm argumentieren wollte. »Im Namen der Menschlichkeit, Sir! Die Geiseln sind britische Frauen und Kinder – und Ihre Frau kann bei ihnen sein. Ihre Frau und ...«

Colonel Cockayne fuhr dazwischen. »Sehr gut, Commander Hazard – es geschieht auf Ihre Verantwortung. Arrangieren Sie mit dem Mann des Newab, was nötig ist. Ich lehne jede Verantwortung für Ihre Sicherheit oder für die Ihrer Begleitung ab.« Betroffen wandte er sich an die anderen Offiziere. »Mir ist klar, daß Sie alle einer Meinung sind, der gleichen wie Commander Hazard, weil Sie nichts von dem Land und den Leuten hier wissen, wenn ich das sagen darf. Stimmt das?«

Niemand widersprach ihm. Ganz formell antwortete dann Captain Grayson: »Das stimmt, Sir!«

»Dann werden wir weiter auf den Fluß vormarschieren«, befahl Cockayne. »Kehren Sie zu Ihren Einheiten zurück, meine Herren, und bereiten Sie sich vor. Zum Aufbruch wird in 15 Minuten geblasen. Sie nicht, Hazard«, rief er ihm zu, als Phillip den anderen folgen wollte. »Ich möchte gern mit Ihnen unter vier Augen sprechen.«

»Jawohl, Sir!«

Phillip wartete und unterdrückte seine Ungeduld. Als sie allein waren, stellte er fest, daß der Colonel sich in Aussehen und Verhalten gänzlich verändert hatte. Der alte Mann schaute bedrückt und wie besiegt drein. Als sie Einzelheiten über die Bemannung der Boote besprachen, hatte seine Stimme die gewohnte Arroganz verloren. Als alle Einzelheiten geklärt waren, setzte er seine Unterschrift auf das Papier mit den Bedingungen des Newab für die Freilassung der Geiseln und hielt es Phillip entgegen mit seltsam schrägem Lächeln.

»Da ist es. Soll es Mohammed Aslam seinem Herrn überbringen. Ich warne Sie, Hazard, das hier ist vielleicht Ihr Todesurteil – aber Sie wollen es ja nicht anders!«

»Tut mir leid, Sir«, sagte Phillip steif. »Ehrlicherweise ...«

Es war, als habe er nichts gesagt.

Der Colonel fuhr fort und klang dabei bitter: »Angesichts dieser Tatsache werde ich Ihnen – vertraulich selbstverständlich – sagen, was ich bisher keiner lebenden Seele gesagt habe. Sie sind ein Mann von Ehre, Hazard, wenn auch irregeleitet … Ich kann mich hoffentlich auf Ihre Verschwiegenheit verlassen, was auch immer bei diesem Unternehmen herauskommt.«

»Natürlich, Colonel«, versicherte Phillip. »Aber es ist nicht nötig, ich frage nach gar nichts …«

»Mein Gewissen wird erleichtert, wenn ich es Ihnen sage«, entgegnete Cockayne. »Lieber Gott, ich habe diese verdammte Last lange genug allein getragen und bin darunter manchmal fast zusammengebrochen. Sie sprachen von meiner Frau, Hazard.«

»Colonel Cockayne, es besteht kein Anlaß, mir irgend etwas anzuvertrauen«, sagte Phillip vorausahnend. »Glauben Sie mir, Sir, Sie …«

Wieder war es, als habe Cockayne ihn nicht gehört. Sein Gesicht hatte seine rote Farbe verloren, und in den harten blutunterlaufenen Augen glänzten ganz unterwartet Tränen. »Meine geliebte Frau ist tot, Hazard. Sie starb in meinen Armen unter meinen Händen!« Seine Stimme war kaum mehr als ein Flüstern. Phillip war entsetzt und mußte sich anstrengen, um etwas zu verstehen. »Auf ihr Verlangen hin, als wir wußten, daß wir nicht länger Widerstand leisten konnten. Ich schoß ihr eine Kugel ins Herz, damit sie diesen Schurken nicht lebend in die Hände fiel. Ein paar andere Offiziere haben das gleiche mit ihren Frauen gemacht. Wir alle … Nach dem, was der Nana mit den Opfern in Cawnpore gemacht hatte, konnten wir sie nicht lebend in feindliche Hände fallen lassen. Sir Henry Lawrence hat das auch geraten, falls die Residenz in Lucknow fallen sollte.« Cockaynes Stimme klang wieder kräftiger. »Außerdem hatten wir alle mit angesehen, was der Newab mit denen anstellte, die das Haus des Vertreters der Ostindischen Handelskompanie verteidigt hatten. Er ließ sie erst verstümmeln und dann enthaupten – vor aller Augen vor der Festung. Verstehen Sie jetzt, daß ich diese Untaten an ihm rächen will, für die Verbrechen, als er meinte, das Britische Empire habe hier keine Macht mehr?«

»Ich begreife, Sir«, gab Phillip ehrlich zu. Das war schlimmer, sehr viel schlimmer, als er erwartet hatte. Unwillkürlich schauderte es ihn. Er konnte sich die Qualen vorstellen, die man in Ghorabad erdulden mußte. Armer Kerl, dachte er, und Mitleid überfiel ihn, als er dem verzweifelten Colonel ins Gesicht schaute. Armer, unglücklicher Kerl! Welche Schuld- und Reuegefühle mußte er all die Monate seit der Übergabe der Garnison mit sich herumgeschleppt haben? Es war eine Last, unter der sicher die meisten anderen Männer zusammengebrochen wären …

»Ich konnte fliehen, weil zwei eingeborene Offiziere loyal zu mir hielten«, fuhr der Colonel jetzt ruhig fort. »Sie haben mich wochenlang in der Stadt versteckt und dabei ihr eigenes Leben aufs Spiel gesetzt. Als die rebellierenden Regimenter nach Lucknow abzogen, besorgten sie mir ein Pferd und schmuggelten mich aus der Stadt raus. Ich kam nur bis Betarwar, dort wurde ich ausgeraubt und gefoltert. Und dann schickte man mich splitternackt in den Dschungel, wo ich umkommen sollte. Das veranlaßte der Mann, den ich vor zwei Tagen aufhängen ließ. Ich wollte nicht weiterleben …« Er seufzte. »Ich bin wie durch ein Wunder davongekommen und erreichte Cawnpore. Seit damals habe ich nur einen einzigen Gedanken, nur noch ein Ziel: mit britischen Truppen unter meinem Kommando hierher zurückzukehren. Mir war egal, was ich alles anstellen mußte, um das zu erreichen. Ich bin selbst Sir Colin Campbell angegangen. Und ich habe genau wie ihm auch Ihnen was vorgemacht!«

»Ja«, gestand Phillip leise. »Das weiß ich jetzt, aber ich mache Ihnen keinen Vorwurf. Aber …«

»Sind Sie immer noch bereit, die Boote in die Stadt zu führen?« wollte Cockayne wissen. »Hazard, ich bin wahrscheinlich der einzige Überlebende der Garnison. Wenn Sie dort ankommen, nein – falls Sie dort ankommen, dann sage ich Ihnen, wen Sie meiner Überzeugung nach dort nur noch treffen werden: die Frauen und Kinder von eurasischen Christen. Aus Familien von den Angestellten der Handelskompanie. Wollen Sie ihretwegen Ihr Leben riskieren?«

»Ich kann nicht mehr zurück, ich habe mein Wort gegeben, Sir«, sagte Phillip. »Und Sie können auch nicht mehr zurück!« Er deutete auf das Papier in seiner Hand. »Wir müssen diese Vereinbarung einhalten, wenn auch nur die leiseste Möglichkeit besteht, noch irgend jemanden aus der Garnison lebend vorzufinden. Crawford ist überzeugt, daß man einige am Leben ließ. Der *vakeel* teilt seine Meinung. Vor uns allen hier hat er sie beschworen.« Er dachte an George Crawford und fügte hinzu: »Ihre Tochter, Sir. Sind Sie sicher, daß ...«

»Meine Tochter?« Der Colonel starrte ihn blicklos an. Dann antwortete er voller Bitterkeit: »Das arme Kind war bei denen, die sich ins Haus des Residenten flüchteten. Ich kann nur hoffen, daß sie nicht lange leiden mußte!«

Er machte eine Pause und sah Phillip mit gerunzelter Stirn an, als hoffe er noch immer auf eine Meinungsänderung. Als die nicht eintrat, zog er seine Uhr aus der Tasche: »Sie kehren besser auf Ihren Posten zurück, Hazard – wir werden jetzt aufbrechen. Habe ich richtig verstanden, daß die Boote am Fluß auf uns warten?«

»Ja, Sir!«

»Sehr gut.« Der Colonel war jetzt wieder ganz der alte, brüsk und überheblich. »Weil Sie immer noch das gefährliche Spiel spielen wollen, erlaube ich Ihnen, mit einer Kavallerie-Eskorte vor uns her zu reiten. Sie können die Boote inspizieren und alles für die Übernahme des Raketenwerfers vorbereiten. Es wird wahrscheinlich schon dunkel sein, ehe sie flußauf aufbrechen können. Viel werden Sie nicht mehr sehen. Ich rate Ihnen, sich in der Mitte des Flusses zu halten, bis Sie die Stadt erreichen. Beim leisesten Anzeichen für einen Verrat nehmen Sie den Palast des Newab mit Ihren Raketen unter Feuer. Er liegt am östlichen Ufer. Ich sorge dafür, daß Sie einen Lageplan bekommen. Ziehen Sie sich flußab zurück, nachdem Sie ihn in Brand gesetzt haben. Ich werde mit diesem Zug nachsetzen und die Stadt vom westlichen Ufer her einnehmen. Ist das ganz klar?«

»Absolut klar, Colonel«, bestätigte Phillip. Sein Gesicht verriet nichts. »Ist das alles, Sir?«

Colonel Cockayne lächelte ihn zweifelnd an. »Ich glaube, bei der Marine werden traditionell auch die jüngsten Offiziere so ausgebildet, daß sie Eigeninitiative entwickeln und in jeder Situation Verantwortung übernehmen können? Das stimmt doch?«

»Selbstverständlich, Sir. Aber …«

»Dann bete ich darum, Commander Hazard«, meinte Colonel Cockayne nachdenklich, »daß Ihre Ausbildung in der Marine sich als passend für diese Situation erweist. Ich wünsche Ihnen einen guten Tag, Sir!«

7

Ghorabad erschien wie eine Geisterstadt, in der sich im Mondlicht hinter durchlöcherten Wällen Häuser zusammendrängelten. Die Stille wurde nur durch das Klatschen von Riemen unterbrochen, als die drei Boote langsam ihr Ziel ansteuerten.

Phillip stand im Bug des ersten Bootes und spürte, wie sich seine Bauchmuskeln zusammenzogen, während er sich umschaute. Ein paar Fuß hinter ihm hockte Devereux neben Oates und den beiden Ladeschützen Cole und Bustard neben dem Raketenwerfer mit dem langen Lauf, der dicht vor dem einzigen kurzen Mast stand.

Dies war das größte Boot, das der Newab ihnen zur Verfügung gestellt hatte mit seinen zehn eingeborenen Ruderern. Alle drei Boote waren breite Flußboote, die normalerweise Reis oder Korn als Lasten beförderten. Strohdächer überschatteten zwei Drittel ihrer Decks. Gesteuert wurden sie von einer hölzernen Plattform aus durch ein langes Ruder achteraus.

Sie waren nicht leicht zu manövrieren. Nach einigen Überlegungen hatte Phillip beschlossen, die Eingeborenenmannschaften zu behalten. Seine eigenen Leute bewachten sie mit ihren Gewehren. Gefallen hatte ihm der ausreichende Platz für Passagiere. Saubere Säcke und frisches Stroh lagen unter dem Dach und sollten den befreiten Geiseln einige Bequemlichkeit bieten. Sein eigenes Boot könnte 25 oder 30 Menschen aufnehmen, die beiden anderen je nur die Hälfte. Als man Colonel Cockayne darauf aufmerksam machte, meinte er nur zynisch, der Newab sei ein Meister der Täuschung.

Doch es schien, als halte er sich an seinen Teil der Vereinbarung. Die Boote warteten bereits, als die britischen Truppen das Flußufer erreichten. Und sein Sohn, ein hübscher

Kerl von 17 oder 18 Jahren, erschien bald darauf mit einer kleinen Eskorte von Zamindari-Reitern. Sie ritten in die Stadt zurück und ließen den Jungen in der Obhut des Colonel zurück. Kurz darauf war der alte *vakeel* wieder erschienen und hatte das vereinbarte Dokument mit der Unterschrift des Newab übergeben. Er war bei ihnen geblieben, hatte anscheinend im Schlaf unter dem Sonnendach gelegen und seinen knochigen Leib gegen die Kühle der Nacht in den weißen Mantel gehüllt …

Phillip seufzte. Das einzige sichtbare Zeichen für die feindlichen Absichten des Newab und seiner Leute war die Zerstörung der Pontonbrücke über den Fluß gewesen. Ganz offensichtlich hatte Colonel Cockayne das vorhergesehen, denn er hatte ausdrücklich darauf hingewiesen, daß Phillip im Falle eines Angriffs auf die Stadt vom westlichen Ufer her vorgehen sollte. Nach seinen Informationen sollte sich in der Stadt eine zweite Brücke befinden, die …

»Da ist der Palast des Newab, rechts, da drüben, Hazard.« George Crawford kam nach vorn zu ihm. »Ich habe den Auftrag, Ihnen seine genaue Lage klarzumachen.«

»Danke«, erwiderte Phillip trocken. »Ich kann mir denken, von wem der Auftrag kommt.« Dennoch studierte er das ausgedehnte Bauwerk sehr genau, dessen zwei Wachtürme deutlich gegen den Nachthimmel zu erkennen waren, und sagte dann zur Sicherheit, indem er auf Devereux und die Mannschaft am Raketenwerfer wies: »Das Fort liegt hinter dem Palast. Oder es lag jedenfalls da. Es ist wenig von ihm übriggeblieben, ich glaube also nicht, daß wir viel von ihm erkennen können oder von den anderen Verteidigungsanlagen. Die Pandies haben alles in Brand gesetzt, ehe sie nach Lucknow marschierten. Sie haben auch, das muß ich nicht extra sagen, das Schatzhaus, die *cutchery*, das Gefängnis und alle anderen Zeichen britischer Herrschaft in Flammen aufgehen lassen. Die lagen links von ihnen, hinter dem Bazar und der Eingeborenenstadt. Und noch weiter dahinter lag die Residenz vom armen Hardacre, zwischen einem Wall und der Stadt. Das *ghat*, also die Landestelle, auf die wir zuhalten, ist der Ort, an dem diese Boote hier normalerweise gelöscht werden. Sie liegt am westlichen Ufer hinter dem Subzee-Bazar. Wir müßten dort eigentlich Lichter ausmachen und Bewegungen wahrnehmen können, wenn wir erst mal an den Wällen vorbei sind.«

Phillip folgte mit dem Blick seinem ausgestreckten Finger und konnte die erste Ansammlung eng beieinanderstehender flachdächiger Häuser von Eingeborenen ausmachen, die die Stadt bildeten. Die Eintönigkeit der Silhouette unterbrachen ein paar Moscheen mit ihren Kuppeln und die ausgebrannten Ruinen eines großes steinernen Gebäudes, das einst die Herren und Verwalter von Ghorabad beherbergt hatte. Es sah dunkel und seltsam drohend aus. Es gab kaum Zeichen von Bewegungen, die Crawford erwähnt hatte, als der Landesteg etwas eine halbe Meile entfernt links vor ihnen in Sicht kam. An ihm lag verlassen eine Reihe von Booten.

»Glauben Sie, daß der Newab uns hintergehen könnte, Crawford?« wollte Phillip leise wissen, ohne daß die Männer hinter ihm ihn hören konnten.

George Crawford holte hörbar Luft. »Ich kann mir denken, von wem diese Frage kommt, mein lieber Hazard! Meine Antwort darauf ist nein, ich glaube es nicht. Ich hätte seine Vorschläge nicht übermittelt oder auf ihre Annahme gedrängt, wenn ich ernsthaft glauben würde, er beabsichtige, sein Wort zu brechen.«

»Tut mir leid«, entschuldigte Phillip sich schnell. »Ich sollte Sie so was nicht fragen. Verzeihen Sie!«

»Keine Entschuldigung nötig, mein lieber Freund. Mein Vertrauen auf den Newab ruht auf seinem bekannten Wunsch, sich selber zu erhalten.« Crawford lachte, war aber nur wenig amüsiert. »Er gehört gern zu den Gewinnern. Darum hat er es erst mit den Rebellen gehalten. Aber jetzt weiß er, was ihm bevorsteht, wie ich Ihnen kürzlich sagte. Wenn wir die Schlacht um Oudh gewinnen, und das werden wir, weiß er, daß er Land und Leben verloren hat. Also kommt ihm ein Pardon jetzt sehr zupaß. Da er den jetzt hat, ist er auf der sicheren Seite. Er ließ seine Pandy-Regimenter nach Lucknow marschieren. Ich habe außerdem herausgefunden, daß er längst nicht so viele Zamindari-Truppen wie erwartet zur Verteidigung der Stadt ausgehoben hat. Im Augenblick hat er nicht mehr als 1200 oder 1400 hier. Doch die ganze Situation könnte sich ändern, muß ich eingestehen – sie könnte sich schon heute nacht ändern!«

»Und damit würde er sein Wort doch noch brechen«, meinte Phillip.

»Das könnte er«, gab Crawford zu. »Aber nur, wenn er dazu gezwungen würde. Oder ...« Er runzelte die Stirn. »Oder wenn der Colonel recht hat und er uns Frauen und Kinder nicht mehr übergeben *kann*. Ich muß mich damit vertraut machen, daß vielleicht alle tot sind, Hazard ... Und Andrea auch.«

»Cockayne ist überzeugt, daß niemand verschont wurde. Er sagte mir, man würde uns eurasische Christen geben, nicht britische Frauen und Kinder.«

»Wenn von denen überhaupt welche am Leben geblieben sind«, meinte Crawford grimmig. »Der *vakeel* sagte, sie wären die ersten Opfer des Aufstandes gewesen, die armen Menschen. Das ist auch an vielen anderen Orten der Fall gewesen. Sie waren wehrlos, lebten in oder nahe den Eingeborenenstädten, waren weder als Inder noch als Briten akzeptiert – wenn sie nicht gerade in Diensten der Ostindischen Handelskompanie standen, hat kein Mensch sich um sie gekümmert. Aber ...« Er zögerte. »Hat der Colonel heute morgen noch mit Ihnen gesprochen, Hazard? Ich nehme an, was er Ihnen sagte, war vertraulich!«

Phillip starrte auf den Landesteg voraus. Er stellte fest, daß Lichter dort zu erkennen waren. Männer bewegten sich auf den Treppen, die nach unten führten, doch es gab kein Zeichen von Frauen und Kindern.

»Ja, vieles war vertraulich«, bestätigte er. »Ich habe ihm mein Wort gegeben, mich daran zu halten. Ich kann Ihnen nur so viel sagen, daß einige Ihrer Schlußfolgerungen stimmten. Er hat in der Tat gelogen, um diese Truppen zu bekommen. Und wie ich schon sagte, ist er überzeugt, daß die ganze Garnison schon vor Monaten ihr Ende fand. Er ...«

»Ist er desertiert?« fragte Crawford grimmig.

Phillip drehte sich um und sah ihn an. »Nein, das glaube ich nicht. Er war hier, als sie sich ergaben. Und er sagte, er entkam mit Hilfe zweier eingeborener Offiziere. Sie haben ihn in der Stadt versteckt und schmuggelten ihn nach draußen, kurz bevor die Pandy-Regimenter nach Lucknow zogen. Er sagte, er kam nach Betarwar und …«

»Um Himmels willen, Hazard!« George Crawford unterbrach ihn. »Wenn er noch nach der Übergabe hier war, dann *weiß* er, was geschehen ist … Und er hat wahrscheinlich recht, was den Newab betrifft. Das Schwein plant Verrat, er versucht uns zu bluffen, um Zeit zu gewinnen. Was zum Teufel tun Sie dann hier? Warum riskieren Sie Ihr Leben, wenn Cockayne Ihnen klar gesagt hat, daß seine Leute alle tot sind?« Im Mondlicht schien sein Gesicht sehr weiß, seine Stimme klang fast anklagend. »Sie hätten es mir überlassen können – ich habe hier eine Aufgabe zu erledigen, Sie nicht. Sie kennen, zum Teufel noch mal, niemanden hier – Sie sind Marineoffizier.«

Der ausgebildet wurde, selbständig zu handeln, so Colonel Cockayne, fiel Phillip ein. Zynisch dachte er nach, was der Colonel außerdem gesagt hatte. *Einer, der in jeder Situation die Verantwortung des Kommandierenden übernimmt* – nun ja, daran war schon etwas Wahres. Er war viel zu sehr mit den Vorbereitungen für diese Aktion der verlorenen Hoffnung befaßt gewesen, als daß er Zeit gehabt hätte, seine Gründe für sein Handeln zu analysieren. Also versuchte er jetzt, es nachzuholen, und spürte, daß die meisten in seinem Mißtrauen gegen Cockayne gründeten.

»Anfangs habe ich aus ganzem Herzen dem jungen Williams zugestimmt«, sagte er. »Auch wenn nur drei oder vier von den armen Seelen noch am Leben sind, haben wir die Pflicht, sie zu retten … Selbst dann, wenn es nur eurasische Christen und nicht Briten sind. Keiner von uns weiß sicher, ob die Geiseln des Newab Überlebende der Garnison sind. Daran zweifelt auch Cockayne. Die einzige Möglichkeit, es sicher herauszubekommen, ist hier, mein lieber George«, er legte ihm eine Hand auf die Schulter, »ich riskiere lieber meinen Hals, als mit dem Bewußtsein zu leben, daß ich diese

Chance nicht wahrnahm. Und außerdem ... Ich hatte eine Schwester in General Wheelers Garnison in Cawnpore. Und das erklärt, warum ich hier mitmache – obwohl ich Seemann bin und nicht Soldat.«

Entsetzt und schweigend sah Crawford ihn an. Dann nickte er nach einer Weile. »Wie lautet der exakte Ausdruck in der Marine? *Freue mich, daß Sie an Bord sind!* Ich bin verdammt froh darüber, Phillip. Aus tiefstem Herzen. Denn irgend etwas stimmt hier nicht!« Er deutete auf den Landungssteg. »Ich kann niemanden auf dem verdammten Steg erkennen, außer Bootsführern und Kulis. Wenn der Newab vorhat, uns die Geiseln zu übergeben, wird es Zeit, daß sie erscheinen!«

»Wir werden uns melden«, schlug Phillip vor. »Wir führen kein richtiges Licht, vielleicht hat man uns noch nicht gesehen!«

Der Ruf führte nur zu einigen lauten Schreien der Eingeborenen auf dem Landesteg.

Crawford wechselte ein paar laute Worte über das dunkle Wasser und schüttelte enttäuscht den Kopf. »Sie sagen, sie wissen nichts über die *memsahibs** ... und ich glaube ihnen. Sie haben vor Angst die Hosen voll!«

Wie zum Beweis der Wahrheit seiner Worte floh plötzlich alles die Stufen des *ghat* hinauf. Oben, am Ende der breiten Stufen entdeckte Phillip ein zerfallendes hölzernes Gebäude. Ein Lagerhaus oder irgendein Vielzweckgebäude mit einem flachen Dach. Es lag tief im Schatten, und die fliehenden Kulis hielten sich fern von ihm. Sie stolperten übereinander, um in die Enge des Bazars dahinter zu entkommen. Phillip nahm sein Glas und studierte das Gebäude genau.

»Zum Teufel noch mal«, sagte Crawford, »da stimmt was nicht. Ich werde Mohammed Aslam fragen!«

Der alte *vakeel* zitterte vor Angst, als Crawford und seine Ordonnanz ihn aus tiefem Schlaf auf seinem Lager unter dem Strohdach weckten und ohne Umstände nach vorn holten. Er war, wie Phillip merkte, ebenso verblüfft wie sie, daß die Geiseln seines Herrn nicht da waren.

* memsahibs: Frauen (Anm. d. Ü.).

»Er sagt, sie sollten eigentlich hier warten«, übersetzte Crawford wütend. »Er meint, es kann sich nur um eine kurze Verzögerung handeln, denn der Newab hat befohlen, sie hierher zu bringen, als er die Vereinbarung mit der Unterschrift des Colonel entgegennahm.« Mit bebender Stimme fuhr er fort: »Jetzt sagt er mir, daß sie in rattenverseuchten Kellern im Palast des Newab gefangengehalten wurden. Das heißt, sie müssen über den Fluß setzen und die Stadt durchqueren, um hierher zu kommen. Er glaubt, das ist der Grund für die Verspätung, und er schlägt vor, an Land zu gehen, um sich zu erkundigen, wenn wir ihn absetzen. Was meinen Sie, sollen wir ihn ziehen lassen?«

Phillip sah dem alten Mann forschend ins Gesicht. Er entdeckte Furcht, die in seinen wäßrigen Augen die Verwunderung ersetzt hatte. Er entdeckte Speichel auf seinem Bart, Zeichen seines lauten Protests. Er war eigentlich bereit gewesen, dem ehrwürdigen alten Mann zu vertrauen, zu glauben, daß er doch die Wahrheit gesprochen hätte ... Aber jetzt schüttelte er den Kopf. Alle Fasern seines Instinkts warnten ihn, daß der Newab vorhatte, sie zu hintergehen. Und der *vakeel* wußte das jetzt auch – falls er es nicht schon von Anfang an vermutet hatte. Oder war er auch ebenso hintergangen worden ...

»Nein, wir behalten ihn an Bord, George«, entschied er. »Wir halten ihm eine Pistole an den Kopf und hoffen, daß er die Nerven verliert und uns verrät, was sein Herr plant. Wenn er das nicht tut, gehe ich mit einer Gruppe an Land und sehe mir das Haus mal an ...«

Er deutete auf das hohe dunkle Gebäude hinter dem Landungssteg und maß mit den Augen die Entfernung. Wenn er das Boot ohne Lichter zum Anfang des Stegs führte und dort seine Gruppe an Land setzte, dann könnte es ihm und seinen Männern vielleicht gelingen, ohne entdeckt zu werden, hinter das Gebäude zu kommen. Die anderen Boote würden von ihnen ablenken, und die Besatzungen würden ihm notfalls zu Hilfe kommen.

Er wandte sich an die Männer am Raketenwerfer. »Ich gehe an Land, Devereux. Legen Sie ab, wenn wir angekommen sind. Eröffnen Sie sofort das Feuer, wenn ich mit meinen Leuten an Land Probleme kriege. Oates, löschen Sie alle Lichter, übernehmen Sie das Ruder und bringen uns so leise wie möglich ans Ufer. Halten Sie auf das Ende des Stegs zu, da im Schatten des Walls, klar?«

»Aye, aye, Sir!« Oates war auf den Beinen, hellwach und verläßlich.

Phillip gab kurze Befehle, leitete die anderen Boote in die Mitte des Flusses. »Behalten Sie die Ruderer im Auge und paddeln Sie langsam voran«, befahl er Grayson, der das nächste der beiden Boote führte. »Reden Sie und machen Sie so viel Lärm wie möglich und lassen Sie Ihre Lichter hell leuchten. Kommen Sie nach eigenem Ermessen an Land, wenn Sie hören, daß wir das Feuer eröffnen.«

Grayson winkte mit der Hand als Zeichen, daß er verstanden hatte.

George Crawford klang bedrückt, als er wissen wollte: »Sie glauben doch nicht, daß die Frauen da in dem Haus sind? Denn wenn …«

»Ich weiß es nicht«, gab Phillip zu. »Aber es ist besetzt, und ich werde herausbekommen, von wem. Ich nehme sechs Mann mit und werde die Wachen überraschen.«

»Ich komme mit«, sagte Crawford. Als Phillip zögerte, sagte er nur: »Benjy kann doch das Boot führen!«

»Benjy?« Er hatte Lieutenant Highgate ganz vergessen, fiel Phillip ein. Doch der Junge war da, sein rundes junges Gesicht strahlte rot vor Aufregung. »In Ordnung«, meinte er zögernd und wünschte sich, es wäre Lightfoot. »Keine Heldentaten, Mr. Highgate. Sie haben den Befehl, den Palast des Newab in Brand zu schießen, wenn ich mit den Männern an Land angegriffen werde. Unteroffizier Devereux weiß genau, wie und was er dazu tun muß – haben Sie verstanden? Wenn wir nicht angegriffen werden, bringen Sie auf mein Signal hin das Boot an den Steg.«

»Sehr gut, Sir!« meinte Highgate fröhlich. »Verlassen Sie sich auf mich, Commander Hazard.« Er deutete auf den alten *vakeel*. »Soll ich den Gefangenen bewachen lassen?«

Crawford lockerte seinen Griff auf der Schulter des alten Mannes. »Sie übernehmen ihn, Benjy. Aber behandeln Sie ihn fair. Wir wissen noch nicht, ob er uns hintergangen hat.«

Das Boot glitt jetzt auf den dunklen Steg zu, der offensichtlich verlassen war. Phillip starrte mit zusammengekniffenen Augen in die Dunkelheit, doch er konnte nichts entdecken, das ihn warnte. Aber von den Geiseln war in den engen Straßen hinter dem Gebäude weder etwas zu hören noch zu sehen, es gab weder schwankende Laternen noch die Schritte einer Eskorte ... Also waren die Geiseln entweder noch in den verratteten Kellern des Newab, und er hatte nicht die Absicht, sie freizusetzen, oder ... Er spürte, wie sich seine Kehle zusammenpreßte. Oder es gab keine Geiseln, keine Überlebenden der Garnison von Ghorabad, nicht einmal eurasische Christen. Dies war also eine Falle, in die er gerade – gegen den guten Rat von Colonel Lionel Cockayne – wider besseres Wissen tappte. Ihn schauderte, plötzlich fand er die Nacht seltsam kalt.

Die Männer in den anderen Booten spielten ihre Rolle vortrefflich. Er konnte ihre fernen Stimmen ausmachen, lautes Gelächter, das Klatschen von Riemen, und aus den Augenwinkeln sah er eine Laterne, die geschwenkt wurde, als halte sie jemand über den Kopf.

Und dann hörte er zu seiner größten Überraschung etwas anderes – eine einzelne Stimme, die Stimme einer Frau, die ein Lied sang – da vorn in der Dunkelheit. Es war nur ein schwacher Laut, die Stimme hielt die Melodie nicht, und erst als sich, zunächst zögernd, andere Stimmen ihr anschlossen, erkannte er das Lied.

»O Gott, der du uns stets geholfen hast, hilf uns auch jetzt und morgen ...«

Lieber Gott, das war ein englisches Kirchenlied, und englische Stimmen sangen es. Die Stimmen von Frauen und Kindern ...

»Hören Sie das, Phillip?« George Crawford packte Phillips Arm und schwankte, als das Boot knirschend am Steg längsseits ging. »Sie haben recht, bei Gott, Sie haben recht. Da sind sie, in dem Lagerhaus. Sie leben!«

Er sprang aus dem Boot, stolperte und fiel mit dem Gesicht voran in dem unebenen Gelände lang hin.

Phillip folgte ihm fluchend und half ihm auf die Beine. »Langsam, alter Freund«, sagte er, als die ausgesuchten Schützen vorsichtig auf die bröckelnden Steinstufen stiegen. »Die haben uns vielleicht einen warmen Empfang vorbereitet, also sachte, Männer. Verteilen Sie sich und folgen Sie mir. Und keinen Laut, ist das klar? Mr. Highgate, halten Sie das Boot hier am Steg.«

Sich im Schatten haltend, führte er seinen Landungstrupp die Stufen zum Lagerhaus empor. Es war kleiner, als es vom Fluß her ausgesehen hatte, und sehr viel zerfallener. Hölzerne Läden hingen vor den Fenstern, und er entdeckte eine schwere, eisenbeschlagene Tür.

Das Singen ging weiter, als sie sich näherten, und wurde stärker, als immer mehr Stimmen einfielen.

Crawford flüsterte erregt: »Warum machen sie sich nicht bemerkbar? Ich sehe keine Wachen. Man hat sie hierher gebracht und sich selbst überlassen. Wir sollten sie also wissen lassen, daß wir hier sind. Die armen Seelen ...«

»Still, um Himmels willen«, besänftigte ihn Phillip. »Sie wissen, daß wir hier sind, darum singen sie ja. Aber wir müssen uns erst das hier mal ansehen. Wir ...«

Ein schriller Schrei ließ die Worte auf seinen Lippen verstummen. Das Singen endete so abrupt, wie es begonnen hatte. Es roch nach Rauch, stellte er witternd fest, und einen Augenblick später brachen Flammen und Rauch aus dem verschlossenen Gebäude. Drei Männer mit brennenden Fackeln in der Hand erschienen hinter dem Haus, doch sie kamen nicht weiter als bis zu den obersten Stufen.

»Zahlt's den Schweinen heim!« schrie Phillip, und vier Enfield-Gewehre schossen fast gleichzeitig. »Sie...« Er packte einen der Schützen an der Schulter und drehte ihn in die Richtung, aus der sie gekommen waren. »Rufen Sie die Boote – und zwar alle. Sagen Sie Mr. Highgate, er soll seine Leute an Land kommen lassen. Und machen Sie, so schnell Sie können.«

George Crawford war vor ihm und rannte auf das Haus

zu wie einer, den der Wahnsinn gepackt hat, mit gesenktem Kopf und einem Schrei auf den Lippen.

Das Lagerhaus war trocken wie Zunder und in wenigen Minuten in Flammen gehüllt. Die Schreie und das Weinen, das eben noch zu hören war, waren verstummt. Gefährliches Schweigen herrschte jetzt. Die Männer warteten nicht auf Befehle, sondern schlugen die Läden mit ihren Gewehrkolben ein und rissen sie mit bloßen Händen weg, vergaßen Schmerzen und Gefahren.

Sie waren nur ein paar Schritte entfernt, als das Feuer aufgelodert war. Wenn sie in den Booten geblieben wären, registrierte Phillip irgendwo in seinem Kopf, wäre es zu spät – viel zu spät. Doch auch jetzt ... Er knirschte mit den Zähnen und warf sich gegen eines der Fenster. So hatten die Gefangenen wenigstens noch eine winzige Chance.

Das Holz vor ihm zersplitterte, er holte tief Luft und kletterte darüber und fand sich in einem Inferno wieder, in dem der Rauch ihn blind machte. Hinterher vermochte er nicht mehr zu sagen, wie viele benommene, halb bekleidete Menschen er aus der brennenden Hölle des Lagerhauses geschleppt hatte und wie viele von denen, die er in vorläufige Sicherheit auf den oberen Stufen brachte, noch lebten oder schon tot waren.

Highgate kam ihm mit seinen Männern umgehend zu Hilfe, doch als die Mannschaften der beiden anderen Boote zu ihnen stießen, war das Feuer schon qualmend in sich zusammengesunken. Zusammen mit Grayson und Arbor stolperten sie in die Trümmer des ausgebrannten Lagerhauses zurück, Highgate und war sich bewußt, daß er nur noch Sterbende oder Tote vorfinden würde. Unter ihnen fand er zu seinem bodenlosen Entsetzen George Crawford. Die Dachbalken waren herabgestürzt und hatten ihn unter dem Schutt festgehalten. Als sie ihn befreiten, war allen dreien klar, daß seine Verletzungen tödlich waren.

Doch noch war er bei Bewußtsein. Als sie ihn auf die Stufen legten, flüsterte er: »Phillip, sie lebt ... Andrea lebt ... Ich habe sie gefunden ... und sie rausgetragen ... Ich wäre Ihnen dankbar, wenn Sie sie zu mir holen könnten ... Es war wie ein Wunder, sie im Rauch zu finden ... Gott hat mich geleitet, denke ich, denn ... Ich konnte ihr Gesicht nicht erkennen. Aber es war Andrea ... ich bin ganz sicher.«

Phillip sah Arbor stumm fragend an. Der Troß-Master zuckte hilflos mit den Schultern. »Es sind die Überlebenden der britischen Garnison – mehr weiß ich auch nicht. Sollen wir sie in die Boote tragen? Man könnte uns angreifen, wenn wir länger hierbleiben.«

Phillip nickte und machte sich, krank vor Mitgefühl, auf die Suche nach Colonel Cockaynes Tochter. Er rief ihren Namen, aber erwartete nur halbherzig eine Antwort.

Das Ablegen der Boote gestaltete sich naturgemäß langsam. Die Frauen, von denen viele schwere Brandwunden hatten, mußten getragen oder langsam die Treppen hinab geleitet werden, wo die Boote warteten. Aber es sah nicht nach einem drohenden Angriff aus, und so überließ Phillip Arbot die Evakuierung.

Er selbst schritt die Posten zusammen mit Grayson ab und kehrte mit schwerem Herzen zu der Stelle zurück, an der er George Crawford verlassen hatte. Im schwachen Licht einer Laterne, die jemand auf die Stufe über ihm gestellt hatte, sah er eine Frau in einem zerrissenen, verräucherten Sari der Eingeborenen. Sie kniete neben dem verwundeten Mann.

Als er sich näherte, wandte sie sich ihm zu, und er sah ein dünnes, bleiches Gesicht, aus dem alle jugendliche Schönheit und Lebenskraft verschwunden war. Eine hochrote Schwellung zierte blutend ihre Wange, die Spur einer Peitsche. Er starrte sie stumm und entsetzt über die Brutalität an, die er sich bisher nur hatte vorstellen können.

»Er ist tot«, sagte sie nur und deutete auf den leblosen Körper, der zwischen ihnen lag. Ihre Augen lagen in tiefen Höhlen. Sie waren blau und ganz ohne die Tränen, die er eigentlich erwartet hatte. Ihre Stimme klang schwach und tonlos und verriet keinerlei Gefühl, als sie wie unbeteiligt fragte: »Wer ist er?«

Ihre Haltung und das fehlende weibliche Mitgefühl überraschten Phillip. Doch er erinnerte sich, daß einige Damen aus Lucknow genauso ungewohnt und dem Tod gegenüber scheinbar völlig gleichgültig gesprochen hatten. Seine Schwester Harriet hatte ihm das mit einiger Bitterkeit erklärt, als er den Grund wissen wollte. »Wir haben die Toten oft beneidet, selbst wenn wir sie geliebt hatten ...«

Er sah wieder auf die gezeichneten Wangen des Mädchens und hielt den Atem an, suchte nach Worten, um ihr den unvermeidlichen Schock zu ersparen. »Erkennen Sie ihn nicht, Miss Cockayne?«

Andrea Cockayne schüttelte den Kopf. »Ich glaube nicht. Ein Soldat bestand darauf, mich zu ihm zu bringen, ein Hochländer. Der sagte immer wieder, er brauche mich. Aber er war schon tot, als ich ankam, und ich konnte nichts mehr für ihn tun. War er ein Freund von Ihnen?«

»Ja«, antwortete Phillip. Dann sagte er sehr sanft: »Er heißt, er hieß George Crawford. Er hat Sie aus den Flammen getragen und diente mal im Regiment Ihres Vaters. Ich glaube, daß er ...«

Das Mädchen erhob sich und unterbrach ihn. »Ach«, sagte sie, »ich erinnere mich jetzt. Mein Vater mochte ihn aus irgendeinem Grund nicht. Sie haben sich ständig gestritten, und Captain Crawford verließ das Regiment. Aber ... das war vor mehr als einem Jahr. Ich habe ihn seitdem nie wieder gesehen und kannte ihn auch kaum. Armer Kerl ... Es tut mir leid, daß er so sterben mußte. Aber er hat mich nicht aus dem Feuer geholt. Das war ein Seemann.« Sie sah ihm leidenschaftslos ins Gesicht. »Das waren doch Sie, meine ich!«

»War ich das?« Phillips Antwort klang steif, weil er sich Mühe gab, die Fassung zu behalten. George Crawford hatte diese junge Frau geliebt, dachte er. Er hatte sein Leben für sie riskiert und verloren, hatte jahrelang davon geträumt, sie zu seiner Frau zu machen, doch es schien, als habe sie ihn vergessen. Denn sie sagte, sie kenne ihn nicht. Lieber Gott, wie sinnlos war doch sein Opfer. Phillip sah dem toten George Crawford ins Gesicht, und Wut ersetzte einen Augenblick sein Mitgefühl.

»Ich erinnere mich nicht daran, Miss Cockayne. Ich habe niemanden speziell gesucht. Doch Captain Crawford tat es, er suchte Sie!«

Sie sah ihn offen und verwirrt an. »Es tut mir leid, ich wollte Sie nicht beleidigen. Das wäre das letzte, was ich vorhabe. Ich bin Ihnen und dem armen Captain Crawford sehr dankbar. Wir alle sind das. Wir … Man wollte uns töten, wie Sie wissen, uns bei lebendigem Leib verbrennen … nachdem man uns zuerst gesagt hatte, daß Sie kämen und wir frei sein würden.«

»Ja«, sagte Phillip, und ihm tat seine Reaktion leid. »Wir haben drei Männer erschossen, die mit Fackeln in der Hand davongelaufen sind.«

»Sie haben die Befehle des Newab ausgeführt«, erklärte ihm Andrea Cockayne. »Sie sagten, es sei Rache für Betarwar – vielleicht wissen Sie ja, was damit gemeint ist. Wir wissen nichts, wir … Für uns war es das Letzte an Grausamkeit. Sie ließen uns hoffen … wir hatten hier schon mehr als drei Stunden auf Ihre Boote gewartet. Die Wachen hatten uns, bis auf die Männer, längst verlassen. Wir beteten und hörten Ihre Stimmen, englische Stimmen, das Klatschen von Riemen, also fingen wir an zu singen. Und dann …« Plötzlich brach ihre Beherrschung zusammen, sie schluchzte und erinnerte sich an den Schrecken. Ihre blauen Augen standen voller Tränen.

Tief bewegt nahm Phillip sie in die Arme und war wieder entsetzt, als er spürte, wie dünn und zerbrechlich sie unter dem zerrissenen Sari war. Hinter der tapferen Fassade fand sich ein ängstliches, halb verhungertes Kind, dachte er voller Mitgefühl. Ein Kind, das fast bis jenseits seiner Kräfte gefoltert, geschlagen und erniedrigt worden war, um schließlich mit dem Versprechen auf Freiheit getäuscht zu werden, das ihr Folterer niemals einzuhalten vorhatte … Und er hätte sie beinahe noch weiter erniedrigt, weil sie während ihrer langen Prüfung den Namen des Mannes vergessen hatte, der sie einst geliebt hatte. Du lieber Himmel, schalt er sich. Er drückte seine Wange gegen ihr verletztes Gesicht, schmeckte das bittere Salz ihrer Tränen, hielt sie fest und ließ sie weinen.

Als der erste Schmerz verebbt war, zog er seine Jacke aus, die von den Flammen angesengt war, und legte sie ihr sanft um die Schultern.

»Ich bringe Sie ins Boot, Andrea«, sagte er. »Kommen Sie, Kind, Sie sind jetzt frei und in Sicherheit!«

Sie begleitete ihn ohne ein Wort. Arbor gesellte sich zu ihnen, als Phillip sie in der Obhut Highgates auf dem Boot zurückgelassen hatte.

Der Troß-Master war kreidebleich und fluchte laut: »Gott im Himmel, ich hoffe, ich muß so was nie wieder erleben!« entfuhr es ihm.

»Wie viele?« wollte Phillip wissen.

»32, Commander, 11 davon sind Kinder. Und 6 Tote ... Aber die Zahl könnte sich glatt verdoppeln, ehe wir zurück sind. Ich habe die Lebenden in die beiden ersten Boote geschickt, die Toten in meines gelegt. Ich nehme doch an, daß wir die Toten mitnehmen, um sie anständig und auf christliche Weise zu begraben?«

»Ja«, sagte Phillip mit zugeschnürter Kehle. »Das ist das mindeste, was wir für sie tun können. Und noch was ... nehmen Sie den toten George Crawford auf Ihrem Boot mit.«

»Er ist tot? Der arme Teufel!«

»Ja. Sie finden ihn, wo wir ihn haben liegenlassen, oben auf den Stufen. Unsere Männer? Ist jemand verletzt?« Arbor schüttelte den Kopf. »Verbrennungen natürlich, aber nichts Ernstes, soweit ich weiß.« Dann deutete er auf Phillips Hand mit den Brandblasen und streckte ihm seine zum Vergleich entgegen. »Wir haben noch Glück ... aber ein paar von den Kindern ... Lieber Gott, es bricht einem das Herz. Es ist ein Wunder, daß überhaupt jemand da lebendig rausgekommen ist.«

Er ging mit Crawfords Ordonnanz fort, um die Leiche zu holen, und Phillip ließ die Posten kommen. Die Boote legten ab, die eingeborenen Ruderer saßen immer noch an den Riemen.

Devereux fragte wütend, als Phillip neben ihm am Raketenwerfer stand: »Haben wir immer noch das gleiche Ziel, Sir? Ich meine, es würde uns allen guttun, wenn wir den Schweinen eins überbraten, an das sie lange zurückdenken werden!«

Das würde es weiß Gott, dachte Phillip bitter und zufrieden. Das wäre kein Fehler. Doch dann erinnerte er sich ...

Wenn er auf den Palast des Newab feuerte, war es das Zeichen für Colonel Cockayne, die Stadt anzugreifen. Also schüttelte er zögernd den Kopf.

Die armen Überlebenden mußten sicher nach Cawnpore gebracht werden. Wenn Cockayne angriff, könnte er sich vielleicht nicht einfach zurückziehen. 60 Meilen feindliches Land bis Cawnpore – da konnte man sich keine Verluste erlauben. Die Vergeltung mußte warten.

»Nein«, sagte er fest. »Wir werden nur feuern, wenn wir angegriffen werden!«

»Aber, Sir!« Der grauhaarige Unteroffizier sah ihn ungläubig an. Seine Gefühle gingen mit ihm durch, und er vergaß alle Disziplin. »Bei allem Respekt, Sir. Nach all dem, was dieser Bastard den armen Seelen da angetan hat. Es sind Frauen und kleine Kinder ... Sehen Sie doch selber! Hauen wir einfach ab und lassen ihn weitermachen?«

»Wir müssen, Devereux«, erklärte Phillip ihm. »Unsere oberste Aufgabe ist es, Frauen und Kinder nach Cawnpore zu bringen. Und wir sind wenig genug für diesen Auftrag. Ich habe meine Befehle!«

Hinter ihm meldete sich unerwartet Lieutenant Highgate: »Commander Hazard! Eine der Damen sagte mir, der Newab ist gar nicht in seinem Palast. Er brach mit seinen Truppen auf, als die Frauen und Kinder losgingen. Sie haben das alles gesehen, als sie aus dem Keller ans Tageslicht kamen. Er ist geflohen, weil er wohl einen Angriff erwartete. Also ...« Er sah jetzt Devereux an. »Es würde nicht viel bringen, den leeren Palast anzuzünden. Oder die Stadt anzugreifen. Ich denke, die Leute aus der Stadt haben mit dem Verrat des Newab nichts zu tun. Die wissen wahrscheinlich gar nichts davon. Ich denke, Sir, wir haben schon genug Blut an unseren Händen!«

Phillip merkte erleichtert, daß Highgates Einstellung sich geändert hatte. Er sah den jungen Mann in seiner rauchgeschwärzten Uniformjacke, entdeckte Spuren von Erschöpfung und Bedrückung unter dem Dreck, der sein junges Gesicht bedeckte. Er zog ihn zur Seite, weg von den neugierigen Ohren der Raketen-Mannschaft.

»Sehr gut, Benjy«, sagte er. »Sie haben recht, wir haben genug Blut an den Händen, mehr als genug. Außerdem führt ein Vergeltungsakt zum nächsten. Also ...« Er hielt inne, weil ein Kind unter dem Strohdach vor Schmerzen leise zu weinen begann. Das Weinen verstummte schnell, und er fuhr fort, wobei er sich zu einem Lächeln zwang. »Sie haben sich heute nacht sehr gut geschlagen. Ohne Ihre prompte Hilfe hätten wir mehr Menschen verloren! Sehr gut also!«

Benjamin Highgate wurde rot und lächelte etwas unsicher zurück: »Sir«, sagte er leise, »ich hätte fast Ihren Befehl nicht befolgt. Ich meine, ich wäre fast nicht an Land gekommen, um die armen Leute aus den Flammen zu retten.«

»Und warum um Gottes willen nicht?«

Highgate wurde mit seinem rauchverschmierten Gesicht noch röter. »Ich hatte mich entschlossen, mit meinem Boot abzulegen und, wie Sie zuerst befohlen hatten, die Raketen auf den Palast des Newab zu feuern. Ihre Männer hatten den zweiten Befehl nicht gehört, und ich hätte das gleiche vorgegeben.«

Phillip sah ihn erstaunt an. »Und warum zum Teufel wollten Sie das? Sie hatten wahrscheinlich einen guten Grund, Mr. Highgate!«

»Natürlich, Sir.« Highgate wich seinem Blick aus. »Ich bin sicher, daß der Colonel es so wollte. Wissen Sie, Sir, er hat mir anvertraut, daß der Newab uns sicher hintergehen würde. Er sagte, Sie würden mit leeren Händen zurückkommen, weil niemand aus der Garnison überlebt hätte. Mit den Booten in die Stadt zu rudern, bedeutete nichts weiter, als das Unvermeidliche aufzuschieben. Als ich das Feuer ausbrechen sah, dachte ich an eine Falle. Man wollte Sie mit dem Lied in die Irre führen. Meine Idee war, es dem Newab mit gleicher Münze heimzuzahlen und die Truppen so schnell wie möglich herbeizuholen. Mir ist jetzt klar, daß das ein Fehler gewesen wäre. Ich bin froh, daß ich das nicht getan habe!«

Dem Colonel müßte man eher einen Vorwurf machen als dem jungen Highgate, dachte Phillip. »Und was hat Ihre Absicht geändert, Mr. Highgate?« wollte er neugierig wissen.

Wieder vermied der junge Mann seinen Blick. »Der Gefangene, Sir«, antwortete er dann.

»Welcher Gefangene, um Himmels willen?«

»Der alte Mann – der *vakeel*, Sir. Sie haben ihn in meiner Obhut zurückgelasssen.

Natürlich! Phillip erinnerte sich, er hatte Highgate aufgetragen, den alten Mann zu bewachen und ihn gut zu behandeln.

»Also?« fragte er. »Und wo ist der *vakeel*?«

Lieutenant Highgate antwortete auf die Frage nicht. »Er sprach plötzlich in Englisch mit mir, Sir. Er wußte, er wußte genau, was gleich passieren würde. Er schrie, so laut er konnte, daß unsere Frauen und Kinder in dem Lagerhaus seien und der Newab sie so behandeln würde, wie wir die Frauen in Betarwar behandelt haben. Aber er drängte mich, alles zu tun, um sie zu retten, Sir, sie nicht sterben zu lassen ...«

»Sie zu retten? Wie ...?«

»Ja, Sir. Zuerst habe ich das ja auch nicht verstanden. Zeit zum Nachdenken blieb nicht. Ich hörte schon das Schreien am Ufer, und da ...« Der junge Mann zögerte, sah Phillip jetzt besorgt an. »Ich ließ das Boot anlegen, nahm den alten Mann und warf ihn über Bord. Mir war es egal, ob er ertrank oder nicht, ich ...«

»Und? Ist er ertrunken?« wollte Phillip wissen.

Highgate schüttelte den Kopf. »Einer Ihrer Matrosen hat ihn aufgefischt, Sir. Der *vakeel* ist jetzt im Boot von Mr. Arbor. Aber das ist noch nicht alles. Als er im Wasser schwamm, schrie er, die Geisel, die der Colonel hat, sei sein Sohn, nicht der Sohn des Newab. Darum mußte er bis zum letzten Augenblick seinen Mund halten. Und darum legte er so viel Wert darauf, daß wir unsere Frauen und Kinder retteten.«

Das könnte gut sein, dachte Phillip. Ganz sicher wollte der Newab das Leben seines eigenen Sohnes nicht aufs Spiel setzen. Indem er den Sohn des *vakeel* als Geisel schickte, stellte er sicher, daß der alte Mann schwieg.

»Das ist eine sehr erhellende Meldung, Mr. Highgate«, sagte er. »Danke!«

Der junge Mann war immer noch nicht am Ende. »Ich wollte das eigentlich nicht, Sir. Aber dann sagten Sie ›sehr gut‹ und nannten mich mit Vornamen, und da wußte ich, ich mußte Ihnen die Wahrheit sagen. Obwohl … nun ja, sie ist nicht gerade ein Ruhmesblatt für mich, Sir!«

Phillip grinste ihn kurz an. »O doch, mein lieber Benjy. Und ich sage immer noch: sehr gut. Denn Sie waren im Handumdrehen an Land, und Sie behielten die Übersicht. Mehr hätte ich auch von keinem anderen Offizier verlangen können, glauben Sie mir!«

Sie näherten sich jetzt der Stelle, an der der Zug gehalten hatte. Phillip wollte sich gerade den Truppen an Land laut melden, als er das Knattern von Schüssen aus der Stadt hörte, die er gerade hinter sich gelassen hatte. Er fuhr herum. Den Schüssen folgte der ferne Donner von Kanonen. Er unterdrückte einen Schreckensruf und bewegte sich ins Heck. Die eingeborenen Ruderer, die die verräterischen Geräusche hörten, hielten inne. Zwei von ihnen ließen sich aus Graysons Boot fallen und schwammen wie wild auf das Ufer zu.

»Was passiert da, Commander?« rief Grayson, als beide Boote an Fahrt verloren. »Können Sie etwas ausmachen?«

Phillip hatte das Glas am Auge. Er konnte kaum mehr als das Blitzen von Kanonen erkennen. Sein Mut sank, als das Feuern heftiger wurde.

Oates am Ruder sagte wütend: »Das sind unsere Kanonen, Sir. Beide. Sie …«

Der Rest seiner Worte ging unter. Eine Explosion zerriß die Luft, und die Dächer der dicht an dicht stehenden Häuser der Eingeborenenstadt gingen in Flammen auf. Phillip sah, wie Minuten später die Häuser am westlichen Ufer hinter einer dicken Qualmwolke verschwanden.

John Arbor kam mit seinem Boot längsseits und rief laut und entsetzt: »Unsere Truppen. Du lieber Himmel, die haben nicht auf uns gewartet. Die haben die Stadt einfach angegriffen. Was da gerade in die Luft flog, war das Magazin.«

»Los, ans Ufer, Oates«, befahl Phillip.

Er deutete auf die immer noch glimmenden Lagerfeuer,

die das Lager bezeichneten. Die eingeborenen Ruderer murrten protestierend. Doch dann gaben sie seiner drohenden Pistole nach und warfen sich wieder in die Riemen. Die Boote liefen ans Ufer, und ein Posten rief sie heiser an.

»Augenblick, Benjy«, warnte Phillip ihn. »Lassen Sie niemanden an Land, bis ich es Ihnen sage. Und behalten Sie die Ruderer im Auge, wir können sie vielleicht noch brauchen.«

Er schwang sich auf das hohe Ufer. Arbor wartete nicht, bis sein Boot flaches Wasser erreicht hatte, sondern sprang hinterher und folgte ihm. Das Lager war bis auf die Gepäckwagen und den Troß der Eingeborenen verlassen. Arbor fluchte entsetzlich, als er feststellen mußte, daß nur ein Sergeant und 15 oder 20 Mann seinen wertvollen Troß bewachten.

»Der Mann muß verrückt sein, Hazard!« brummte er wütend. »Was zum Teufel hat ihn dazu veranlaßt, mit den Truppen vor die Stadt zu ziehen, ohne unsere Rückkehr abzuwarten? Sehen Sie sich das da mal an.«

Er deutete nach vorn. Ein Körper hing an einem improvisierten Galgen vor einer Gruppe von Bäumen. Sie waren zu weit entfernt, um das Gesicht des Gehängten zu erkennen, aber Phillip spürte, wie er sauer aufstieß, als er den sich langsam drehenden Körper sah. Der Sohn des *vakeel* hatte den schrecklichen Preis für die kurze Maskerade bezahlt, daran zweifelte er nicht.

Er versuchte, seine Gefühle unter Kontrolle zu behalten. »Vielleicht ist der Arzt hiergeblieben. Wenn, dann sollten wir Gott für kleine Wunder danken.« Er wandte sich an den verblüfften Führer der Lagerwache. »Ist er hier, Sergeant?« Der Mann nickte. »Dann holen Sie ihn, Mann«, drängte Phillip. »Unsere Passagiere brauchen dringend seine Hilfe, sagen Sie ihm das.« Als der Sergeant gehen wollte, rief er ihm nach: »Sagen Sie ihm, es sind Frauen und Kinder, und einige haben böse Brandwunden.«

»Jawohl, Sir!« Der Sergeant ließ sein Gewehr zurück und rannte los.

Aus dem Schlaf gerissen, verlor der junge Assistenzarzt zu seinem ewigen Ruhm keine Sekunde Zeit. In zehn Minuten waren er und zwei Helfer unter dem Strohdach am Werk, und die Träger der Krankentragen warteten am Ufer, um die Kranken und Verwundeten in den *Doolies* mit den Vorhängen sicher an Land zu bringen.

»Mr. Highgate!« Als der junge Offizier sich sofort meldete, deutete Phillip auf den Raketenwerfer. »Sie können von mir aus zwei Raketen abfeuern – aber bitte nur in die Luft, als Rückrufsignal für Colonel Cockayne. Wiederholen Sie das Signal in fünf Minuten!«

»Glauben Sie, daß ihn das zurückruft, Commander Hazard?« fragte Grayson zweifelnd.

Phillip seufzte. »Es könnte sein. Auf alle Fälle zeigt es ihm, daß wir hier sind. Doch wenn wir keine Antwort bekommen ...« Er zögerte und runzelte die Stirn. »Ich werde zu ihm reiten. Verdammt noch mal, wir müssen die Truppe hierher zurück holen. Wir ...«

»Sie kommen zu spät«, sagte Arbor mit Überzeugung. »Colonel Cockayne kehrt erst dann zurück, wenn er Ghorabad vollständig in Schutt und Asche gelegt hat. Das hatte er doch von Anfang an vor. Nichts, was Sie tun oder sagen könnten, würde ihn jetzt aufhalten, Commander!«

Er hob die Schultern, als befehlsgemäß die erste der beiden Raketen mit einem Schauer von glänzenden Funken hoch in die Luft zischte.

»Aber er braucht nicht mehr viel Zeit. Offensichtlich trifft er kaum auf Widerstand. Die Damen hatten schon recht. Der Newab hat die Stadt mit all seinen Truppen verlassen. Das Problem beginnt erst, wenn er zurückkehrt, fürchte ich.«

»Es sei denn«, wollte Phillip sagen, »daß wir ...« Er hielt inne, als er in der Dunkelheit hinter sich einen erstickten Schrei hörte. Keiner von ihnen hatte bemerkt, daß die Tochter des Colonel in Hörweite stand.

Sie klang leise und unglücklich, als sie fragte: »Meinen Sie, daß mein Vater lebt? Daß er da ist?« Sie deutete auf die brennende Stadt Ghorabad. »Und daß er verantwortlich ist – für das da?«

Alle drei Offiziere sahen sie überrascht an, und Phillip ergriff voller Mitgefühl ihre kleine, zitternde Hand: »Ihr Vater lebt, und er ist Kommandeur dieses Zuges, Miss Cockayne. Es tut mir leid, ich hätte es Ihnen früher sagen sollen. Jetzt ist es sicherlich ein Schock für Sie!«

»Ja«, sagte sie schwach. »Es ist wirklich ein Schock. Ich dachte immer, daß alle Offiziere der Garnison getötet worden waren. Der Newab hatte sie doch exekutieren lassen. Mein Vater war doch sicherlich auch dabei. Aber Sie konnten das nicht wissen, Commander Hazard. Wir hatten ja bisher kaum Zeit, viel zu erklären. Ich …« Sie wandte sich ab. Im Mondlicht war ihr Gesicht totenbleich.

Phillip verfluchte seine Taktlosigkeit und ließ ihre Hand los.

»Ich wiederhole jetzt das Signal, Sir«, rief Highgate.

»Auch darauf wird es keine Antwort geben«, meinte Phillip bitter. »Ich muß um Himmels willen zu Cockayne reiten. Er muß aufhören!«

Captain Grayson legte ihm die Hand auf den Arm. »John Arbor schätzt die Lage durchaus richtig ein, Hazard – die schlimme Sache ist passiert. Es ist zu spät, um sie aufzuhalten. Der Colonel wird nicht herumtrödeln, wenn er erledigt hat, was er sich vornahm. In einer halben Stunde wird kaum noch was von der Stadt übriggeblieben sein. Und dann muß selbst Cockayne einsehen, daß die Gerechtigkeit ihren Lauf nahm.«

»Gerechtigkeit?«

»Mir fällt nichts Passenderes ein«, gab Grayson zu. »Der Troß wird bei Tagesanbruch wieder hiersein. Wenn nicht, dann müssen wir allein die Frauen und Kinder nach Cawnpore zurückbringen. Dann muß Cockayne eben unsere Nachhut bilden und kämpfen, falls der Newab uns verfolgt.« Und dann meinte er zynisch: »Das schuldet er seiner Tochter ja wohl mindestens, oder? In der Zwischenzeit können wir die Toten begraben und uns selber auf den Rückmarsch vorbereiten.«

Phillip spürte, wie ihn aller Zorn verließ. »Sie haben recht«, gestand er, »lassen Sie uns anfangen.«

Bei Anbruch des Tages waren die letzten Toten, die sie aus

der Stadt mitgebracht hatten, in flache Gräber gelegt worden. Ein rohes Holzkreuz markierte jedes, und über jedem wurden ein paar Worte aus dem Buch für Begräbnisse gelesen.

Phillip hatte diesen bedrückenden Dienst auf See während des Krimkriegs öfter ausführen müssen, doch hier mußte er an den Worten würgen, während das Begräbniskommando Erde auf George Crawfords weißes, zerstörtes Gesicht schaufelte und dann später auf den verkohlten Leib eines Kindes – eines von dreien, die die letzte Nacht nicht überlebt hatten.

Die übrigen hätten bis auf zwei Frauen eine einigermaßen gute Chance, Cawnpore lebend zu erreichen, hatte der Arzt ihm versichert, vorausgesetzt allerdings, daß der Aufbruch nicht allzu lange auf sich warten ließ.

»Sie haben alle Verbrennungen erlitten«, erläuterte ihm der Arzt besorgt. »In den meisten Fällen sind die Verletzungen Gott sei Dank nur oberflächlich, zumeist auf Händen oder Füßen. Sie trugen nämlich keine Schuhe, wissen Sie. Aber alle sind fürchterlich mißhandelt worden, sind halb verhungert und haben nur wenig Widerstandskräfte. Wir müssen sie in den *Doolies* tragen, auch die, die noch einigermaßen bei Kräften sind. Und vier oder fünf Männer aus Ihrem Rettungstrupp werden ihre Gewehre nicht benutzen können, fürchte ich. Mr. Highgates Hände sind ganz besonders mitgenommen …« Er erging sich in Einzelheiten, klang erschöpft und endete dann bedauernd: »Ich habe das Beste für die beiden schwer verwundeten Damen getan, doch unter diesen Umständen habe ich wenig Hoffnung für sie.«

Phillip erinnerte sich, dem erschöpften jungen Mann gedankt zu haben. Dann hatte er sich breitschlagen lassen, seinen eigenen rechten Arm versorgen und verbinden zu lassen, obwohl er keinen Schmerz spürte. Keinen Schmerz – außer im Herzen.

»Der Mensch, vom Weibe geboren, lebt kurze Zeit. Er wird abgeschnitten wie eine Blume. Mitten im Leben sind wir des Todes …« Ihm fielen diese Worte jetzt leichter. Sie waren jetzt vertraut, er mußte nicht länger nachdenken, doch sie bewegten ihn immer noch tief. Und nicht nur ihn.

Benjamin Highgate hatte beide Hände dick verbunden. Er weinte hemmungslos, als zwei Männer seines Regiments den zerstörten Leib einer blonden Frau neben den eines winzigen, verschrumpelten Kindes legten, das wahrscheinlich während der Gefangenschaft geboren worden war. Auch das Baby von Phillips Schwester Lavinia war so auf die Welt gekommen und war gestorben – von seiner sterbenden Mutter nicht einmal betrauert.

»Wir übergeben ihren Leib der Erde. Asche zu Asche, Staub zu Staub ...«

In fremder Erde, durch einen fremden Feind getötet, Unschuldige in einer Schlacht, die nicht die ihre gewesen war.

Phillip holte Luft. Das Gebetbuch, das er benutzte, hatte Lavinia gehört. Man hatte es unter den Überbleibseln im Bibigarh in Cawnpore gefunden. Midshipman Edward Daniel hatte es ihm gebracht. Die Seite verschwamm jetzt vor seinem Blick, aber er las aus der Erinnerung weiter: »In sicherer Hoffnung auf die Auferstehung zum ewigen Leben durch unseren Herrn Jesus Christus.«

Er drehte sich um und sah, wie John Arbor auf ihn zu rannte. »Der Troß«, sagte er atemlos, »sie sind auf dem Weg zu uns, Hazard. Ihre Kanonen und die Infanterie. Aber den Colonel habe ich nicht entdeckt und niemanden von der Kavallerie.«

Lightfoot erklärte, warum Cockayne nicht dabei war. »Es gab keinen Widerstand, Sir. Der Newab und seine Truppen, wie viele auch immer, waren längst verschwunden, als wir in die Stadt kamen. Doch der Colonel befahl uns, die Stadt anzuzünden. Also bewegten wir uns über die Brücke im Zentrum aufs östliche Ufer. Er ritt weiter, verfolgte mit den Sikhs den Newab. Er sagte, er hoffe, in 24 Stunden zurück zu sein, und schickte uns hierher, um seine Rückkehr abzuwarten.«

»Ich fürchte, so lange können wir nicht warten«, meinte Phillip kühl. »Das Leben der unglücklichen Überlebenden der Garnison hängt sehr von der Schnelligkeit ab, mit der wir sie nach Cawnpore bringen. Sorgen Sie dafür, daß Ihre Männer jetzt sofort frühstücken. Ich nehme an, daß der Zug sich binnen einer Stunde in Bewegung setzen wird.«

Als er Grayson, Arbor und den eben zurückgekehrten Alan Williams um ihre Meinung fragte, stimmten sie ihm vorbehaltlos zu, sofort nach Cawnpore aufzubrechen.

»Als dienstältester Offizier, Commander Hazard, werden Sie wahrscheinlich das Kommando über die Truppe übernehmen?« fragte Grayson ganz formell.

»Ebenso wie die Verantwortung für den vorzeitigen Aufbruch, Captain Grayson«, antwortete Phillip mit schiefem Lächeln. »Das nur für den Fall, daß jemand ihn in Frage stellen sollte.«

Grayson schüttelte den Kopf. »Nein«, versicherte er. »Die Entscheidung ist eine gemeinsame, wir tragen alle die Verantwortung, Hazard, mein Freund.«

Sie sahen sich wie zur Bestätigung an und nickten dann beide.

»Zur Verteidigung des Colonel muß ich sagen«, meinte Alan Williams unbestimmt, »daß er nicht wußte, daß Sie die Damen gerettet haben, die der Newab als Geiseln hielt, Sir. Wenn er das geahnt hätte, wäre er ganz sicher mit uns hierher zurückgekehrt.«

Einen Augenblick herrschte Schweigen.

Dann zuckte John Arbor voller Abscheu mit den Schultern. »Wir reden doch offen miteinander, meine Herren. Wie die Sache steht, kann ich nur hoffen, daß der Colonel, der um uns herum in lauter Wespennester gestochen hat, alle Probleme, die das nach sich ziehen könnte, selber löst, wenn er ihnen begegnet.«

»Was meinen Sie damit, John?« wollte Williams wissen. »Ich kann Ihnen, glaube ich, nicht ganz folgen.«

Arbor legte ihm die Hand leicht auf den Arm. »Ich bin ein alter Soldat, Alan, und habe im Dienst der Handelskompanie graue Haare bekommen, die mir vielleicht einen gewissen Pessimismus erlauben. Wir haben fast 60 Meilen zurückzulegen ohne Kavallerie als Augen und Ohren. Da fühle ich mich gar nicht sicher. Wenn Colonel Cockayne mit der Verfolgung des Newab Erfolg hat, haben wir wahrscheinlich wenig zu befürchten. Aber wenn nicht, wenn er ihn nicht findet, dann dürfte die Tatsache, daß wir Ghorabad bis auf die Grundmauern ausbrennen ließen, den Newab hinter uns her schicken. Wir haben 20 arme, tapfere Damen zu schützen und ihre Kinder. Nach dem, was sie bisher durchgestanden haben, wäre es eine Tragödie, wenn es uns nicht gelänge, sie sicher in Cawnpore abzuliefern.«

Der junge Alan Williams zögerte, hin und her gerissen zwischen der Loyalität zu seinem Colonel und seinen eigenen Gefühlen. Schließlich sagte er mit deutlichem Zögern: »Sie haben natürlich ganz recht, John. Ich stimme Ihnen aus vollem Herzen zu, jetzt aufzubrechen, ohne auf Colonel Cockaynes Rückkehr zu warten. Aber ich wünschte, wir könnten ihm eine Nachricht übermitteln, daß wir die Überlebenden der Garnison hier bei uns haben, seine Tochter eingeschlossen. Das weiß er sicherlich nicht und ...«

»Ich werde den alten *vakeel* freilassen«, warf Phillip kurz entschlossen ein. »Er soll die Leiche seines Sohnes mitnehmen, und ich werde ihn bitten, einen Boten zu schicken. Ein britischer Soldat hätte keine Chance, den Colonel zu finden, aber einem Eingeborenen wird es eher gelingen, zu ihm durchzukommen. Mehr kann ich nicht tun, fürchte ich.«

»Danke, Sir«, sagte Williams. »Ich bin Ihnen sehr dankbar. Die Meldung wird ihn ganz bestimmt sofort umkehren lassen.«

8

Phillip hatte wenig Hoffnung. Als die Tochter des Colonel zu ihm kam, kurz bevor der Troß sich in Bewegung setzte, war er gezwungen, die Frage nach dem Verbleib ihres Vaters mit einem bedauernden Kopfschütteln zu beantworten.

»Ich weiß es nicht, Miss Cockayne. Ein Mitglied seines Stabes hat mir gesagt, daß er mit der Sikh-Kavallerie den Newab verfolgt. Ich habe ihm einen Boten hinterhergeschickt. Aber wegen der Damen, die mit Ihnen zusammen gefangengehalten wurden, können wir die Rückkehr nach Cawnpore nicht länger aufschieben und auf ihn warten.«

Sie diskutierte die Entscheidung nicht, akzeptierte die rauhe Notwendigkeit, und er meinte, wobei er sie ermutigend anlächelte: »Ich glaube nicht, daß wir pro Tag mehr als 10 oder 12 Meilen zurücklegen werden, wenn die Verletzten wenigstens etwas bequem reisen sollen. Also wird der Colonel kein Problem haben, uns einzuholen. Sie werden Ihren Vater bald wiedersehen, Miss Cockayne.«

»Danke«, entgegnete Andrea Cockayne.

Bei Tageslicht sah sie noch zerbrechlicher aus, als Phillip in Erinnerung hatte, und sein Herz öffnete sich vor ohnmächtigem Mitleid. Beide Hände und Füße waren bandagiert, ihr blondes Haar war kurz wie das eines Jungen. In dem zerlumpten Kleid der Eingeborenen machte sie eine seltsame Figur, Fraulichkeit und Charme fehlten ihr, doch sie besaß eine natürliche Würde, die ihn gleichzeitig beeindruckte und bewegte.

»Hat man Ihnen eine Sänfte gegeben?« wollte er besorgt wissen.

Sie lächelte ihn schnell und amüsiert an. »Natürlich, Commander Hazard. Ich werde sehr bequem reisen, machen Sie sich um mich keine Sorgen. Ich habe versprochen, mich um Mrs. Lennards Baby zu kümmern, damit sie sich auch mal ausruhen kann. Die arme Seele ist ganz erschöpft.«

»Das ist kein großer Komfort für Sie«, bestritt Phillip. »Wenn ich den Arzt bitte, findet der hoffentlich eine bessere Lösung für das Baby.«

»Bitte, geben Sie sich damit nicht ab«, bat sie ihn. »Ihr Arzt ist wunderbar. Er hat sich die ganze Nacht um uns alle gekümmert.«

»Ja, natürlich, aber ...«, begann Phillip.

Lächelnd unterbrach sie ihn. »Commander Hazard, getragen zu werden, statt barfuß zu marschieren, und wieder auf zivilisierte Art zu essen und zu trinken ... Sie ahnen sicher nicht, was das für uns bedeutet. Mit Güte und Respekt behandelt zu werden, statt ständiger Beleidigungen und Erniedrigungen, wieder mit Namen angesprochen zu werden, o ja...« Ihr Lächeln verschwand, und er sah, wie ihre Unterlippe zu zittern begann. Doch dann sah sie ihn mit blauen Augen an, die vor Mut strahlten, und sie vertraute ihm an: »Ich muß mich immer mal kneifen, um sicher zu sein, daß ich nicht träume. Sie können nicht wissen, aus welcher Qual und Hoffnungslosigkeit Sie uns gerettet haben oder wie dankbar wir Ihnen sind. Nein, das können Sie nicht einmal ahnen!«

Phillip schaute in ihr kleines, zerschundenes Gesicht, seine Kehle war trocken, und er fand keine Worte. Er widerstand dem Impuls, sie in die Arme zu nehmen wie damals gleich nach der Rettung aus dem Lagerhaus. Er spürte, daß ihre Schmerzen zu stark für Tränen waren, die ihr Erleichterung bringen könnten.

Armes, gequältes Kind, dachte er bitter, was mußte sie in diesen vier endlosen Monaten ihrer Gefangenschaft erduldet haben – sie und die anderen, die mit ihr eingesperrt waren. Er merkte, wie er stumm über Colonel Cockayne schimpfte. Verdammter Kerl, warum hatte er die Rückkehr der Boote nicht abgewartet und war wieder seinem Hunger nach Rache nachgejagt! Und warum zum Teufel war er mit der Kavallerie aufgebrochen, nachdem er Ghorabad in einen rauchenden Trümmerhaufen verwandelt hatte? Eine nutzlose Verfolgung, die die Sicherheit seiner Truppe und das Leben der bemitleidenswerten Überlebenden gefährdete.

Als habe sie seine Gedanken gelesen, sagte Andrea Cockayne leise: »Sie haben die richtige Entscheidung getroffen, Commander Hazard, kein Zweifel. Indem Sie nicht auf meinen Vater warten.«

»Wirklich, Miss Cockayne?«

»Ja, ganz bestimmt. Einige Kinder und mehrere Mütter sind wirklich schwerkrank. Und sie sind nicht nur durch Brandwunden verletzt! Dr. Milton hat mir gesagt, daß sie von hier wegmüssen, wenn sie eine Chance haben wollen, wieder gesund zu werden. Man muß sich um sie kümmern, und sie müssen das alles hier vergessen. Dieser Platz hier ...«, sie zitterte, »hier gibt es so viele schreckliche Erinnerungen, so viel Furcht, selbst bei den Kindern. Keiner von uns kann schlafen, solange wir hier sind. Die Alpträume drücken uns immer noch. Und jetzt, nachdem mein Vater die Stadt zerstört hat! Wußte er von uns? Er wußte doch sicherlich nicht, daß einige von uns am Leben geblieben sind!«

»Nein«, sagte Phillip bedrückt. »Das wußte er nicht, Miss Cockayne.« Er bot ihr seinen Arm. »Ich werde Sie zu Ihrem *Doolie* bringen.«

»Danke«, sagte das Mädchen und legte ihre Hand auf seinen Arm.

Die Truppe setzte sich in Bewegung. Die kleine Gruppe der *Doolies* blieb in der Mitte, Infanteriezüge gingen in Schützenlinie als Ersatz für die Kavallerie vorweg und hinterher.

Außer auf ein paar Bauern, die auf den Feldern arbeiteten und bei Annäherung die Flucht ergriffen, trafen sie auf niemanden. Die Männer waren müde, aber guten Mutes, und Phillip erlaubte Marscherleichterung und Gesänge, einerseits um die Moral hochzuhalten, andererseits um den kranken und verängstigten Frauen und Kindern ein Gefühl der Sicherheit zu geben. Eine zweistündige Pause am Mittag verbesserte die Stimmung ebenfalls. Als es dann weiterging, sangen die jungen Soldaten aus voller Kehle, wobei die Pfeifen der 88er und Oates' Fiedel den Gesang begleiteten. Marschlieder des Regiments wechselten mit frommen Liedern, und ab und an gab es mal ein paar freche Verse, die die Unteroffiziere aber immer schnell verstummen ließen.

Am Abend hatten sie fast 12 Meilen zurückgelegt. Dann wurde das Nachtlager aufgeschlagen, Feuer entzündet, und nur die kränksten der geretteten Geiseln verließen die Tragen nicht. Alle anderen aßen mit den Männern, und es sah fast wie ein Picknick aus. Matrosen und Soldaten wetteiferten, um die hageren, ernst blickenden Kinder durch Clownerien zum Lachen zu bringen.

Phillip beriet sich sorgfältig mit Grayson und Arbor, die die Vorhut und die Nachhut führten, und nahm dann an diesem Picknick teil und lächelte alle an, die sich um die Kochfeuer gesammelt hatten. Aber als das vorbei war und das ganze Lager schlief, reagierte er auf die Bitte des Arztes, eine der sehr stark verkohlten Frauenleichen zu begraben. Den Rest der Nacht verbrachte er mit einem der Vorposten von Grayson. Als er am Morgen von seiner Wache zurückkehrte, bat ihn Milton, der Arzt, wieder zu sich. Er fand Andrea Cockayne tränenüberströmt neben der kleinen Leiche eines blonden Kindes im Gebet knien.

»Er war gerade erst fünf«, flüsterte sie als Antwort auf seine entsetzte Frage. »Er hieß Christopher, Christopher Hardacre. Sein Vater war der Vertreter des Residenten. Sie ermordeten ihn, als die Sepoys die Residenz stürmten. Ich war dabei ... Ich habe gesehen, wie sie ihn töteten. Gestern nacht haben sie seine Mutter begraben. Jetzt lebt niemand mehr von der Familie. Die beiden anderen Kinder starben, als wir gefangen waren.«

Phillip versuchte sie, so gut er konnte, zu trösten. Sie weinte in seinen Armen. Dr. Milton fing dabei Phillips Blick auf und formte stumm ein Wort, und sein Herz sank ins Bodenlose.

Cholera war der einzige Feind, den keine Armee besiegen konnte, und der fünf Jahre alte Christopher Hardacre war an der gefürchteten Krankheit gestorben, wenn der Arzt mit seiner Diagnose recht hatte. Die anderen Frauen und Kinder und selbst das Mädchen, dessen tränenfeuchtes Gesicht an Phillips Schulter lag, waren vielleicht schon angesteckt. Er hatte die Cholera fürchterlich auf der Krim wüten sehen. Sie hatte auf der Reise mit dem Flußdampfer von Kalkutta nach Allahabad mehr als 20 Mann aus der Mannschaft der *Shannon* niedergestreckt, erinnerte er sich. Die Hälfte hatte sie getötet, die andere Hälfte lange außer Kraft gesetzt. Und alle waren Männer von bester Gesundheit gewesen.

Plötzlich hatte er Angst. Er stellte sich die möglichen Folgen vor, wenn die Krankheit sich in seiner kleinen Truppe ausbreiten würde. Noch waren 50 Meilen feindliches Land zu durchqueren, und nur ein einziger, vergleichsweise unerfahrener junger Arzt würde die Kranken betreuen können. Am liebsten würde er darüber nicht nachdenken, aber …

Er hielt das schmale, trauernde Mädchen weiter in seinen Armen, murmelte vergebliche Trostworte und strich ihr über das kurze blonde Haar. Dabei konnte er das Zittern seiner Finger kaum kontrollieren.

Als er sehr viel später daran zurückdachte, entschied er, daß dies der Augenblick gewesen sein mußte, in dem er sich in sie verliebt hatte. Doch damals erkannte er seine Gefühle nicht, hielt sie für Mitleid. Aber von diesem Moment an war Colonel Cockaynes Tochter selten weit weg aus seinen Gedanken oder Gebeten. Und er fand kaum Frieden, wenn seine Pflichten ihn weit von ihr weg führten. Und stets hatte er um sie Angst …

Der Marsch wurde in der gleichen Ordnung fortgesetzt. Man wartete nur gerade so lange, daß man den armen kleinen Choleratoten neben seiner Mutter zur ewigen Ruhe betten konnte. Die Männer setzten den Marsch zu den Melodien der Pfeifen oder zum Takt der Trommeln fort und sangen die bekannten Strophen mit. Als sie kurz nach Sonnenaufgang anhielten und frühstückten, versuchten alle, die fröhliche Stimmung eines Picknicks wie am vergangenen Abend aufkommen zu lassen. Doch irgendwie hatte es ein Leck gegeben, der Schatten schwebte über ihnen, die Angst vor der Cholera, einer Krankheit, vor der sich nur die hartleibigsten Männer nicht fürchteten.

Doch der Tag verging ohne Zwischenfall. Ein paar Fußkranke fielen aus mit nur ein paar Blasen, und die Hoffnung wuchs wieder, als der Arzt berichtete, daß die am schwersten verletzte Frau wie durch ein Wunder abends immer noch durchhielt.

Am nächsten Morgen war der Schatten verschwunden, die Moral stieg wieder, die Männer marschierten wie Veteranen und kamen so gut voran, daß Phillip sich für einen frühen Halt entschied, um den Gespannen vor den Wagen und den Kanonen eine lange Rast zu gönnen und Colonel Cockayne und der Kavallerie Gelegenheit zum Aufholen zu geben. Trotz des unvermeidlichen langsamen Tempos, zu dem die langsamen *Doolies* sie zwangen, hatten sie gegen Mittag fast die Hälfte der Strecke hinter sich, die sie noch von Cawnpore trennte. Neue Krankheitsfälle oder Verletzungen waren nicht gemeldet worden.

In guter Stimmung ritt Phillip mit Henry Grayson nach der Mittagspause voraus, um den Platz für das Nachtlager zu bestimmen. Der ideale Platz lag neben einem Mangohain, durch den ein kleiner Fluß führte. Flache Felder links und rechts ließen einen ungehinderten Blick auf das Land ringsum zu.

Der Troß erreichte eine Stunde später diese Stelle. Alles rannte zum Flußufer. Die Männer waren froh, sich Staub und Schweiß aus dem Gesicht waschen zu können, und gönnten sich im kalten und sauberen Wasser den Luxus eines Bades. Auf Phillips Vorschlag riggten Devereux und zwei Seeleute eine Leinwand als Sichtblende, hinter der die Frauen und Kinder baden konnten. Fröhliche Rufe zeigten schon bald, daß diese einfache Vorrichtung gut ankam und die Mühe sich gelohnt hatte.

Weiter im Osten, etwa eine Meile entfernt, lag ein Dorf hinter einem Wall. Grayson schickte Benjamin Highgate mit einem kleinen Trupp los, es zu erkunden. Mit triumphierendem Lächeln kehrte der Captain zurück. Ihn begleiteten der älteste und ein paar jüngere Dorfbewohner. Sie brachten Hühner, Milch und ein paar magere Ziegen mit, die sie freundlich den Briten anboten.

»Das sind Geschenke, Sir«, erklärte Highgate, als Phillip auf Bezahlung bestehen wollte. »Sie bitten nur darum, daß wir nicht ins Dorf kommen und sie bedrängen. Es sind Hindus, die uns sehr wohlgesinnt sind, fast wie Freunde, obwohl sie uns nicht hinter die Wälle kommen lassen wollen. Ich dachte mir, daß die Milch für die Kinder wie ein Geschenk des Himmels ist.«

»Bestimmt«, pflichtete Phillip ihm bei. »Dennoch werden wir für alles bezahlen, Benjy!«

Man einigte sich, und die Dorfbewohner verschwanden lächelnd und mit vielen *salaams.** Und dann gab es, während die Sonne in purpurnem Glanz hinter den fernen Hügeln unterging, so etwas wie ein Fest. Die Frauen konnten zwar auf Grund ihres monatelangen Hungerns nur wenig essen, doch sie lobten das Essen sehr und ganz besonders den Tee, den die Marineköche brühten und ihnen mit Zucker und Milch servierten.

»Sauber und satt zu sein, Commander Hazard«, sagte Andrea Cockayne, »ist das Glück«, als Phillip sich nach dem Essen von ihr verabschiedete. »Ich danke Ihnen aus ganzem Herzen. Ich weiß nicht, wann ich mich je besser gefühlt habe. Mein Glück wird vollendet sein, wenn ich meinen Vater wiedersehe und mit ihm sprechen kann.«

»Ich bin sicher, daß er bald wieder zu uns stößt, Miss Cockayne«, sagte Phillip. Er lächelte überzeugend. Er sah in ihr jetzt frisches Gesicht, in dem ganz langsam auch die Peitschenhiebnarbe verschwand. Er nahm ihre kleine, rauhe Hand in seine und küßte sie sanft und hoffte, daß Andrea ihm glaubte. Denn er war keineswegs zufrieden und spürte wachsende Unsicherheit, als er in der Nacht die Posten kontrollierte.

Colonel Cockayne war mehr als 24 Stunden gegenüber seiner Zusage verspätet.

* salaam: Dankesbezeigung (Anm. d. Ü.)

Doch Arbor, dem Phillip seine Besorgnis mitteilte, meinte nur abschätzig: »Lieber Gott, der hat eine Schwadron der besten Kavallerie bei sich und Wut im Herzen, Cockayne macht sich um uns bestimmt keine Sorgen. Und hier in der Gegend hat man nichts von ihm gehört. Ich habe die Dörfler heute abend nach ihm ausgefragt, aber sie scheinen wirklich nichts gehört zu haben, weder von ihm noch vom Newab. Sie waren sehr freundlich, wie Sie ja selber bemerkt haben.«

»Waren sie nicht ein bißchen zu freundlich?« fragte Phillip, dessen frühere Zweifel sich wieder meldeten.

John Arbor zuckte mit den Schultern: »Ich meine nein. Es ist ein Hindu-Dorf und …«

»Aber sie haben doch sicher von Betarwar gehört?«

»Ja, vermutlich, es liegt ja nur zehn Meilen entfernt. Und solche Nachrichten verbreiten sich rasend schnell. Sie haben wahrscheinlich Angst und haben uns darum Geschenke gebracht.«

»Und warum wollen sie uns unbedingt aus dem Dorf fernhalten?« wollte Phillip wissen und dachte an Highgates Worte.

»Es liegt sicher daran, daß sie Hindus sind.« Arbor hob wieder die Schultern. »Keiner von ihnen hat Betarwar erwähnt. In friedlichen Zeiten hätten sie mit dem Newab und seinen Leuten bestimmt nichts zu tun!«

»Aber dies sind keine friedlichen Zeiten«, erinnerte Phillip ihn. »Moslems und Hindus rebellieren gemeinsam gegen uns. Ich habe ihren letzten Überraschungsangriff noch nicht vergessen, als wir biwakierten.« Er seufzte. »Vielleicht nehme ich mein Kommando zu ernst, aber ich werde erst ruhig schlafen können, John, wenn ich mir das Dorf angesehen habe. Kommen Sie mit?«

Arbor zögerte, nickte aber dann doch. »Ja, natürlich, wenn Sie's für wichtig halten. Wer geht mit? Nur wir beide?«

»Und ein paar Pferdehalter«, entschied Phillip. »Ich will ja nichts ins Dorf eindringen, sondern nur sichergehen, daß die Dorfbewohner uns wirklich so gut gesinnt sind, wie es den Anschein hat.«

Er wußte, daß er wahrscheinlich übervorsichtig war. Arbor ließ ihn das deutlich spüren, aber … Weil es auch um die Sicherheit der Frauen und Kinder ging, war Vorsicht besser als späteres Bedauern.

In Begleitung von Benjamin Highgate und einem Lieutenant der 82er namens Miller ritten sie die zwei Meilen, die sie vom Dorf trennten, hielten im Schutz einer Baumgruppe, saßen ab und überließen die Pferde den beiden jungen Lieutenants. Dann näherten sich Arbor und er dem Dorf in schnellem Marsch. Die Wälle hatten Schießscharten, und als sie nahe genug waren, erkannten sie, daß das Dorf im Dunkeln lag.

»Kein einziges Lebenszeichen, Commander«, sagte Arbor, als sie es einige Minuten beobachtet hatten und nichts ausmachten, das bei ihnen einen Verdacht wecken konnte. »Sie schlafen alle den Schlaf der Gerechten.« Seine tiefe angenehme Stimme ließ leichten Tadel mitklingen. »Sollten wir nicht umkehren und uns auch aufs Ohr legen? Ich sagte Ihnen ja schon, die Leute sind Hindus und …«

»Dennoch«, meinte Phillip vorsichtig. »Hören Sie mal … Ich höre doch etwas! Da hinten links.«

Sie lauschten sehr konzentriert. In der Ferne hörten sie deutlich galoppierende Pferde, und dann sah man im Mondlicht etwa 30 Reiter, auf deren Lanzenspitzen sich das Mondlicht brach, während sie auf das Dorf zudonnerten. Als sie näher kamen, flammten Lichter auf, und dann öffnete sich plötzlich das große, eisenbeschlagene Tor zwischen den Zwillingswachtürmen, um sie einzulassen.

Arbor packte Phillip am Arm und deutete voraus. »Tut mir leid, daß ich so skeptisch war, Commander Hazard. Erkennen Sie den großen bärtigen Mann auf dem grauen Araber? Die Fackel erhellt gerade sein Gesicht.«

Phillip folgte seinem ausgestreckten Finger. Die Fackel, die ein Dorfbewohner hielt, zeigte ein dunkles, arrogantes Gesicht unter einem grünen Turban.

Als das Tor sich wieder schloß, sagte Arbor: »Das war der Newab … höchstpersönlich, wie man sieht. Der will sich der Hilfe der friedlichen Hindus versichern. Lieber Gott, wenn wir jetzt Ihre Raketenwerfer hier hätten.« Er seufzte laut. »Was machen wir jetzt? Ziehen wir weiter, oder warten wir, bis sie uns angreifen?«

Phillip hatte alle Möglichkeiten durchdacht, seine Gedanken rasten, als er nach Lösungen suchte. Die Sicherheit und das Wohlergehen der Frauen und Kinder kamen bei ihm vor allem anderen. Da blieben ihm nicht viele Möglichkeiten, und er seufzte wie Arbor.

Das Lager könnte man zur Verteidigung herrichten, obwohl es eigentlich nur für Ruhe und Erholung ausgesucht worden war. Doch die Umwandlung würde Zeit kosten, in der die Frauen und Kinder ständig in Gefahr schwebten. Und selbst wenn sie jetzt aufbrächen, könnten sie nicht schnell genug vorwärts kommen, um der Kavallerie des Newab zu entgehen. Die *Doolies* und die Bagage machten sie sehr langsam. Man müßte einen sicheren Ort für die Frauen, die Kranken und Verwundeten finden, nur dann hätte man vielleicht eine Chance …

Phillip kniff die Augen zusammen, als er wieder hinüber zum Dorf hinter dem Wall schaute. Der Newab würde ganz sicher nicht dort bleiben. Er war nur vor seiner Hauptstreitmacht hergeritten und würde bald zu ihr zurückkehren, wenn er mit seinem heimlichen Besuch sein Ziel erreicht hatte … was auch immer es gewesen sein mochte.

Phillip faßte einen Entschluß. »John«, drängelte er Arbor, »reiten Sie bitte zurück und lassen Sie Benjy Highgate unseren Verband wecken. Alle sollen sich marschbereit machen, aber erst aufbrechen, wenn ich Grayson den Befehl gebe. Ist das klar? Sagen Sie Benjy, er soll zu mir kommen – mit dem Raketenwerfer und dreißig Schützen – und zwar so schnell wie möglich. Miller bleibt hier bei unseren Pferden.«

»Sehr wohl, Sir!« Arbor stand schon. »Sie bleiben hier?«

»Ja, bis ich genau weiß, was dort vorgeht. Kommen Sie zurück, sobald Sie Benjy seinen Befehl gegeben haben!«

Unhörbar verschwand Arbor und kam bereits zehn Minuten später wieder. »Der Teufel soll Colonel Cockayne holen!« rief er laut, als er neben Phillip kroch. »Wenn wir jetzt die Sikh-Kavallerie bei uns hätten, könnten wir den Newab ohne Schwierigkeiten ausheben. Aber selbst wenn Benjy zaubern könnte, bräuchte er mindestens eine Stunde, bis er hier ist.« Er fluchte. »Hat sich da drüben was bewegt?«

Phillip schüttelte den Kopf. Er war gespannt und machte sich Sorgen, fragte sich, ob er die Absichten des Newab richtig erraten hatte. Wenn nicht, würden sie kostbare Zeit verlieren. Und Zeitverlust würde unter diesen Umständen Leben kosten, die Leben der einstigen Gefangenen des Newab, und auch das Leben von Andreas.

Er dachte plötzlich und ohne jeden Zusammenhang an Mademoiselle Sophie, erinnerte sich an Einzelheiten, die er längst vergessen glaubte, und Erinnerungen tauchten auf, die ihn schmerzten. Sein Herz war fast zerbrochen bei ihrem Abschied im fernen Odessa. Er dachte an seine Flucht an den Rand der Klippen in Begleitung ihres Dieners, eines Kosaken. Er dachte an den Versuch von Ambrose Quinn, ihn dort einfach liegenzulassen. Ihm fielen die Auspeitschungen ein, die Quinn an den Grätings der *Huntress* befohlen hatte. Seine russischen Fänger hatten ihn zum Zuschauen gezwungen. Er sah wieder Mademoiselle Sophie so mutig einschreiten, daß er frei kam. Er hörte die Kirchenglocken von Odessa läuten, als er in das Boot der *Wrangler* stieg. Ihr Jubel verkündete die Geburt eines Nachfolgers im Hause Narishkin – eines Sohnes für Mademoiselle Sophie, die Prinzessin Narishkin.

Phillip holte tief Luft. Lieber Gott, war er ein ertrinkender Mann, an dem Szenen aus seinem ganzen Leben vorbeizogen, ehe das Wasser sich über seinem Kopf für immer schloß?

Das alles war so lange her. Vor drei Jahren hatte er sich zum letzten Mal und endgültig von Mademoiselle Sophie verabschiedet und jetzt ... Er schloß die Augen und versuchte sich ihr Gesicht vorzustellen. Es gelang ihm nicht recht, die Einzelheiten verschwammen, das Bild war undeutlich. »Das Herz vergißt nicht«, hatte sie ihm gesagt. Und er hatte nichts vergessen, würde auch sie nie vergessen. Doch jetzt ...

John Arbor legte ihm warnend die Hand auf den Arm.

Die Erinnerungen verschwanden. Er war wieder in der Gegenwart und spürte – wie schon während der letzten drei Tage – die Sorge für Colonel Cockaynes Tochter und all die, die mit ihr die Qualen der Gefangenschaft erduldet hatten.

»Sie kommen raus«, flüsterte Arbor.

Knarrend öffnete sich das Tor, und ein Ochsengespann erschien, das eine schwere Bronzekanone hinter sich herzog. Ihr folgte eine zweite, eine langläufige 9-Pfünder-Kanone, die hinter den Ochsen auf der Lafette schwankte. Dann erschienen der Newab und seine Reiter und sammelten sich zum Schutz der Kanonen, während das Tor sich hinter ihnen schloß.

»Verdammt, der entkommt uns!« sagte Arbor erbittert. »Und er hat bekommen, was er wollte.« Er deutete auf die Kanonen. »Das gibt ihm eine verdammt gute Position!«

Phillip sah, wie die trägen Zuggespanne mit Peitschen und Rufen zu einem langsamen Trott bewegt wurden. Er stellte fest, daß sie sich exakt nach Norden bewegten, weg vom Lager. Er wartete ab, um ganz sicher zu sein, doch Arbor zerstörte seine Hoffnung.

»Sie sind vom Fluß gekommen – haben wahrscheinlich ein paar Meilen hinter uns ihr Lager aufgeschlagen. Das heißt, sie sind dem Colonel ausgewichen. Er ist ohne Zweifel jetzt auf dem Weg nach Lucknow, hat bestimmt die Hälfte des Wegs schon geschafft. Und verdammt noch mal, alles auf einer falschen Fährte. Und diese hinterhältigen Dorfbewohner haben dem Newab alles verraten, was er über unsere Stärke und unser Lager wissen muß.« Er zögerte und sah Phillip unter gerunzelten Brauen an. Und dann sagte er mit belegter Stimme: »Ich würde mal schätzen, Commander Hazard, daß der Newab bei Tageslicht hinter uns her setzt und uns auf dem Marsch angreifen will. Was haben Sie jetzt genau vor?«

»Das bedeutet für uns …« Phillip schaut in den Himmel, von dem der Mond schien. Er war jetzt ganz ruhig, sein Entschluß stand fest, sein Plan war entschieden – so oder so. Sie hatten bei Sonnenuntergang gegessen. Er zog seine Uhr. Er und Arbor hatten von hier aus fast zwei Stunden das Dorf beobachtet. Er rechnete schnell im Kopf. »Das gibt uns wenigstens sieben Stunden, John. Und wenn der Newab sich nicht beeilt, sogar neun oder zehn. Seine Hauptstreitmacht wird etwa zehn Meilen hinter uns stehen, oder wir hätten sie sehen müssen, als wir unser Lager aufschlugen. Er muß sich verdammt schnell bewegt haben, um so dicht hinter uns zu kommen …«

»Die meisten seiner Truppen werden beritten sein, und seine leichten Kanonen werden bespannt sein«, warf Arbor ein. »Er kann also schnell vorstoßen, wenn er will.«

»Er muß irgendwo auch seine Pferde und seine Zuggespanne rasten lassen«, erinnerte ihn Phillip. »Ich schätze mal, er will uns angreifen, wenn wir Mittagsrast machen. Und das gibt uns noch mehr Zeit.«

Arbor sah ihn entsetzt an. »Schlagen Sie vor, daß wir fliehen? Nach meiner Meinung haben wir damit keine Chance. Ohne Frauen und Kinder vielleicht, aber mit ihnen … Selbst wenn wir uns zur Verteidigung eingraben …«

Phillip unterbrach ihn. »Nein«, sagte er hart. »Ich schlage nicht vor, daß wir fliehen, das Risiko wäre viel zu groß. Ich werde das Dorf besetzen, John, sobald Benjy mit seinen Leuten bei uns ist.«

»Das Dorf besetzen?« wiederholte Arbor ungläubig. »Warum das, um Himmels willen?«

»Weil es die beste Verteidigungsposition ist, die wir auf Meilen im Umkreis finden. Die Frauen und Kinder sind dort sicher, sie sind meine Hauptsorge.« Er drehte sich um und lächelte dem älteren Kameraden ins besorgte Gesicht. »Wenn nämlich Ihre Einschätzung stimmt, daß die Dorfbewohner friedliche Hindus sind, werden sie keinen Widerstand leisten. Wir werden die Männer evakuieren, aber ihre Frauen und Kinder nicht anrühren. Wir ziehen vor Tagesanbruch ein, lassen zur Verteidigung eine Wache zurück mit einer meiner Kanonen. Und wenn wir auch nur ein bißchen Glück haben, mein lieber Freund, dann könnten wir den Newab auf dem Marsch angreifen. Mir ist da ein Platz aufgefallen, etwa drei Meilen hinter uns. Der eignet sich hervorragend für einen Überfall.«

Arbor starrte ihn einen Augenblick überrascht an. Und dann breitete sich langsam ein Lächeln auf seinem Gesicht aus. »Lieber Gott, Commander Hazard«, rief er laut, »für einen Seemann sind Sie ein verdammt guter Soldat. Ich gebe zu, ich hatte so meine Zweifel, was Ihre Fähigkeit anging, einen Verband aus Soldaten und Seeleuten zu führen, aber natürlich haben sie recht. Das Dorf ist der beste Platz, den man verteidigen kann. Erlauben Sie mir, es zu besetzen, wenn Benjy Highgate mit seinen Schützen hier eingetroffen ist?«

»Mit dem größten Vergnügen, Mr. Arbor.« Phillip erhob sich und streckte seine verkrampften Muskeln. »Ich meine, daß ist nun wirklich eine Aufgabe für einen Soldaten. Also, gehen wir zurück zu unseren Pferden.«

Am nächsten Morgen waren die britischen Truppen in genau der Position, in der sie die Rebellen erwarten wollten. Zu Phillips großer Erleichterung war alles nach Plan verlaufen. Die Dorfbewohner hatten sich ergeben, ohne einen einzigen Schuß abzufeuern. Der Dorfälteste hatte zwar seine ungebrochene Loyalität den weißen Herren gegenüber immer wieder laut verkündet. Aber als er sicher war, daß seine Frauen nicht belästigt wurden, hatte er sich darein gefügt, mit allen Männern des Dorfes evakuiert zu werden. Innerhalb von drei Stunden war die Verlegung der britischen Frauen und Kinder und der Verwundeten erfolgreich beendet. Phillip ließ eine starke Wache und eine Marinekanone unter dem Kommando von Alan Williams zurück und führte seine Truppe die Straße zurück zu der Stelle, die er für den Überfall ausgesucht hatte.

Ideal war die Stelle nicht. Das Land war zu flach, doch Bäume und Büsche auf der einen Seite und ein ausgetrocknetes Flußbett auf der anderen erlaubten seiner Infanterie ausreichende Deckung. Lightfoots Kanone plazierte er hinter den Bäumen links, von wo aus sie die Straße unter Feuer nehmen konnte. Den Raketenwerfer, der leicht zu bewegen war, verlegte er rechts so weit vor, wie er gerade noch wagen durfte. Er übernahm selbst das Kommando in der Absicht, das Feuer zu eröffnen, sobald die Rebellen in Sicht kamen. Er hoffte, damit ihre Kavallerie zu zerstreuen und ihren Angriff zu verhindern.

Grayson führte die Truppen links, Arbor die im Flußbett. Nun war nichts mehr zu tun, als abzuwarten, ungeduldig abzuwarten, daß der Newab endlich erschien.

Es dauerte fast zwei Stunden, bis er auftauchte. Highgate und Miller, die sich freiwillig als Späher gemeldet hatten, kamen auf schwitzenden Pferden zurückgaloppiert und meldeten, daß sich eine starke Truppe zu Pferd und zu Fuß näherte.

»Sie kommt von Norden, Sir«, meldete Highgate und deutete erregt hinter sich. »Sie werden sie gleich selber sehen, wenn sie aus den Bäumen vorkommt, denn sie folgt der Straße. Ich meine …« Er schaute, wie um sich zu versichern, zu Miller hinüber und klang dann mehr als besorgt, als er hinzufügte: »Ich schätze, es sind mehr als 1000 Mann, meistens Kavallerie, Sir. Und dann haben wir vier Kanonen gezählt, stimmt's, Charlie?«

Der junge Miller nickte. »Die zwei von gestern nacht, Sir, werden von Ochsen gezogen, die anderen beiden von Pferden. Sie bewegen sich ziemlich schnell. Die Kavallerie ist weit voraus, die Infanterie sichert eigentlich nur die Bagage, Sir, etwa eine Meile weiter hinten.«

Was würde ich dafür geben, wenn Colonel Cockayne mit seiner Sikh-Kavallerie hier wäre, dachte Phillip besorgt. Er würde den Troß abschneiden und den Rebellen damit die Reservemunition wegnehmen. Aber … Er zwang sich zu einem Lächeln. »Sehr gut, meine Herren. Haben sie Pfadfinder oder Spähtrupps, die vorausreiten?«

Die beiden jungen Männer schüttelten den Kopf. »Keine, Sir«, antwortete Highgate entschieden. »Sie reiten als Einheit, die bespannte Kanone in der Mitte, fast so, Sir, als hätten sie überhaupt nichts zu fürchten. Und ich glaube auch, das haben sie nicht, bei der Stärke. Können wir überhaupt …«

Er sah sich um. Die kleine Einheit rotbejackter britischer Schützen lag im Flußbett. Devereux kaute ruhig Tabak und stand als einziger Mann der Raketenwerfer-Mannschaft auf seinen Beinen. Auf Phillips Befehl hatten alle anderen sich zur Rast niedergelegt. Highgate faßte wieder Mut, als er sie so offensichtlich gelassen ruhen sah.

»Wir werden's ihnen zeigen, Sir, ganz bestimmt. Selbst wenn wir … also selbst wenn wir so wenige sind.«

Das müssen wir wohl auch, dachte Phillip, lieber Gott, hilf uns. Er hatte nicht damit gerechnet, daß der Newab so schnell eine Streitmacht von 1000 Mann auf die Beine stellen könnte.

Aber sie hatten jedenfalls eine Chance, denn der Vorteil der Überraschung lag bei ihnen. Die Sache würde ganz anders aussehen, wenn Horden rebellierender Reiter seinen Troß auf offener Straße angegriffen hätten. Frauen und Kinder hätten die Briten behindert, und man hätte sich nirgendwo eingraben können. Wenn sie den Newab hier so besiegen könnten, daß er sich mit eingezogenem Schwanz und genügend Toten und Verletzten nach Ghorabad zurückziehen würde, dann waren die Frauen und Kinder in Sicherheit, und nur darauf kam es letzten Endes an.

»Machen Sie sich keine Sorgen, Benjy«, beruhigte er den Lieutenant mit gut gespielter Zuversicht. »Wir werden's ihnen heimzahlen, daß sie es so leicht nicht vergessen. Bitte, bringen Sie die Pferde in Deckung und halten Sie sich hier neben mir. Mr. Miller, Sie melden sich bei Captain Grayson und bleiben als sein Adjutant dort.«

Eine halbe Stunde später erschienen die Reiter des Newab. Sie ritten immer noch als geschlossene Einheit, zwanzig oder dreißig nebeneinander auf der Straße und auch links und rechts neben ihr. Wie Miller gemeldet hatte, ritten sie schnell. Phillip studierte sie durch sein Glas. Zufrieden stellte er fest, daß die Pferde schaumbedeckt waren und daß die Disziplin, im Vergleich zu britischen Standards, sehr lax war.

Doch jetzt wurde ein Trupp von etwa zwölf Reitern vor die anderen geschickt. Sie hatten vermutlich den Auftrag, die Straße zu erkunden und das Lager zu finden. Er schickte Highgate zu Grayson und Arbor, um sie zu warnen, und befahl, die Männer unbehelligt vorbeireiten zu lassen.

Das taten sie 15 Minuten später. Sie trabten an den verborgenen britischen Truppen vorbei, ohne einen einzigen Blick in deren Richtung zu werfen, und lachten und schwätzten dabei. Ganz offensichtlich erwarteten sie keinen Widerstand. Phillip lauschte hinter ihnen her, weil er fürchtete, daß sie vielleicht auch das Dorf kontrollieren sollten. Doch Highgate, der auf das andere Ufer des trockenen Flußbettes gerobbt war, meldete, daß sie weiter der Straße folgten.

»In Ordnung«, sagte Phillip und wandte sich an Devereux. »Klar zum Einsatz, Mr. Devereux. Die Männer auf Position. Lange wird's nicht mehr dauern. Auf meinen Befehl hin möchte ich schnelles Feuer auf das Zentrum und den Rükken des Feindes. Die Schützen sollen sich um den Gegner vorn kümmern. Mein Ziel ist es, die Pferde in Panik zu versetzen und ihre Formation aufzubrechen. Aber warten Sie auf meinen Befehl!«

Er machte Arbor im Flußbett ein Zeichen, und dann warteten sie. Die Mannschaft lag neben dem Raketenwerfer flach auf der Erde, die Infanteristen lagen, Gewehr im Anschlag, am Rande des Flußbettes. Sie konnten den Feind sich nähern hören, aber sie sahen ihn noch nicht.

Phillip schob sein Glas zusammen und warf sich mit pochendem Herzen flach auf die Erde. Von den nächsten Minuten hing jetzt alles ab. Wenn ein junger Soldat die Nerven verlor und zu früh feuerte, dann würde der größte Teil der Kavallerie des Newab und seine Bagage der Falle entkommen, die er für sie aufgestellt hatte …

Doch niemand bewegte sich. Das Warten wurde fast unerträglich. Die Zamindari-Reiter näherten sich laut und sorglos. Sie waren so weit auseinandergezogen, daß die an den Flanken weit weg von der Straße sich ihren Weg über Baumwurzeln und durch Unterholz bahnen mußten.

Phillip beobachtete sie unter den deckenden Zweigen eines niedrigen Baumes heraus. Er konnte kaum glauben, daß sie die roten Uniformjacken von Graysons Einheit auf der anderen Seite der Straße und 60 Meter hinter sich nicht entdeckt hatten. Er ließ die ersten 100 an sich vorüberziehen.

Als er annahm, daß Lightfoots 9-Pfünder sie im Visier hatte, sprang er auf die Füße und rief Devereux den Befehl zum Feuern zu.

Dann brach mit den Raketeneinschlägen mehr an Hölle los, als Phillip zu hoffen gewagt hatte. Erschreckte Pferde bäumten sich auf. Sie konnten aus den engen Reihen nicht fliehen und tobten und bockten und warfen ihre Reiter ab. Als Devereux sein Feuer weiter nach hinten verlegte, brach unter den Elefanten, die die Gepäck- und Munitionswagen zogen, Panik aus. Einige griffen trompetend nach vorn an und rasten in die sich auflösenden Reihen der Kavallerie. Andere trampelten die Männer zu Tode, die versuchten, sie wieder unter Kontrolle zu bekommen.

Lightfoots Kanone schickte Schrapnell nach Schrapnell in die vorderen Reihen, und von beiden Seiten der Straße eröffneten Enfield- und Minié-Gewehre unbehindert ein schnelles Feuer auf kürzeste Entfernung.

Die Überraschung war vollständig gelungen. Die Kanonen der Rebellen im Zentrum des Durcheinanders konnten nicht abprotzen. Als um sie herum auf allen Seiten Reiter und Pferde zusammenbrachen, gaben die Kanoniere ihre Kanonen auf und versuchten zu fliehen. Ein paar Kavalleristen, die tapferer als die anderen waren, sammelten sich und versuchten einen Angriff in Richtung Bäume. Doch Graysons Männer hielten ihnen mit aufgepflanztem Bajonett stand und trieben sie zurück. Sie ritten in Arbors Feuer, als sie ihr Heil in der Flucht suchten.

Schließlich zogen sich die Rebellen zurück und ließen Dutzende von Toten und Verwundeten zurück. Die Meuterer erschienen aus dem Rauch und rannten, hatten nur ihre Flucht im Sinn. Devereux und seine Männer feuerten weiter Rakete um Rakete in ihre Reihen. Lightfoot und seine Männer bugsierten ihre Kanone auf die Straße und eröffneten das Feuer im Rücken des Feindes. Phillip rannte neben dem atemlosen Highgate zu Arbor hinüber, der rechts einen Bajonettangriff über die Felder vortrug.

Doch die Rebellen, obwohl schwer angeschlagen, konnten immer noch kämpfen. Eine Truppe von einigen hundert formierte sich neu und führte entschlossen Rückzugsgefechte. Ein bärtiger eingeborener Offizier in der gelben Uniform der Irregulären Kavallerie aus Oudh führte immer wieder einen Gegenangriff gegen die verfolgende britische Infanterie. Er wurde mutiger, als er feststellte, wie wenige seine Angreifer waren. Er zwang seine Truppe, ein Quadrat zu formen, um nicht weiter zurückgejagt zu werden.

Phillip nahm einem verwundeten Soldaten das Minié-Gewehr ab, zielte sehr genau und schoß den bärtigen Offizier aus dem Sattel. Aber der Mann erhob sich wieder und raste auf ihn zu, den Säbel hoch über dem Kopf. Sein Gesicht war haßverzerrt. Ein Unteroffizier der 88er erschoß ihn, gerade als er mit dem Stahl auf Phillip einhauen wollte. Phillip grinste dankbar.

Die Nachhut hatte mit ihrem Führer auch den Mut verloren und zog sich langsam zurück. Aber sie hatten für Ausfälle gesorgt und für die Rebellen Zeit gewonnen. Entsetzt sah Phillip, daß eine Gruppe die schwere Kanone, die sie letzte Nacht aus dem Dorf geholt hatten, mit einiger Anstrengung einsetzen wollte.

»Sammeln Sie Ihre Verwundeten ein, John«, bat er Arbor, »und nehmen Sie Deckung. Im Augenblick können Sie nicht mehr tun.«

»Sehr gut«, bestätigte Arbor. Er wischte sich mit blutiger Hand über sein schweißnasses Gesicht, das rauchgeschwärzt war, und fluchte laut und wütend. »Die Schweine kommen davon, sehen Sie! Wenn wir nur unsere verdammte Kavallerie hätten. Der Newab selber hat das Kommando über die Kanone übernommen.«

Phillip nickte mit schmalen Lippen und wiederholte seinen Befehl. Als er sah, daß er befolgt wurde, lief er über die zerschossene Straße und suchte Lightfoot. Als er ihn fand, schrie er, um gehört zu werden: »Bringen Sie Ihre Kanone nach vorn, Mr. Lightfoot, so schnell es geht.«

»Aye, aye, Sir!«

Der junge Lightfoot war von Kopf bis Fuß schwarz. Eine zerrissene und dreckige Bandage war um sein linkes Bein gewickelt, und er hinkte sehr. Doch er jubelte wie alle anderen, als einige Matrosen ihre 9-Pfünder auf der anderen Seite der Bäume in Stellung brachten. Ein halbes Dutzend Schützen von Grayson halfen ihnen dabei. Eine Kanonenkugel jagte ihnen entgegen und dann eine zweite, denn der Newab und seine Leute hielten mit ihrer Kanone auf die Straße. Die Männer spritzten auseinander, um der tödlichen Gefahr zu entgehen. Doch ein paar Verwundete unter Arbors Männern schafften es nicht, und der zweite Schuß jagte durch ihre Reihen und ließ drei oder vier zerschmetterte Körper liegen. Die eingeborenen Träger ließen ihre *Doolies* im Stich und rannten schreiend in Deckung. Devereux schickte weiterhin eine Rakete nach der anderen in den Troß der fliehenden Rebellen. Aber er hatte keine Sicht und konnte nicht auf die Kanone zielen.

Phillip rief Lightfoots Mannschaft zu und wies auf das qualmende Monstrum: »Da ist euer Ziel, Männer. Da vorn, feuern, so schnell es geht. Da ist der Newab, und er gehört euch, wenn ihr ihn erwischen könnt!«

Er hörte, wie die 9-Pfünder das Feuer eröffnete, und stolperte erschöpft über die Straße, um Arbor mit seinen Verwundeten zu helfen. Dann hörten beide Kanonen abrupt auf zu feuern, und er hörte die Männer laut jubeln und schreien. Benjy Highgate packte ihn am Arm. Er richtete sich auf und sah erstaunt, daß die Kanone im Stich gelassen wurde. Die Kanoniere rannten in blinder, unverständlicher Panik auf ihre Pferde zu.

»Was zum Teufel ...«, begann er, aber Highgate unterbrach ihn. »Der Colonel, Sir!« Die Stimme des Jungen klang schrill vor Aufregung. Er hob seinen Arm und deutete voraus. »Sehen Sie nur, Sir. Da ist Colonel Cockayne mit seiner Sikh-Kavallerie. Lieber Himmel, was für ein wundervoller Anblick!«

Das stimmte wirklich, dachte Phillip. Sein Herz hob sich, als er sie angreifen sah. Auf ihren gezogenen Säbeln brach sich das Sonnenlicht wie auf tausend Tauperlen. Die Sikh-Reiter mit ihren blauen Turbanen wechselten vom Trab in Galopp, die ganze Schwadron bildete hinter Colonel Cockayne eine Linie, und ihr Anritt mit gezogenem Säbel wurde schneller, während sie sich den entsetzten und erschreckten Kanonieren des Newab näherten.

Der Newab konnte nicht entkommen. Der Colonel ritt pfeilgerade auf seinen Feind zu, und der Anführer der Rebellen war zu stolz zum Fliehen und verteidigte sich. Er war mit einer Handvoll Begleiter abgesessen, doch einen Augenblick waren die beiden Gegner allein, Cockayne 20 Meter vor den Sikhs und der Newab allein vor der großen, jetzt stummen Kanone, auf die er seine ganze Hoffnung gesetzt hatte. So erwartete er tapfer den Tod, unternahm keinen Versuch, sich zu verteidigen, und der Säbel des Colonel fuhr in einem blitzenden Bogen herab und trennte ihm fast den Kopf von den Schultern.

Seine abgesessene Leibwache übte Rache. Die Männer warfen sich unter das anstürmende Pferd des Colonel und hieben mit ihren Krummsäbeln auf Bauch und Beine des Tiers. Es brach zusammen und warf den Reiter über den Kopf hinweg auf die Erde. Die Sikhs waren jetzt da und konnten ihren Angriffsschwung nicht bremsen. Ein oder zwei ritten über ihren gestürzten Kommandeur hinweg. Sie jagten hinter den fliehenden Feinden her, wie ihnen befohlen war. Phillip griff nach dem Zügel eines Pferdes, den einer von Arbors Männern hielt, und schwang sich in den Sattel.

»Holen Sie bitte einen *Doolie*«, bat er den Soldaten. »Und schicken Sie ihn hinter mir her. Ich reite zum Colonel und kümmere mich um ihn.«

Ihn bewegte nur ein Gedanke, als er sein widerspenstiges Pferd über das zertrampelte Feld mit Winterkorn zum Colonel lenkte: Er wollte Andrea den Vater wiedergeben, falls der noch lebte. Bewegungslos und mit ausgestreckten Armen und Beinen lag der ein paar Schritte von der Kanone und der Leiche des Newab entfernt. Er schien tot zu sein, doch als Phillip bei ihm war und abstieg und sich neben ihn kniete, öffnete er die Augen und etwas wie Erinnerung zuckte in ihnen.

»Ihre Tochter ist in Sicherheit, Colonel«, sagte Phillip ihm und war sich nicht sicher, ob er überhaupt verstanden wurde. »Ihre Tochter Andrea, Sir. Gestern abend sagte sie mir, daß ihr Glück vollendet wäre, wenn sie Sie wiedersehen und mit Ihnen reden könnte.«

Er schaute sich nach dem *Doolie* um, um den er gebeten hatte. Aber er sah keinen. Doch Benjy Highgate hatte sich mit ein paar Soldaten zu ihm auf den Weg gemacht. Er schätzte die Entfernung zu ihnen und spürte plötzlich Gefahr.

Nicht alle Soldaten, die um den Newab herum gefallen waren, waren tot. Einige bewegten sich unsicher, obwohl sie verwundet waren. Er hielt die Luft an, als er in die Mündung einer langläufigen Steinschloß-Pistole blickte. Er hörte es klicken, als der Hahn gespannt wurde. In einem weißbärtigen Gesicht glühten dunkle Augen. Sie musterten ihn kurz und wurden dann sanft. Unter anderen Umständen hätte man von einem freundlichen Wiedersehen sprechen können. Eine dunkle, dünne Hand legte sich ihm auf die Schulter, als wolle sie ihn zur Seite drücken.

»Nicht Sie, Hazard Sahib«, flüsterte der alte Mann auf englisch. »Ich habe noch eine Kugel, und mein Leben rinnt gerade aus mir. Ich möchte den Mörder meines Sohnes mit mir nehmen. Seine Hände sind rot von unschuldigem Blut. Er verdient den Tod, aber …«

Phillip sprang auf die Beine. Er wollte den Alten am Handgelenk packen, aber seine Finger griffen in leere Luft. Die Pistole explodierte, und die Welt um ihn herum schien mit in die Luft zu fliegen, trug ihn in ein Meer voller Schmerzen, und er konnte weder etwas erkennen noch atmen. Irgendwo in der Nähe hörte er einen Schrei. Dann herrschten Stille und gnädige Ohnmacht.

Colonel Cockayne erhob sich mit seiner rauchenden Pistole in der Hand. Er schwankte Highgate und seinen Soldaten entgegen. Hinter ihnen näherten sich Träger mit einem *Doolie*. Mit zitternder Stimme sagte er: »Machen Sie sich um mich keine Sorgen, Highgate … Sie sollen Commander Hazard einsammeln. Er hat mir gerade das Leben gerettet … Ich fürchte, er ist schwer verwundet. Sie müssen … Gehen

Sie sanft mit ihm um. Er hat eine Pistolenkugel in der Brust.«

Benjy Highgate schluchzte, als er die Träger mit dem *Doolie* heranwinkte.

Epilog

Früh im Februar kehrte die Hauptstreitmacht des Oberbefehlshabers nach Cawnpore zurück. Hope Grants Kavalleriebrigade ritt vor ihr her. Am Abend des 12. schlug die Marinebrigade unter Captain Peel in Unao ihr Lager auf, am Lucknower Ufer des Ganges.

Futteghur war erobert und besetzt worden. Einheiten in Brigadestärke hatten alles Nötige getan, um den Doab zu unterwerfen. Nach einer Konferenz mit dem Generalgouverneur Lord Canning in Allahabad bereitete Sir Colin Campbell seinen zweiten und endgültigen Angriff auf Lucknow vor.

Phillip lag im Lazarett und erholte sich langsam. Da erreichte ihn ein Brief von William Peel, in dem dieser ihm mitteilte, daß er am nächsten Tag nach Cawnpore reiten werde, um ihn zu besuchen.

»Ich bin froh, daß Sie wieder auf die Beine kommen, mein lieber Phillip«, schrieb der Kommandant der *Shannon*. »Ich habe einige Nachrichten aus der Admiralität und von Commodore Watson für Sie. Er wurde gerade Standortkommandant in Kalkutta. Ich bin sicher, Sie werden sich über die Nachrichten freuen.«

»Doch zuerst meine herzlichen Glückwünsche zu Ihrer Beförderung. Die offizielle Bestätigung traf gestern zusammen mit der für Jim Vaughan bei mir ein. Und dabei gab es einen Hinweis, der mich persönlich betrifft und erfreut, daß ich Ritter des Bathordens werde.

Ich hoffe, daß Ihr Ausflug nach Cawnpore nicht zu unangenehm war. Und ich hoffe, ich finde Sie in gutem Zustand vor, wenn auch wohl noch nicht fähig, Ihren normalen Dienst wieder aufzunehmen. Vergessen Sie aber nicht, wir müssen die offizielle Verleihung des Viktoria Cross in der Brigade nachholen. Das Eintreffen der Nachrichten hat sich verzögert, weil sie über China liefen.« Phillip lächelte, als er den Brief ein zweites Mal las. Er bemerkte wohl, daß der Brief an »Kapitän Phillip. H. Hazard, V. C., R. N.« adressiert war in der festen, klaren Handschrift von William, demnächst Sir William Peel.

Es war schön, daß er endlich den heißersehnten Rang eines Kapitäns erreicht hatte, obwohl seine Beförderung möglicherweise hieß, eine Zeitlang in England mit Halbsold auf ein neues Kommando warten zu müssen. Doch nun war er von seinem Versprechen frei, das er seinem Vater vor vielen Jahren geben mußte, als er noch Erster Offizier der *Trojan* gewesen war. Er lächelte. Er konnte jetzt auch heiraten, wenn die Dame seines Herzens seinen Antrag annehmen würde … Doch Andrea Cockayne war noch in Allahabad bei den anderen Überlebenden der unglücklichen Garnison von Ghorabad. Sie alle warteten auf eine Reisemöglichkeit nach Kalkutta und eine Passage nach Hause, sobald sie sich ausreichend erholt hatten, um die Strapazen einer so langen Reise auszuhalten.

Er lehnte sich in seinem bequemen Rattansessel zurück und erinnerte sich mit halb geschlossenen Augen. Der langsame Rückmarsch in einem *Doolie* nach Cawnpore mit bandagierter Brust. Das alles war ein Alptraum gewesen, den er am liebsten vergessen würde. Doch manche Augenblicke in seinen Schmerzen standen ihm klar vor Augen. Sein gequälter Körper kämpfte ums Überleben. Andrea war dabeigewesen, ihre Stimme konnte er deutlich von den anderen unterscheiden. Sie hatte bei ihm geweint. Sie hatte für ihn gebetet. Und sie war Stunde um Stunde neben seinem heißen, in der schweren Luft schwingenden *Doolie* hergegangen und hatte ihm Wasser gebracht, wenn man hielt. Sie hatte ihm sanft den Schweiß aus dem unrasierten Gesicht gewischt. Lieber Himmel. Er schätzte diese Erinnerungen, denn sie hatten seinen Lebenswillen angefacht, als es leichter und weniger schmerzhaft gewesen wäre, zu sterben.

Doch er mußte sie gehen lassen, ohne daß er ihr seine Gefühle gestehen konnte. Denn die ersten zwei Wochen nach der Rückkehr hatte er in Cawnpore halb bewußtlos gelegen.

Erst Tage nach ihrem Verschwinden hatte er erfahren, daß sie auf Drängen ihres Vaters mit den anderen nach Allahabad gereist war. Colonel Cockayne hatte sie begleitet, und es hieß, er habe vor, sich zur Ruhe zu setzen und mit seiner Tochter nach England zurückzukehren. Phillip seufzte. Er hatte ihr natürlich geschrieben, doch keine Antwort erhalten.

»Phillip – Phillip, mein lieber Freund, es tut mir leid, wenn ich Sie geweckt habe ...« Er erkannte Peel an der Stimme und öffnete angenehm überrascht die Augen.

»Sir Colin hat mich geschickt«, erläuterte der Kommandant der Marinebrigade, als Grüße und Glückwünsche ausgetauscht worden waren. »Ich bin einen Tag früher als vorgesehen gekommen. Die Dinge bewegen sich schnell, Phillip. Verstärkungen kommen, Generalmajor Outram schlägt sich am Alam Bagh sehr gut, und es sieht ganz so aus, als ob die Rebellen müde werden und sich untereinander streiten. In zwei oder drei Wochen werden wir gegen Lucknow ziehen – mit insgesamt etwa 20 000 Mann aus allen Waffengattungen. Unsere eigene Brigade wird stärker denn je sein.« Peel grinste. »Wir haben die Wagenfabrik in Futteghur unzerstört zurückerobert, und als wir dort waren, ließ ich mir Lafetten für unsere 8-Zoll-Kanonen bauen, die eigenen Kanonen der *Shannon* kommen aus Allahabad!«

Er erzählte begeistert Einzelheiten, und Phillip hörte mit klopfendem Herzen zu.

»Ich würde viel dafür geben, bei diesem entscheidenden Todesstoß dabeizusein, Sir«, sagte er. »Haben Sie eine Aufgabe für einen kürzlich zum Kapitän beförderten Mann auf Halbsold?«

Peel lachte. »Da die Brigade schon einen Kapitän hat in Person von Oliver Jones, fürchte ich Beschwerden von der Admiralität, falls ich einem zweiten erlaube, zu uns zu stoßen. Commodore Watson wiederholt ständig seine Forderungen, die ganze Brigade solle endlich abziehen und sich wieder Sir Michael Seymour in China anschließen. Mit Sir Colin Campbells großer Hilfe ist es mir bisher gelungen, dem Commodore ausweichende Antworten zu geben, weil ich ganz sicher bin, daß die Lords der Admiralität anderes mit uns vorhaben. Man braucht uns, wenn Lucknow ohne große Verluste an Menschenleben zurückerobert werden soll, Phillip. Wenn unsere schweren Batterien und unsere 430 erfahrenen Offiziere und Mannschaften fehlen, wird Sir Colin Campbell das sehr schnell spüren.« Dann verging ihm das Lächeln. »Was Sie angeht, mein Lieber, wenn Sie wieder auf den Beinen sind, dann riskiere ich durchaus das Mißvergnügen der Lords, indem ich Sie als Freiwilligen übernehme wie den tapferen Jones ... Aber ich muß Ihnen leider sagen, daß Commodore Watson ganz spezielle Wünsche in bezug auf Ihre Dienste geäußert hat.«

»Auf meine Dienste, Sir?« Phillip sah ihn entsetzt an. »Was soll ich denn für ihn tun, wenn ich fragen darf?«

William Peel legte ihm freundlich die Hand auf die Schulter.

»Sie sollen das Kommando über das Dampfschrauben-Kanonenboot *Falcon* der Ostindischen Handelskompanie übernehmen«, erklärte ihm Peel. »Die *Falcon* ist an die indische Marine ausgeliehen. Ihr Kommandant ist kürzlich gestorben, und sie soll nach China auslaufen.« Er seufzte. »Offenbar ist dem Kommodore nicht bekannt, daß Sie verwundet wurden. Haben Sie sich schon von den Stabsärzten untersuchen lassen?«

Phillip schüttelte den Kopf. »Nein, noch nicht. Ich hatte gehofft ... Die Ärzte haben vorgeschlagen, mich in zehn Tagen gründlich zu untersuchen. Ich sollte dann eigentlich noch eine Woche Verwundetenurlaub bekommen und ...«

Peels fröhliches, ansteckendes Lächeln war wieder da. »Dann schlage ich Ihnen vor, mein lieber Phillip, daß Sie zwei Wochen Urlaub nehmen und diesen Ort dabei verlassen. Haben Sie nicht Freunde in Allahabad, denen Sie eine gute Reise wünschen wollen, ehe diese nach Kalkutta aufbrechen und dann nach Europa segeln? Ihr Midshipman Johnny Lightfoot meinte das!«

Phillip wurde rot und lächelte zurück. »Um Ihnen reinen Wein einzuschenken, Sir«, gestand er, »das Mädchen, das ich heiraten möchte, ist in Allahabad. Ich hatte mir vorgenommen, die Zustimmung ihres Vaters zu meinem Antrag einzuholen, ehe sie aufbrechen, wenn's irgend möglich ist. Nur …«

»Dann versuchen Sie's doch weiter, mein Lieber«, riet Peel ihm. »Und viel Glück.« Er streckte ihm die Hand entgegen. »Ich erwarte eine Antwort aus der Admiralität mit dem Überlandtelegraphen. Ich erwarte nicht, daß man mir einen meiner besten Offiziere wegnimmt, um für kurze Zeit ein Loch in der Flotte der Handelsgesellschaft zu stopfen. Ich halte es für sehr viel wahrscheinlicher, daß Sie einen Marschbefehl nach Hause bekommen.« Er grinste jetzt breit. »Vielleicht schon Ende März. Und ich erwarte übrigens eine Einladung zu Ihrer Hochzeit, wie Sie sich denken können.«

Zwei Tage später war Phillip auf dem Weg nach Allahabad.

Anmerkungen

Der Aufstand der Sepoy-Armee in Bengalen begann am Sonntag, dem 10. Mai 1857, mit der Rebellion der 3. leichten Kavallerie in Meerut. Obwohl er 2000 britische Truppen unter sich hatte, ging der fette und senile Generalmajor William Hewitt so ungeschickt mit der Krise um, daß die Leichte Kavallerie und Sepoy-Kameraden aus dem 11. und dem 20. Eingeborenen-Infanterie-Regiment nach einem Blutbad Delhi erreichen konnten, ohne daß viele Schüsse auf sie abgegeben wurden.

Hier wurden sie von den Eingeborenen-Regimentern der Garnison verstärkt und ernannten den letzten Mogul, den achtzigjährigen Schah Bahadur, zum Kaiser von Indien. Sie übernahmen die Stadt, ermordeten britische Zivilisten und Militärs und massakrierten Hunderte von Europäern und indische Christen, denen die Flucht nicht gelungen war.

Obwohl ihm britische Truppen fehlten und die, über die er verfügte, nur schlecht bewegt werden konnten, gelang es dem britischen Oberbefehlshaber dennoch, am 8. Juni einen kleinen Verband auf dem Ridge aufzustellen. Er bestand aus weniger als 3000 Mann aller Waffengattungen und gewann auf dem Weg nach Delhi zwei Gefechte gegen die Aufständischen. Doch er war zahlenmäßig unterlegen, und es fehlte ihm schwere Artillerie. So konnte er also nur auf Verstärkung warten und war bis zu deren Eintreffen nicht in der Lage, die Stadt zu nehmen oder sie auch nur erfolgreich einzuschließen.

Oudh war erst kürzlich von der Ostindischen Gesellschaft übernommen worden – zur spürbaren Unzufriedenheit seiner Bewohner. Auch dort wurde die Lage schnell kritisch. Denn in einer Garnison nach der anderen revoltierten die Eingeborenen-Regimenter. Große Sorge herrschte wegen Cawnpore, das 53 Meilen nordöstlich von Lucknow am anderen Ufer des Ganges lag. Der kommandierende General, Sir Hugh Massey Wheeler, hatte 375 Frauen und Kinder in seiner Obhut. Er setzte seine ganze Hoffnung auf die Freundschaft zu einem eingeborenen Prinzen, Nana Sahib, dem Maharadscha von Bithur. In seiner Garnison hatte er ganze 200 britische Soldaten, unter ihnen 70 Invaliden und Rekonvaleszenten aus dem 32. Regiment Ihrer Majestät, etwa ebenso viele Offiziere und männliche Beamte, 40 eingeborene Trommler und eine Handvoll loyaler eingeborener Offiziere und Sepoys.

Vom Nana verraten, hielt die Garnison mit bewundernswertem Heldenmut drei Wochen aus, und das hinter Lehmwällen im indischen Hochsommer, ständig berannt von 9000 Rebellen und beschossen von Kanonen mit schwerem Kaliber.

Nachdem 250 Verteidiger gefallen waren, es nichts mehr zu essen gab und die Munition verschossen war, mußte man sich ergeben. Die Überlebenden wurden am 27. Juni am Flußufer brutal abgeschlachtet, wohin sie sich nach dem Versprechen begeben hatten, sicher nach Allahabad gebracht zu werden.

Als der Nana eingriff, waren bis auf 125 Frauen und Kinder und etwa 60 Männer alle tot. Man erschoß die Männer. Frauen und Kinder, viele verwundet, wurden als Geiseln in einem kleinen, einstöckigen Haus eingekerkert, dem Bibigarh. Zu ihnen kamen weitere gefangene Frauen aus anderen Orten.

Dann kämpfte sich Brigadegeneral Henry Havelock mit einer kleineren, schlecht ausgerüsteten Entsatztruppe den Weg von Allahabad frei und eroberte Cawnpore zurück. Er entdeckte, daß alle Geiseln brutal am 15. Juli ermordet worden waren, als seine eigenen Truppen noch vor der Stadt gegen den Nana kämpften. Havelocks Soldaten waren schokkiert und entsetzt, als sie Details des Massakers erfuhren. Aber der entschlossene und tiefreligiöse kleine General erlaubte keine ungezielte Rache an der Zivilbevölkerung von Cawnpore. Bestraft werden sollten nur die Schuldigen, doch die wichtigste Aufgabe seiner Truppe war der Entsatz von

Lucknow, das inzwischen 25 000 bis 30 000 Rebellen belagerten.

Der oberste Vertreter der Ostindischen Gesellschaft in Oudh, Sir Henry Lawrence, hatte genügend Voraussicht besessen und seine Residenz mit Vorräten versorgt und Vorbereitungen für die Verteidigung getroffen. Aber auch er hatte zu wenige britische Truppen – ein einziges Regiment, die 32er. Dazu befanden sich über 1200 Frauen und Kinder und nichtkämpfende Männer unter seiner Obhut. Sie alle mußten geschützt und ernährt werden.

Ende Juni erlitt Lawrence einen entscheidenden Schlag. Er hatte einen kleinen Teil der Verteidiger nach Chinhat geführt, um so die Rebellen zu vertreiben. Er selbst wurde tödlich verwundet, als am 2. Juli eine Kugel in sein Zimmer im Obergeschoß der Residenz einschlug. Das Kommando übernahm Colonel Inglis von den 32ern, der Eilmeldungen an Havelock schickte, in denen er um Hilfe bat.

Am 29. Juli unternahm General Havelock den ersten Versuch, die Garnison zu entsetzen. Er überquerte mit 1500 Mann und 20 leichten Feldkanonen den Ganges. 1200 Mann waren Briten, der Rest Sikhs aus dem Regiment von Ferozepore. Er nahm keine Zelte mit. 20 seiner Kanoniere waren Invaliden aus dem Bataillon der Veteranen. Zu seinen schwachen 20 freiwilligen Kavalleristen kamen 40 Infanteristen, die als Reiter Erfahrungen hatten und die in weniger als einer Woche zu Kavalleristen ausgebildet wurden.

Er hatte vier europäische Regimenter: Ihrer Majestät 64., 84. und die 78. Hochländer, dazu die 1. Madras-Füsiliere der Ostindischen Handelskompanie. Alle hatten bereits schwere Verluste in vier Gefechten zwischen Allahabad und Cawnpore erlitten. Durchfälle und Cholera wüteten unter ihnen, und Hitzschläge verkleinerten Tag um Tag ihre Zahl.

Um Cawnpore zu halten und den Übergang nach Oudh zu decken, befahl Havelock den Bau einer Befestigung, die sehr viel stärker als die von General Wheeler war. Sie lag auf einem Plateau über dem Fluß und war gut mit Kanonen bestückt. Der Kommandeur der Madras-Füsiliere, James Neill, sollte die Anlage mit 300 Mann halten. Er war für seine entschlossene Unterwerfung der Rebellen in Benares und in Allahabad kürzlich zum Brigadegeneral befördert worden.

Kaum war Havelock abgezogen, begann Neill mit der Exekution aller Eingeborenen, wenn sie auch nur im Verdacht standen, an der Rebellion teilgenommen zu haben. Er übte furchtbare Rache an denen, die am Massaker im Suttee Chowra Ghat oder im Bibigarh teilgenommen hatten. Sein Schreckensregiment brachte ihm den Beinamen »Schlächter von Cawnpore« ein.

Havelocks Versuch, die Helden von Lucknow zu befreien, war von Anfang an erfolglos. Er hatte zu wenige Truppen, fehlende Transportmöglichkeiten, nichts für Kranke. Zudem stand im alten Königreich von Oudh jeder Mann gegen ihn. Die Reihen der Rebellen hatten einen ungeheuren Zulauf bekommen, von Zamindaris und Bauern, die sich gleich haufenweise den Rebellen anschlossen. Doch bei jedem Gefecht war seine kleine Truppe erfolgreich, obwohl sie immer gegen eine Überzahl antreten mußte.

Mit Todesmut griffen sie befestigte und mit Wällen umgebene Stellungen mit dem Bajonett an und brachten dem Gegner zwei- bis dreimal so viele Ausfälle bei wie der ihnen. Doch die Rebellen konnten ihre Verluste ausgleichen, Havelock nicht. Zwar kämpfte sich der tapfere kleine General bis 30 Meilen an Lucknow heran, doch dann wurde er dreimal gezwungen, sich auf seine Basis in Mungalwar zurückzuziehen, sechs Meilen diesseits des Flusses in Oudh.

Endlich wurden seine ständig wiederholten Wünsche nach Verstärkung erfüllt. Am 17. August kehrte er nach Cawnpore zurück und erfuhr aus der *Calcutta Gazette* vom 5. August, daß Generalmajor Sir James Outram das Kommando über die Division von Dinapore übernommen hatte. Unter ihm hatte er im persischen Feldzug gedient.

Zu Outrams Befehlsbereich gehörte auch Cawnpore. So schnell er konnte, zog er mit zwei Regimentern, um die Havelock so oft gebeten hatte, dorthin – den 5. Füsilieren und der 90. leichten Infanterie.

Sir Colin Campbell, seit Balaklava auf der Krim berühmt, hatte den schwächlichen Patrick Grant als Oberkommandierenden abgelöst. Havelock war zwar wütend, daß man ihn offensichtlich übergangen hatte, aber er setzte neue Hoffnung auf den eben ernannten Sir Colin Campbell.

Seine Wut erlosch gänzlich, als Outram großzügig, wie er nun einmal war, bekanntgab, daß Havelock die jetzt verstärkten Entsatztruppen führen sollte, bis Lucknow gefallen war. Er selbst würde die Truppe als Zivilist begleiten, als oberster Vertreter der Ostindischen Handelskompanie in Oudh. Er würde sich freiwillig seinem Untergebenen unterstellen.

Am 15. September erreichte Outram Cawnpore und brachte 1268 Männer und eine Batterie von schweren Kanonen mit, die Elefanten zogen. Diese Verstärkung brachte die Truppenzahl auf über 3000, unter ihnen 2400 Briten. Dazu gehörten drei Batterien.

Am Abend des 20. September hatte die gesamte Streitmacht den Ganges überquert. 300 Mann blieben zurück, Cawnpore zu halten. Die Aufgebrochenen führte offiziell General Havelock, die beiden Brigaden General Neill und Colonel Hamilton von den 78ern. Am 23. September setzte man bei bestem Wetter über den Sye. Es kam zwei Meilen vor der Stadt zu einer schweren Schlacht, nach deren Ende der Alam-Bagh-Palast genommen worden war.

In dieser Nacht lagerten die britischen Truppen in und vor dem Alam Bagh. Am nächsten Tag war allgemeine Rast. Havelock, Outram und die höheren Offiziere erforschten sorgfältig das Umland. Über den besten Weg, die Residenz zu entsetzen, konnten die beiden Generäle sich nicht einigen. Doch weil die Erde sumpfig war und schwere Kanonen kaum vorwärts kamen, stimmte Havelock schließlich zu, seinen eigenen Plan aufzugeben und den von Outram auszuführen.

Das hieß, die Char-Bagh-Brücke zu überqueren, statt durch ein Labyrinth schwer verteidigter Straßen direkt zur Residenz vorzustoßen. Es bedeutete auch einen Umweg am Kanal entlang auf den unverteidigten Sikander-Bagh-Palast zu. Aus dessen Schutz heraus sollte der letzte Angriff gestartet werden. Zwei weitere Paläste mit Wällen boten gleiche Deckung. So blieben ganze 500 Meter des Khas-Bazars zwischen den Truppen und ihrem Ziel, der Bailey-Pforte der Residenz.

Trotz ihrer Erschöpfung wollten die Männer unbedingt ihr Ziel erreichen. Noch immer lebte in ihnen die Erinnerung an das Massaker von Cawnpore. Weiteren Mut machte ihnen eine Meldung, die sie im Lager von Alam Bagh erreicht hatte. Delhi war zurückerobert worden. So begrüßten sie die Entscheidung ihres kleinen Generals, draufzuschlagen und die Sache hinter sich zu bringen, mit großem Jubel.

Alle Kranken und Verwundeten und die Hälfte von Eyres schweren Kanonen wurden hinter die Wälle des eroberten Alam Bagh gebracht. 300 Mann unter Major MacIntyre sollten es gegebenenfalls verteidigen. Am 25. September begann der letzte Vormarsch auf Lucknow.

Es gab entsetzliche Verluste. Von den 2000 Angreifern fielen 535, die sofort tot oder erst verwundet waren. Zu ihnen gehörte James Neill, dem ein Heckenschütze der Rebellen aus kürzester Entfernung durch den Kopf schoß. Havelock und Outram erreichten die Residenz unverletzt, obwohl Outram Tage vorher schon eine Armwunde davongetragen hatte.

Sie fanden sich in einer Menge jubelnder Verteidiger wieder, die ihnen entgegenlief mit Gewehren noch im Anschlag, um ihnen über die niedrige Lehmmauer vor dem Bailey-Tor zu helfen. Dann wurde es dunkel. Nach fünf langen und furchtbaren Monaten war die Residenz von Lucknow endlich entsetzt.

Generalmajor Sir James Outram übernahm als oberster Vertreter für Oudh als Nachfolger von Sir Henry Lawrence und als höchster Offizier ganz formell am Morgen des 26. September den Oberbefehl über die Entsatztruppe und die Garnison. Schon da war allen klar, daß der ursprüngliche Plan aufgegeben werden mußte. Die Garnison der Residenz konnte nicht nach Cawnpore evakuiert werden.

Zu ihr gehörten 470 Frauen und Kinder und die kranken und verwundeten Soldaten, zu denen jetzt auch die der Entsatztruppen kamen. Für so viele, insgesamt 1500 Menschen, gab es nicht genügend Transportmöglichkeiten. Die ursprünglichen Verteidiger waren auf ganze 750 hagere und halb verhungerte Männer zusammengeschmolzen. Die Hälfte von ihnen waren Sikhs und loyale Sepoys. Doch da jetzt Entsatztruppen zu ihnen gestoßen waren, entschied Outram, Lucknow zu halten, bis Sir Colin Campbell mit den Truppen, die er sammelte, sie verstärkte.

Am 16. Juli 1857 schiffte sich der Earl von Elgin mit seinem Stab auf der Fregatte *Shannon* unter Kapitän William Peel in Hongkong ein. Auf der Fahrt nach Kalkutta begleitete sie die *Pearl* unter Kapitän Edward Sotheby.

Am 8. August ging um 5 Uhr nachmittags der Schraubendampfer *Shannon* vor der Esplanade in Kalkutta vor Anker. Der Generalgouverneur Lord Canning nahm dankbar Lord Elgins Angebot an, der indischen Regierung bei ihrem Kampf gegen die Sepoy-Rebellen beide Fregatten zur Verfügung zu stellen.

Am 18. August nachmittags setzte die erste Gruppe der Marinebrigade der *Shannon* auf einen Flußdampfer und einen Zugkahn über, auf dem Weg nach Allahabad den Ganges hinauf. Unter dem Kommando von Kapitän Peel bestand die Gruppe aus 408 Mannschaften und Offizieren, Marinesoldaten eingeschlossen. Sie führten die 68-Pfünder, die 24-Pfünder-Haubitzen, acht Raketenwerfer und Feldstücke mit jeweils 400 Schuß Munition mit sowie Kugeln und Granaten.

Eine zweite Gruppe von 120 Mann verließ einen Monat später unter der Führung von Lieutenant James Vaughan Kalkutta. Beide erreichten Allahabad etwa um dieselbe Zeit früh im Oktober. Sie unterstanden jetzt dem Befehl von General Sir James Outram und später dem Oberbefehlshaber Sir Colin Campbell. Zuerst machten sie in der Festung Allahabad Garnisonsdienst.

Doch am Ende des Monats verlegte die gesamte Brigade, ausgenommen 240 Kranke und Rekonvaleszenten, nach Cawnpore, um sich der Entsatztruppe nach Lucknow unter Sir Colin Campbell anzuschließen. Sie nahm so an der erfolgreichen Evakuierung der Residenz am 22. und 23. November teil.

In den wütenden Kämpfen vor der Evakuierung und in

der anschließenden Schlacht um Cawnpore erntete die Marinebrigade viel Lob – vor allem beim Angriff auf die gut verteidigte Shah-Nujeef-Moschee.

In seiner Meldung schrieb Sir Colin Campbell: »Kapitän Peel hat seine schweren Kanonen mit außerordentlicher Tapferkeit bis auf ein paar Meter an das Gebäude herangeführt, um die massiven Steinwände zu zerschmettern ... Für solch einen Einsatz gibt es im Krieg kaum Beispiele. Kapitän Peel verhielt sich genauso, als habe er seine *Shannon* neben eine feindliche Fregatte gelegt ...«

Insgesamt kämpften 200 Seeleute und Seesoldaten bei der Befreiung Lucknows – mit sechs 24-Pfündern, zwei 8-Zoll-Haubitzen und zwei Raketenwerfern. Die Seesoldaten und die Schützenkompanien der Seeleute bildeten für die Kanonen einen starken Infanterieschutz.

Die Brigade der *Pearl* verlegte im September weiter ins Land nach Dinapore. Und obwohl sie an der Befreiung Lucknows nicht teilnahm, kämpfte auch sie bei der Niederschlagung des Aufstands tapfer mit.

»Phillip suchte verzweifelt einen Ausweg aus der Hoffnungslosigkeit. Er konnte Cockayne das Kommando abnehmen, viel mehr blieb nicht, um die geplanten Ereignisse abzuwenden. Ein schlimmer Gedanke. Damit könnte man ihn sofort unter Arrest und vor ein Kriegsgericht stellen.«

1857: Ganz Indien ist im Aufruhr, als einheimische Rebellen die britischen Machthaber aus dem Land jagen wollen. Als Sir Colin Campbell sich entscheidet, Lucknow zu entsetzen und sich erst anschließend um die Bedrohung seiner Basis in Cawnpore zu kümmern, geht er ein kühl kalkuliertes Risiko ein. Er vereinigt Männer aller Waffengattungen unter seinem Kommando, und dazu gehören auch die kampferprobten Seeleute der Marinebrigade von HMS *Shannon* – eine kluge Entscheidung, denn ohne den Mut und die Weitsicht von Commander Hazard wäre das Unternehmen vermutlich zu einem bitteren Ende gekommen.

Der achte und letzte Band aus der Serie um den tapferen Helden Phillip Horatio Hazard.

DEUTSCHE ERSTAUSGABE

»Die *Herret* ritt auf der Dünung nach oben, krängte wieder abwärts, und beide Kanonen dröhnten. Neun Pfund schleuderten zwei Eisenkugeln auf den Räuber in ihrem Kielwasser. Dalton richtete sein Fernrohr aus. Gischt sprühte auf, und ein gähnendes Loch war im Bug zu sehen ...«

Es war unglaublich, wie schnell ein Schiff unbeabsichtigt mitten in die Hölle geraten konnte! Doch genau das widerfährt dem mehrfach belobigten Ersten Offizier Patrick Dalton, als er während der Auseinandersetzungen der britischen Marine mit den amerikanischen Kolonisten des Hochverrats angeklagt wird. Daß er auf der Flucht auch noch dem Teufel den Schwanz absegeln muß, wird ihm erst klar, als er Jonathan Hart, dem berüchtigten »Prisenmeister«, begegnet.

Dan Parkinson

Landfall in höchster Not

Dalton der Seefuchs in amerikanischen Gewässern

ISBN 3-548-24765-2

Der erste Band einer maritimen Romanserie, deren tollkühne Helden mit allen Wassern des Meeres gewaschen sind.

Econ | ULLSTEIN | List

Mar. 02

Alexander Kent – Die Bolitho-Romane

Die Seemannsbraut
Sir Richard und die Ehre der Bolithos
Roman, 320 Seiten
Ullstein TB 22177

Mauern aus Holz, Männer aus Eisen
Admiral Bolitho am Kap der Entscheidung
Roman, 304 Seiten
Ullstein TB 24730

Das letzte Riff
Admiral Bolitho - verschollen vor Westafrika
Roman, 384 Seiten
Ullstein TB 23783

Dämmerung über der See
Admiral Bolitho im Indischen Ozean
Roman, 432 Seiten
Ullstein TB 23921

Dem Vaterland zuliebe
Admiral Bolitho vor der Küste Amerikas
Roman, 384 Seiten
Ullstein TB 24181

Unter dem Georgskreuz
Admiral Bolitho im Kampf um Kanada
Roman, 384 Seiten
Ullstein TB 24409

Die Feuertaufe/ Strandwölfe
Zwei Romane, 384 Seiten
Ullstein TB 23405

Der junge Bolitho
Die Feuertaufe/Strandwölfe/Kanonenfutter
Drei Romane, 514 Seiten
Ullstein TB 20913

Bolitho in den Tropen
Kanonenfutter/Zerfetzte Flaggen
Zwei Romane, 560 Seiten
Ullstein TB 23527

Bolitho wird Kapitän
Klar Schiff zum Gefecht!/
Die Entscheidung/
Zerfetzte Flaggen
Drei Romane, 626 Seiten
Ullstein TB 22016

Fregattenkapitän Bolitho
Bruderkampf/Der Piratenfürst
Zwei Romane, 640 Seiten
Ullstein TB 22097

Econon | ULLSTEIN | List